COUVERTURE SUPERIEURE ET INFERIEURE
EN COULEUR

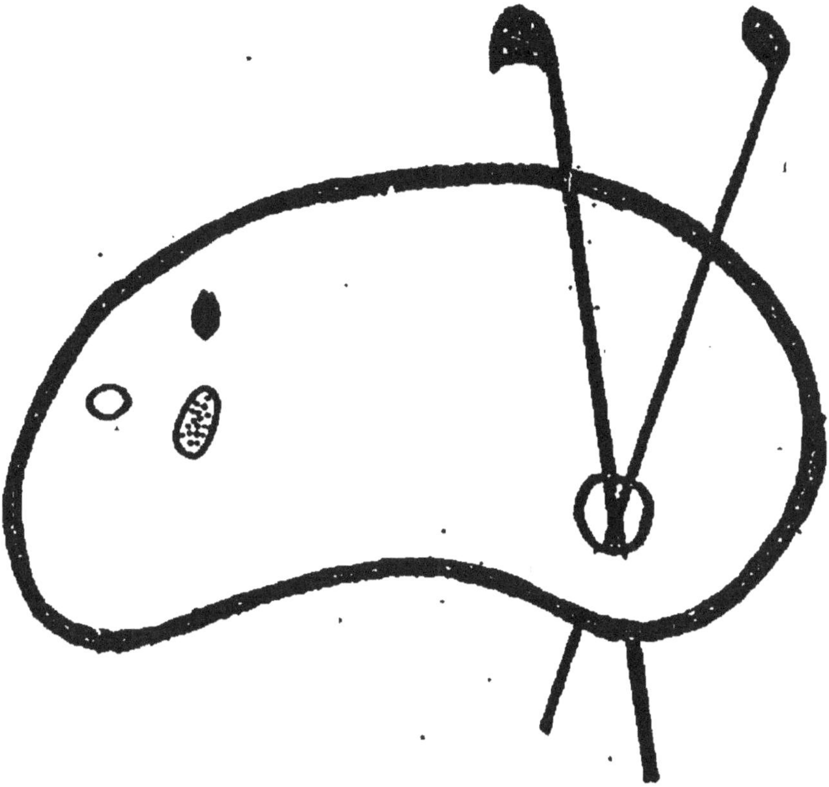

PENSÉES

DE

Madame Sanyou de Roussel

NÉE GALLOT.

~~~~~~

ŒUVRE POSTHUME.

~~~~~~

TARBES

IMPRIMERIE LESCAMELA

1882

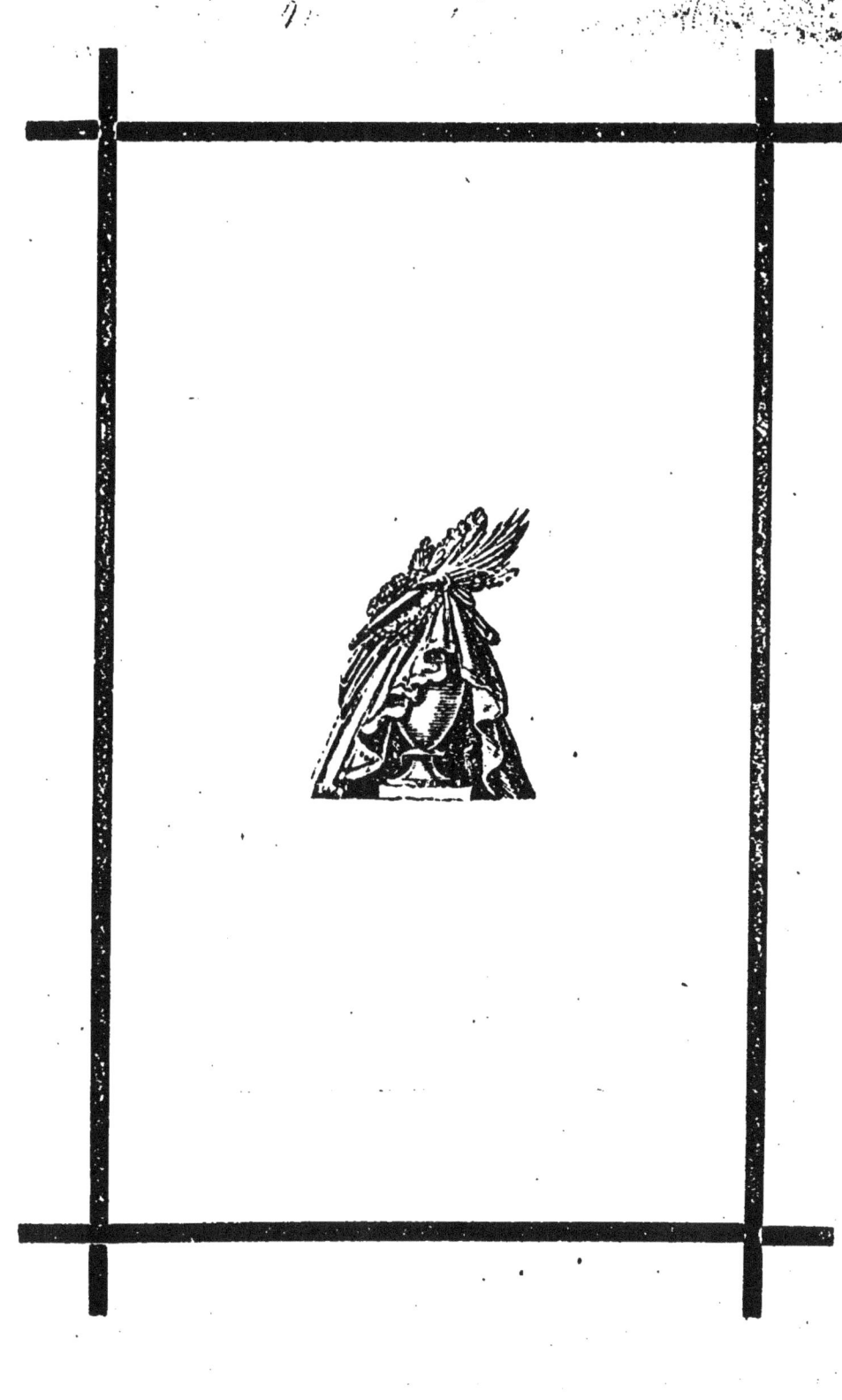

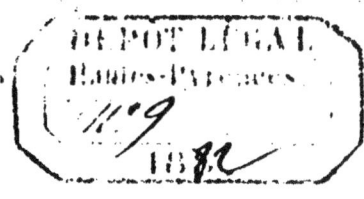
PENSÉES

PENSÉES

DE

MADAME SANYOU DE ROUSSEL

NÉE GALLOT.

———∿∿∿———

ŒUVRE POSTHUME.

———∿∿∿———

TARBES

IMPRIMERIE LESCAMELA

1882

A MARIE.

Ton esprit, sanctifié dès l'adoles-
cence, fut enrichi par Dieu de ces
pensées, que traça ta main chérie.

Ta fidélité chrétienne, exception-
nelle, attira au Sauveur des âmes,
dont l'Eternité seule manifestera le
nombre.

Et maintenant que le Père Céleste
a couronné ta foi, je répands tes
pensées, ma Sœur, comme une semence
bénie.

Bénie, pour les esprits qui, t'ayant
connue, t'ont aimée, et pour ceux
qui, s'ils t'avaient connue, t'auraient
aimée.

ELISABETH-SOPHIE.

PENSÉES

Pau, 4 août 1853.

Qu'il est doux de pouvoir se dire : Quoi qu'il arrive, je suis entre les mains de Dieu. Il a assuré mon bonheur. A quelque heure qu'Il me rappelle, je m'envolerai vers Lui, purifiée dans son sang précieux, et je serai pour toujours avec Lui, Lui, l'amour de mon âme, Lui, l'éternel bonheur. Et qui peut m'inquiéter, me troubler, sur cette pauvre terre? Je connais le but de ma vie, et mon cher Sauveur dirigera tout pour mon bien. Ah ! que je sois confiante en Lui! Et toi, St-Esprit, divin et tendre ami, viens m'orner de tes dons pour que je vive à la gloire de Celui qui a marqué ma place auprès de Lui. Joie, tristesse, puissé-je vous accueillir d'une manière qui soit agréable à mon Père, qui soit à sa gloire !

*
* *

Pau, 24 septembre 1853.

(Samedi.)

Mes premières idées de ce jour se sont portées vers la mort, la destruction du corps, le sépulcre. A demi éveillée, les yeux encore fermés, j'y ai beaucoup pensé et je m'y suis appesantie ; car je trouve précisément que tout en parlant souvent de la mort, de *ma* mort, pensant que Jésus en a ôté l'aiguillon, je ne suis pas assez *pénétrée* de l'idée que ma mort, c'est la destruction de ce jeune corps, frais, vigoureux et agile, qui renferme mon âme, et qui, uni à elle, à *cette hôte immortelle*, forme.... moi. Et j'écris cela, et je ne suis pas encore *pénétrée* que cette main, elle aussi.... (la nature se révolte à continuer) que cette main deviendra la proie des vers (je souffre plus que je ne l'aurais jamais cru d'écrire cela), et qu'elle ira se confondre avec la poussière de l'humide et froid tombeau. Nous foulons peut-être, en marchant sur le chemin, bien des générations et des corps qui furent aussi jeunes, aussi palpitants de vie que le mien l'est à cette heure.

Et puis, je pense, il y a un jour marqué auquel je dois quitter ce monde si beau, rempli des merveilles de Dieu, mais souillé par Satan. Oui, il y a un jour ; j'y ai passé,

j'y passerai peut-être sans y prendre garde ;
j'en mettrai légèrement la date ; et ce sera
celui qui se lira au bas de la lettre de faire
part, et se liera dans le vague souvenir de
mes amis à celui de mon départ de ce monde.
Cette réflexion m'est venue en lisant la lettre
de faire part de Mlle C.

Et puis alors, je tâche de penser aux gens
qui *partent*, à ceux qui *croisent* et vont courir
à leurs affaires ; et voilà mon corps *dans* la
terre ; il ne se verra plus *dessus* qu'au grand
jour. Les attristés, s'il y en a toutefois — car
si actuellement je mourais, oh ! je le sais, je
les connais ; les personnes qui me regretteraient ; mais peut-être ne mourrai-je qu'après
elles, très-vieille peut-être ; — je me figure les
attristés rentrant fatigués, un peu ébranlés
de l'émotion de la *triste cérémonie* et tâchant,
sans beaucoup de difficulté, d'oublier dans
la gaieté. Et le souvenir de la jeune Marie, si
gaie, deviendra importun, indifférent, et
s'éteindra comme s'est éteinte une foule de
souvenirs de jeunes filles gaies comme moi.
Et ce qui aura été la fin de tout mon avenir
terrestre, le dernier accord du chant terrestre, accord sans vibrations, le dernier
mot à tout, n'aura été que deux ou trois
heures à peine de figures componctionnées,
de noirs vêtements, dans une journée où
l'on dînera d'aussi bon appétit et à laquelle

fera suite une nuit où ne dormiront peut-être pas aussi bien certains cœurs rares et sensibles ou certaines imaginations que le noir et le blanc bouleversent, mais une nuit où la plupart des gens ne perdront pas un somme. Et puis le soleil se couchera et la nuit viendra, et ce corps, si comblé de soins et de précautions par une mère tendre et chérie, ce corps sera là, sous un monceau de terre humide ; l'eau glissera sur lui, et ses yeux....

Et puis l'herbe poussera, le marbre (s'il y en a) se fendra ; l'inscription deviendra peu lisible, les ronces et les mauvaises herbes la cacheront. Si quelques amis viennent autour, leur esprit ne pourra se figurer, comme le mien a eu peine aussi à s'en faire l'idée, que là dessous est cette fraîche et rieuse Marie ; et puis, ils se rappelleront le son de ma voix, le regard de mes yeux ; c'est ce qui fait à mon avis le plus d'impression ; cinq minutes peut-être ils y penseront, et puis ils n'y songeront plus. Et puis l'herbe gagnera toujours davantage ; des changements de terrain se feront, et d'autres jeunesses seront peut-être *enterrées avec* ma poussière.

Et je me dis tout cela ; je l'écris, mais je n'en suis pas *pénétrée.*

Oh ! que deviendrait-on, si l'on était sans espérance et sans Sauveur, à l'approche de telles choses? On est vraiment regretté de peu de personnes lorsqu'on meurt; quand même l'est-on, elles ne peuvent rien pour nous et meurent aussi.

Et c'est alors qu'Il se tient là, dans la sombre vallée, le doux Sauveur Jésus. Cette vallée n'est que l'ombre de la mort.

Je sais ceux qui m'aiment et me regretteraient si je mourais de leur vivant; qu'elles le sachent bien, ces personnes-là, je les connais. Mais je suis affectueuse pour une foule de gens qui, je le sais, ne seraient que bien peu troublés de ma mort; et je ne leur en veux point; c'est général, naturel; seulement, je rends grâces à Dieu de ce que je ne m'abuse pas sur eux, et le supplie, afin qu'en conséquence, je ne sacrifie pas à ce monde qui s'inquiète si peu du pauvre trépassé incité par lui à pécher, tandis que le malheureux se trouve en face de son souverain Juge. — J'aime une foule de personnes qui, je le sais, m'aiment aussi; mais tout cela est peu profond; nous nous sommes agréables mutuellement pendant le cours du voyage; tâchons de nous faire du bien, et Dieu veuille que nous soyons tous réunis dans le lieu de l'éternel et profond amour.

Et d'ici là, point d'aigreur (ah! je n'en ressens point); mais que chacun fasse son profit de ce que l'on voit journellement.

Il est bon quelquefois d'assister à son enterrement, de reconduire *les attristés dans leurs maisons*, de voir quelques années après. Bien des choses, si on le fait *courageusement*, *profondément*, paraîtraient sous un tout autre aspect. Oui, c'est très bon. Mais j'y penserai, j'espère, plus *profondément;* aujourd'hui, je n'ai été que *courageuse.*

« Le Génie du Cimetière » est un des livres les plus vrais que j'aie lus; la fin est un peu trop lamentable; mais qu'il est profondément vrai, et qu'ils comprennent peu l'auteur ceux qui disent : « Je n'aime pas qu'on emploie le surnaturel ». Personne plus que moi ne le déteste; mais ne voit-on pas que sous la forme du « Génie du Cimetière » Mme Lons a personnifié les pensées que nous fait naître un cimetière; les fausses épitaphes, étalage de regrets qui n'existent pas, et l'aspect d'une famille qui pleurait amèrement et qui a presque ri aux éclats ?

Mais je m'arrête ici; il est tard.

Si jamais quelqu'un lit cela, qu'il ne s'imagine pas que tout cela me vienne d'une humeur noire. Je me suis éveillée avec ces pensées, et j'ai écrit aujourd'hui une des plus radieuses lettres de ma vie (à Aline (1),

_____

(1) Une amie d'enfance, depuis Mme de V.

sur Pardiès (1)). Mais ce soir j'en ai le loisir, et j'ai jeté ces réflexions sur le papier.

Enfin, tout cela ne doit pas attrister celui ou celle qui connaît le but de la vie.

Allons, c'est fini. Il est fort tard ,et la semaine a bien peu d'instants à exister.

*
* *

Pau, 30 septembre 1853.
(Vendredi.)

Oh ! que mon cœur soit doux et reconnaissant ! Qu'elles sont douces et pures les jouissances que j'ai goûtées et que je goûte en ce moment !

Par un temps radieux, un brillant soleil, dans cette fraîche et riante demeure, que d'heureux moments j'ai passés, hier, avec nos chers petits amis ! J'ai eu peine à croire qu'on pût autant jouir. Ces doux chants, accompagnés des accords moelleux et sonores de mon piano chéri, m'ont jetée dans une extase délicieuse. L'instrument ami résonnait sous mes doigts ; ma voix s'élevait avec les voix argentines, pures, mélodieuses, qui s'unissaient à elle. Si, détachant mes

---

(1) Village béarnais, dans un site charmant, où elle venait de visiter une famille d'honnêtes cultivateurs.

yeux de la musique, je regardais à droite vers le jardin, par la porte de la galerie, de fraîches touffes de verdure, de flexibles peupliers venaient égayer les yeux, et puis, à gauche, la magnifique voûte ombreuse de la Haute-Plante (1), dont l'extrémité seule était dorée par les rayons du soleil qui achevait sa radieuse course, qui ne put jamais éclairer jour plus pur, plus serein.

Et je savourais tout cela, et les accents sonores s'élevaient, et des moutons rentrant au gîte traversaient rapidement l'herbe fine de la Haute-Plante, et la bise, passant à travers le bois, venait caresser nos cheveux, et les roses figures des petits chéris, groupés tout près de moi, s'animaient au chant des suaves paroles. Puis la nuit gagnait, les accords cessaient, et, heureuses, ravies, nous allions dîner.......

Et les montagnes étaient belles, et, dans un épais brouillard, nous distinguions les enfants rejoignant leur demeure.

Oh ! merci, merci, Topfer, de nous avoir, par tes radieux ouvrages, fait aimer les pures, simples et immenses jouissances dont les beautés de la création inondent le cœur ! Dans tes joyeux « Voyages en zig-zag », tu nous apprends quel bonheur on goûte en

(1) Ce bois fut détruit en 1855.

savourant les délicieux paysages que Dieu répand à profusion autour de nous, et que le luxe enlaidit souvent. Dieu s'est, je crois, servi de toi pour développer nos instincts de pure et douce gaîté, de cette gaîté si franche et si radieuse, qu'elle sourit de pitié à l'idée d'un luxueux salon aux mille bougies étincelantes, où l'air pur et frais manque, d'où la simplicité et la bonhomie sont proscrites, où tout est superficiel.

Qui rendra le charme d'une promenade à pas lents, sous de frais ombrages, où la grave, douce et chrétienne causerie, captive, ennoblit, sanctifie le cœur ; où d'aimables et spirituelles espiègleries provoquent de bons éclats de rire, la gaîté des chéris ne prenant ses ébats que dans un petit cercle pur et rose ; où tout inonde de joie, l'oiseau qui gazouille sur l'acacia, les papillons qui tournoient aux rayons du soleil, le ciel sans nuage, la santé, la jeunesse qu'on sent palpiter en soi ; l'air vif et pur qui anime les fleurs, lesquelles, aussitôt aperçues, se joignent au simple bouquet de bruyère ; le son lointain de la clochette des troupeaux ; les doux chants qui s'élèvent ; l'eau qui sort du rocher et vient humecter le repas matinal de pain et de pêches ; les coteaux dorés par le généreux soleil de Béarn ; les montagnes resplendissantes, le Gave qui court vers l'Océan avec un murmure si doux, à l'ombre des hêtres et des aubiers ; la gracieuse capitale de Jeanne d'Albret, entourée de bois et dominée par son château antique et plein de souvenirs ; le bruit du tambour qui vient, hélas! rappeler que cette nature si belle est troublée par Satan, que le péché y règne, et qu'on est obligé, tant l'état actuel des choses est triste, d'avoir une milice pour défendre le sol et la vie des Français : et alors on aspire à ce ciel où Satan ne sera plus.

Et puis, là-bas, derrière les ombrages du Parc, on voit la silhouette de blanches colonnes funèbres se détacher sur le vert sombre des cyprès. Eh quoi ! cette vue attristerait-elle ? Ternirait-elle les pures jouissances qu'on savoure ? Oh ! non, Jésus ! grâce à ton sacrifice. Non, grâce à Toi, celui qui porte ton nom, le chrétien, peut et doit regarder le cimetière comme sa chambre à coucher.

Qui regarde son lit avec chagrin ? Au contraire, dans les fatigues du jour, on y songe, on aime à penser à l'instant où le corps endolori va s'y étendre, s'y rafraîchir, où l'esprit s'entourera comme d'une gaze, où tout deviendra plus vague, où le sommeil enfin fermant les paupières, vient retremper dans la vigueur et le bien-être.

Et pour celui qui a son unique espérance en Christ, la mort qu'a-t-elle d'affreux? Ce n'est d'ailleurs que l'*ombre* de la mort; Jésus en a supporté la *réalité*. Il nous donnera la main dans cette sombre vallée. J'en conviens, l'idée de la destruction ne peut être envisagée sans frisson et dégoût ; mais lorsque nos yeux seront détruits, notre esprit contemplera sans le secours des sens les merveilles de Dieu, mille fois plus belles que celles de cette terre, si belle pourtant. Et alors, la communion avec le Sauveur sera vive, complète; on ne l'offensera plus, on ne transpercera plus son cœur. Et puis, cette vie, quelque riante qu'elle se présente à nous en ce moment, peut être bien cruellement traversée; elle « s'écoule comme par une ravine d'eau ». Mais Il nous soutiendra, et nous ne verrons plus souffrir autour de nous, car auprès de Jésus toute larme sera essuyée.

Oh! assez de ces jouissances pures et calmes, mais égoïstes; car nous seulement, nous jouissons. Descendons dans la ville. Là bien des douleurs se meuvent dans le désespoir. Faisons connaître, proclamons le nom du Sauveur, l'Ami de ceux qui souffrent; glorifions-le, Lui qui nous sauva. L'hiver s'avance; faisons emplette de chauds vêtements pour les malheureux ; travaillons-les avec nos jeunes amies, et surtout nourrissons nos âmes et celles des pauvres dont nous couvrons les corps.

Ces jouissances sont pures, salutaires même ; mais ne les racontons pas d'un air ravi, heureux, devant ceux qui souffrent ; lorsque nous serons parties, des larmes secrètes, bien amères peut-être, seront versées en songeant combien nous, nous avons joui, et l'on s'affaissera sur soi-même. Et puis, d'ailleurs, la vie est courte, travaillons tandis qu'il est jour.

*
* *

Pau, 15 décembre 1853.
(Jeudi.)

L'étranger faisant une lecture dans une langue qui n'est pas la sienne, recourt à son dictionnaire pour chaque mot inconnu ; de même, le chrétien, à chaque événement inattendu dont le but final ne lui est pas clairement démontré, doit ouvrir sa Bible avec foi, y cherchant l'explication de ce qui l'étonne.

Les choses spirituelles sont une langue, un monde inconnu pour l'enfant de Dieu sur la terre ; qu'il prenne donc en toute circonstance la Parole de son Père pour lampe à ses pieds et lumière à ses sentiers.

*
* *

— 19 —

Pau, 3 juin 1854.

Entre l'éveil et le sommeil, je disais ce
matin vers quatre heures, sans doute finissant un rêve dont je n'ai plus le souvenir :
Que devenir sans espérance?

J'ai pensé, en revoyant le sommet du Pic
du Midi de Bigorre, perdu dans les nuages :
C'est le ciel qui parle à la terre. Ainsi devrait
être le chrétien pendant cette vie : les pieds
à la terre, mais sa conversation aux cieux.

*
* *

Pau, 9 septembre 1854.
(Ecrit sur l'album d'une amie.)

Que le soleil de justice laisse tomber sur
vous et ceux que vous aimez quelques-uns
de ses rayons bienfaisants; qu'il vienne
argenter le bord des nuages que le souffle
du Seigneur poussera peut-être sur l'horizon
si pur de votre avenir; qu'il vous fasse ainsi
deviner la splendeur du côté que voit l'Eternel, tandis que sans la foi, vous n'en aper-
cevriez que le sombre envers; et que ce
souffle du Dieu de bonté fasse passer rapidement ces nuages pour qu'ils ne voilent
votre sentier que d'une ombre fugitive.

Oui, chère X, que notre Dieu d'amour vous bénisse par le St-Esprit en Jésus, le bien-aimé, c'est le vœu de votre amie et sœur.

S.-E. MARIE G.

*
* *

FRAGMENT DE LETTRE.

Pau, 7 novembre 1854.

Aujourd'hui le temps est magnifique; un soleil brillant égaie la nature qui, hier, semblait si désolée en son absence, laissant paraître sans prisme les branches dépouillées et les feuilles jaunies.

L'automne..., c'est un moment de l'année fait pour porter à la mélancolie tout esprit qui reçoit quelque impression des scènes de la nature; c'est la grande voix qui répète à chaque rafale faisant tournoyer les débris du printemps : « Tout est vanité ».

Mais tu vas, chérie, me croire l'esprit morose aujourd'hui. Oh! non, bien s'en faut; je trouve une instruction dans cette nature fanée qui nous apprend des choses utiles, mais non faites pour décourager quiconque a joui du printemps comme emblème et présage rempli d'espérance et de bonheur, de la Résurrection. La Résurrection est figurée tous les ans quand la verdure reparaît ; elle est, en réalité, déjà commencée par Celui qui s'est nommé lui-même « la Résurrection ».

⁂

Pau, 21 septembre 1855.

(Mardi.)

Seigneur, que je t'adore ! car tu m'as sauvée. Sauvée ! oh ! quel bonheur ! Et chaque souffle de ma poitrine m'approche de cette félicité sans fin, de Toi, Seigneur Jésus, qui es cette félicité même.

Ah ! Mᵐᵉ La Fléchère, comme le disait M. C. hier soir à l'Asile, Mᵐᵉ La Fléchère voyait augmenter son bonheur en avançant dans la vie. Son cœur n'était que joies et que fêtes. Car elle sentait approcher le pays ! Déjà, elle nageait dans des flots de lumière ; le ciel commençait pour elle ; rayonnante, elle s'élançait dans la vie éternelle, vie qu'elle possédait dans son cœur, puisque Jésus y faisait sa demeure ; avec Lui, elle volait dans la gloire. Et pourtant son âme était encore dans son enveloppe d'argile ; c'était encore une femme ; c'était Mᵐᵉ La Flé-

chère. Elle n'avait pas encore été proclamée
sous ce nouveau nom, que nul ne connaît
que celui qui le reçoit. A la voir passer dans
la rue, elle était comme les autres dames;
et pourtant le paradis était dans son cœur.
Ah! c'est que la Foi, « cette vive représentation des choses qu'on espère », la Foi
devenait de jour en jour plus vive; elle
sentait que bientôt elle allait voir face à face
Celui qui l'avait sauvée.

Oh! quel mot humain peut rendre ce que
cela doit être! et cependant nous attendons
un tel bonheur. Ah! il y a de quoi frémir
d'amour. Voir ce Jésus qui a porté le poids
de nos iniquités, et qui sous ce poids a sué
le sang dans le travail de son âme. Le voir!
Celui qui nous a tant aimés. Mon Dieu! que
nous réalisions un tel bonheur en perspective, et qu'on nous voie marchant, rayon-
nants, zélés, pleins d'amour et de ferveur,
vers ce moment de joies inexprimables, nous
aimant extrêmement, nous tous sauvés du
grand naufrage, nous tous tant aimés de
Jésus.

*
* *

Pau, 3 septembre 1856.

Ceux qui n'épanchent pas la douleur au
dehors renferment la mort en eux et elle les

tue, si le Dieu de toute consolation ne vient
par son Esprit séjourner au milieu des débris
sanglants des illusions terrestres, et édifier
sur les décombres du palais de fange de nos
chimères, cette « maison qui n'a point été
faite par la main de l'homme ».

*
* *

Pau, 7 février 1857.

La terre n'est qu'un point dans l'espace;
notre corps n'est qu'un point sur la terre, et
toutefois notre esprit peut et doit embrasser
les sphères infinies.

*
* *

Pau, 10 février 1857.

En se contemplant, chacun peut se demander : Quand et comment mourrai-je?
Comment se flétrira mon visage? Comment
s'éteindra mon regard? Quelles souffrances
m'attendent? De bien affreuses peut-être !
Sera-ce une longue maladie qui minera
sourdement jour après jour ma vie, ou bien
trouverai-je la mort dans les flots, ou bien
mon pauvre corps se brisera-t-il comme le
verre par un affreux accident?...... Seigneur,
tu le sais, tu sais quelle sera ma fin.

Et un jour peut-être, lorsque je ne serai plus, ces lignes tomberont sous les yeux de quelqu'un qui saura quelle elle a été.

Que mon âme soit au séjour de la vie! Soit en Toi, ô Jésus! quand tu m'appelleras à quitter cette terre, et que dans une tendre confiance enfantine, je me repose sur Toi et ne m'inquiète de rien. Oh! sois béni, Jésus! Sois « rassasié du travail de ton âme »! Gloire à l'Agneau! Augmente-nous la foi à tant d'amour, ô cher Sauveur!

Pau, 23 février 1857.

Quelle différence doit-il y avoir entre le repas de l'homme et celui de la bête?

L'animal se jette avec avidité sur sa nourriture; mais toi, ô homme! qui as une âme immortelle, arrête-toi un instant devant ces biens qui te sont donnés et apportés d'une manière merveilleuse. Arrête-toi, recueille-toi, et élève ton âme vers Celui qui pourvoit chaque jour à l'entretien de ton existence. Puisses-tu surtout par le St-Esprit désirer avec ardeur de te nourrir du « pain de vie » Jésus!

Pense aussi à ceux qui n'ont pas ce qu'il faut pour apaiser leur faim!

Même date.

O littérature dangereuse, empreinte de cette *tristesse selon le monde qui va à la mort,* quel mal ne fais-tu pas ! Tu répands dans l'âme un découragement désolé; tu te plais à dépeindre toutes les douleurs de l'humanité sans lui en offrir le remède. Et tu es là, cruelle, te complaisant à répéter aux pauvres humains : « Voyez combien vous êtes malheureux ; mais, voyez, voyez ! » — Eperdus, navrés, le cœur gros de larmes, haletants, ils s'écrient : — Que faut-il faire? Mais alors ta voix, qui ne sait que désoler, n'a plus d'accents pour la consolation, et le cri de détresse reste sans réponse, et les yeux obscurcis de larmes cherchent en vain après tes pages angoissantes le mot, le mot qu'il leur faut.

Une barre noire montre que tout est dit, oui, tout ce que tu avais à dire ; ton but est rempli : faire souffrir, dévoiler le mal, et la page blanche, hélas ! répond seule au cri du misérable, à l'œil hagard qui cherche en vain. Et la main découragée se retire du livre, qui glisse et tombe aux pieds. Et le pauvre cœur reste torturé.

*
* *

« Garde mes pleurs de t'offenser. »

Est-il dit dans un beau cantique du matin.

Oui, il y a des larmes qui offensent Dieu. Elles lui sont agréables les larmes du repentir, de la componction, même celles de la douleur résignée, qui tombent des yeux d'un être dont la bouche dit après le cœur : « Ta volonté soit faite ». Dieu me l'avait donné, Dieu me l'a ôté ; que son saint nom soit béni ! » Mais il y a des pleurs qui offensent Dieu, ceux répandus dans l'ingratitude.

*
* *

Pau, 9 mars 1857.

Puissions-nous toujours, dans nos rapports les uns avec les autres, avoir le velouté de l'amour.

*
* *

Pau, 9 juin 1857.
(Mardi.)

Là, sur mon balcon, l'Eternel a veillé au développement de ces toutes petites branches que je vois paraître à mon rosier !

Oh! ami, Tu es présent partout, et les créatures t'oublient! Toi qui veilles avec tendresse au moindre détail de leur vie, tandis que tu diriges des millions de soleils dans l'espace! Oh! grandeur, Jéhovah! Infini!

Et « tes compassions sont par dessus toutes tes œuvres ». Et c'est Toi, Dieu des soleils, Dieu des Anges de gloire, qui gravissais Golgotha dans une chair semblable à la nôtre, affaissé sous le poids de la croix (taillée dans un de tes arbres que tu fis croître), c'est Toi qui gémissais, qui criais, qui agonisais, qui mourais! Prince de vie! Et pourquoi? Pour nos péchés! Grand Dieu! qu'est-ce donc que le péché?

Oh! oui, « sans la sanctification, nul ne verra le Seigneur ». Donne-nous de désirer la sanctification.

Le péché, le péché, faisant mourir le Grand Dieu!

A quoi sommes-nous appelés? — Admirable! On ose à peine le dire. A t'être faits... semblables! Adorons. Aide-nous dans notre incrédulité. Je viens de lire l'œuvre de Gaussen : « Explication de la Genèse ». Le chapitre sur les Cieux. O admirable Eternel! Et penser que nous pouvons contribuer à la gloire, oui, à la gloire d'un tel Dieu!

Comme tout le reste paraît mesquin !
Allons annoncer les merveilles de ton salut !

*
* *

19 août 1857.

(La Clède, vallée d'Aspe.)

Le chrétien doit offrir quelque chose de délicieusement extraordinaire à ceux qui ne connaissent pas Jésus, et rappeler les traits d'un Ami à ceux qui le connaissent.

*
* *

Pau, 2 septembre 1857.

Une pensée traverse mon esprit ; je souhaite de la confier au papier pour la conserver, et dans le moment même, je ne le peux pas. Elle s'échappe, et je me souviens seulement qu'elle pouvait être utile à méditer ; un trouble dans mon esprit me l'a ravie ; la retrouverai-je jamais ? Dieu me la renverra-t-Il ? Non, peut-être ; soumettons-nous. Peut-être aussi l'enverra-t-Il à quelque autre et la retrouverai-je dans un livre d'ici peu de temps Si elle doit faire du bien, qu'elle en fasse par une autre voie que la mienne, je dois être soumise et dire dans ce sens comme ce fut dit dans un autre :

Le Seigneur l'avait donnée ; le Seigneur l'a ôtée ; que son saint nom soit béni !

*
* *

Paris, 20 mars 1858.

Soyons comme une personne qui entend de la musique partant d'une pièce voisine, qui en est captivée et ne travaille que machinalement. Nous aussi, travaillons sur cette terre, mais écoutons les concerts des bienheureux, et tandis que nous sommes encore ici-bas, que nos oreilles, que nos cœurs soient aux Cieux.

Dans le premier cas, un sourd n'y comprendrait rien, et dans le second, l'incrédule dira que nous avons perdu le sens. — Et pourtant !......

*
* *

Pau, 23 juillet 1858.

Que pensera-t-on de nous en l'an 2034 ? Et dans l'an 3000...., s'il y en a un ?...

Ah ! Seigneur, de quelle épouvante ne serions-nous pas saisis à de telles pensées, si tu ne nous rassurais. Quoi, tant de siècles sans que je fusse ressuscitée ! Mais, tu nous l'as dit : Tu es le Dieu des vivants. — Ne sentons-nous pas vivre en nous ceux que tu as aimés et sanctifiés? — Vraiment, nous sentons bien plus vivants et de nos amis, un *Joseph* au cœur affectueux et plein de mansuétude ; un *David*, qui nous a légué ses sentiments les plus intimes ; son *Jonathan* bien-aimé ; un *Job*, sublime martyr ; un *Daniel*, « homme agréable à Dieu » ; un *Jean*, humble adorateur s'effaçant devant son Sauveur-Dieu ; un *Pierre* avec ses élans inconsidérés, ses adorations, ses chutes, ses relèvements, ses travaux charitables ; un *Paul* avec sa sollicitude pour les enfants de Dieu, ses travaux gigantesques, ses persécutions, *ses martyrs,* ses paternels conseils à son Timothée ; un *Gaïus* faisant de sa maison une hôtellerie ; un *Lazare ;* une *Marie.* Oui, nous les sentons bien plus vivants que telle famille, pleine de vie et de santé, des Chinois ou des Esquimaux.... Ah ! nous pourrions aller plus loin encore, c'est-à-dire plus près ; mais il *vaut mieux* s'arrêter. — Que l'amour se répande!... Oh ! nous avons un lien de cœur avec ces délicieuses individualités israélites ou chrétiennes, ces bien-aimés de Dieu, dont l'enveloppe mortelle est mêlée depuis des siècles à la poussière de la terre. Nous connaissons les personnages de l'histoire d'une connaissance tout intellectuelle, tandis que nous sommes entrés dans les sentiments intimes de ces saints de l'Ecriture, dans leurs cœurs mêmes, qu'ils ont répandus en ces pages sublimes et inspirées de notre Bible bien-aimée.

*
* *

Pau, 16 août 1858.

Ah! comment ne pas croire que Jésus-Christ est Dieu, Dieu, le vrai Dieu!

Tout l'Ancien Testament n'est-il pas la démonstration terrassante de la Justice radicale du Tout-Puissant, visible sur la terre? Péché — Mort. Une rébellion, — la terre s'entr'ouvre. Un refus d'obéir à la volonté expresse de l'Eternel en détruisant un roi païen, et l'Esprit de Dieu se retire du roi Saül. Un homme garde un manteau et de l'or en interdit, il est lapidé. Selon la volonté de Dieu, des gens impies sont exterminés..., et le pays est en repos quarante ans. Et Dieu n'enverra-t-Il pas la punition finale? Oui, Il l'enverra, et toute l'humanité en est digne, digne de l'enfer, car nous naissons dans le péché et nous sommes péché, ayant été transformés de l'image du Saint des Saints, à l'image du démon. Et qui pourrait porter la peine? Quel Archange serait assez fort? Aucun. D'ailleurs, Dieu nous donnerait une idole, et il y aurait quelque chose d'injuste et de choquant à voir un pauvre être accablé de péchés qui ne sont pas siens. Et, victime volontaire, on l'adore, et, s'il n'est pas Dieu, on est idolâtre. Il fallait que le Sauveur fût Dieu, que le Maître offensé payât Lui-même la dette de ses serviteurs, que le Juge se mît à la place des créatures coupables qu'Il voulait sauver. Et alors, plus d'injustice; Il a satisfait Lui-même.

Ah! tout cela est si beau que nous avons peine à y croire. Dieu se faire homme! Dieu souffrir! Et... Dieu mourir!... Oui, c'est la grandeur des grandeurs de Dieu.

Ah! la source de l'incrédulité à cet admirable mystère révélé par Jésus-Christ, cette source est l'orgueil et l'ingratitude. L'orgueil, car il est dur au cœur naturel de se croire complètement perdu et de voir qu'il n'y a d'espoir qu'en un Sauveur, lequel Sauveur doit être Dieu, car il faut l'être pour porter un tel poids. Et l'ingratitude, parce que nous ne pouvons croire que Dieu nous aime au point de souffrir et de mourir pour nous; nous ne croyons pas qu' « Il est amour ».

*
* *

Pau, décembre 1858.

Quand un jeune homme va étudier les beaux-arts à Paris, on ne le conduit pas devant les statues estropiées et difformes des sculpteurs maladroits, ni devant les tableaux où les teintes sont forcées, les poses impossibles, les figures sans expression, les personnages mal groupés, ni devant les paysages dont les arbres sont raides et les lointains manqués ; on ne passe pas de longues heures à lui démontrer tous ces défauts, à couvrir la statue ou le tableau de raies de correction. Non. On conduit le jeune artiste devant les œuvres des Michel-Ange, des Rubens, des Raphaël, et de la contemplation de ces merveilles jaillit le sentiment du beau, de l'idéal.

Maintenant, voici le jeune homme en face d'un bloc de marbre, le ciseau à la main. Non-seulement il voit dans sa pensée les œuvres des grands maîtres, il voit autre chose. Le feu sacré est allumé, et c'est la perfection aperçue qu'il poursuit, qu'il cherche. Sa main a débarrassé son idéal du marbre qui l'entourait ; que voit-il ? Quelque chose qui n'est point la perfection, qui en est même bien loin. Le jeune homme, la parant de ses pensées, verra peut-être sa statue douée de toutes les qualités qu'il rêva ; ou

bien, furieux contre lui-même, il la brisera
et frappera de nouveau le bloc informe pour
voir enfin paraître matériellement ce qu'il
imagina; mais, dans l'un ou l'autre cas,
rassurez-vous; le feu sacré est allumé. Il est
vraiment artiste, le beau finira par paraître.
Il combat le bon combat dans la carrière
artistique; il tend au but, et cela est déjà un
grand bien.

De même, le jeune peintre se place devant
sa toile immaculée; il trace, il ébauche; sa
main vole; son pinceau commence à faire
apparaître les formes chéries de l'imagination. Mais, ô douleur! Non, non, il n'a pas
atteint ce qu'il poursuit, et d'un coup de pied
il enfonce la toile et se remet à l'œuvre.
L'idéal brûle en lui. Cette toile, ce pinceau,
sont semblables à ceux de Raphaël et du
Titien; qui l'empêchera, conquérant hardi,
d'atteindre ce qu'il cherche? Courage donc!
En avant!

Et pour les âmes, n'agira-t-on pas ainsi?
Leur fera-t-on lire les affreux ouvrages qui
dépeignent les vices et les maux de l'humanité? Que les âmes y donnent un vaste coup
d'œil d'ensemble et commencent un minutieux examen d'elles-mêmes, de leur chute,
de leur perdition totale; mais ne les tenez
pas constamment courbées vers ces bour-
biers infects. Que pourraient-elles alors pro-

duire de beau ? Il faut se connaître pour qu'à
la base de toute vraie piété il y ait l'humilité
née de la connaissance de soi-même par le
St-Esprit. Mais pour que les âmes puissent
produire quelque chose de beau, de bon,
mettez-les en face de la perfection, de la
bonté, de la beauté ; qu'elles contemplent le
Roi de gloire, se faisant homme, mourant,
ressuscitant plein de puissance et d'amour,
et que ce soit d'auprès de Lui, ce seul et vrai
idéal réel de toute beauté, qu'elles s'élancent.
pour traverser la terre, courant vers Lui.
Alors, l'enthousiasme, l'illumination intérieure rendront leur trace lumineuse et
bénie.

*
* *

Pau, 5 décembre 1858.

(Dimanche matin.)

Heureux ceux dont le sourire peut briller
à travers les larmes, en regardant le Ciel.

Heureux ceux dont le cœur palpite d'espérance sous les vêtements de deuil.

Heureux ceux qui portent seulement le
deuil du corps et non pas aussi celui de
l'âme.

*
* *

Pau, 11 janvier 1859.

Qu'importe que l'on ne me pleure pas sur la terre, si l'on me sourit aux Cieux !

Il est doux et bon cependant de passer des saintes affections savourées ici-bas en Dieu aux ravissements de l'amour céleste, et de quitter des êtres chéris qui versent des larmes en nous voyant partir, pour aller retrouver en Jésus ceux que nous pleurâmes aussi.

L'amour fait tant de bien !

*
* *

22 janvier 1859.

J'ai lu hier dans les « Mémoires de M. Bost » l'extrait du journal de J. Edwards sur les pieux ravissements de Mme Edwards ! Quelle ferveur ! Quel amour ! Et pourtant, tout ce que Jésus a fait pour elle, ne l'a-t-Il pas fait pour moi ? Ne m'aime-t-Il pas du même amour ? Tous ses trésors de douceur et de gloire ne me sont-ils pas offerts ? O Dieu ! fais-moi la grâce de me laisser absorber en Toi, et d'ouvrir toutes grandes les portes de mon âme au Roi de gloire.

O mon cœur, mon cœur ! ouvre-toi, et Jésus, le Roi de gloire, entrera. Cherche-le ;

Il te cherche, et dans cette ineffable rencontre, oh! quel bonheur!

Qui cherches-tu, Marie?...... — Rabboni!
mon Maître!

*
* *

Pau......

M. H... est mort ce dimanche 23 janvier
1859, pendant le service de deux heures.
M. le Pasteur Buscarlet, qui a été l'un des
instruments dont Dieu s'est servi pour sa
conversion, a été aussitôt prévenu et s'est
rendu à G. Les domestiques sont accourus
vers lui. Ah! Monsieur! quelle mort! Il nous
a tous appelés ce matin et nous a parlé de
Jésus-Christ. Ah! quelles choses il nous a
dites!

La veuve qui a tant prié, prié si longtemps
pour ce mari bien-aimé et si opposé, hélas!
à l'Evangile, puis qui a vu ses prières exaucées d'une manière si admirable par la grâce
de Dieu, la veuve a raconté à M. Buscarlet
les derniers instants que ce racheté a passées
sur la terre. Il a tendu sa main vers le Ciel,
et d'un ton suppliant il s'est écrié : « Seigneur
Jésus! donne-moi ta main, soutiens-moi...
Que la route est étroite! on ne peut passer
qu'un à la fois. Que je passe! Seigneur

Jésus, où es-tu ? Ah ! viens ! Je te vois ! Je te vois. » — Et l'âme s'est envolée.

Il avait dit le matin à sa femme : Je ne sais si du Ciel je pourrai te voir, mais je serai avec toi et nos chers enfants.

*
* *

Pau, 24 février 1859.
(Jeudi soir.)

O Jésus ! tu me combles des preuves de ton amour et de ta puissance ! Tu as rempli nos âmes de gratitude et d'admiration, en répondant aux prières que nous avions fait monter instamment vers Toi pour un ami par lequel tu nous avais fait tant de bien, que nous voyions éloigné de Toi, ignorant ce qu'est la vie de Dieu, et que Tu as fait miraculeusement passer des ténèbres à la merveilleuse lumière, que Tu as sauvé, et dont Tu as rempli la bouche expirante de ton nom, ô Christ Sauveur ! (1) Et de tous côtés, tu m'environnes de ta charité. A la nouvelle de la mort et de la *vie* du cher ami que tu as rappelé à toi, tu as répandu en moi des flots de pensées solennelles, saintes,

(1) Il ne s'agit pas ici de celui dont il a été question précédemment, mais d'un autre encore.

douces, profondes. Tout m'apparaît sous un jour nouveau. Je te sens, ô Seigneur Jésus ! plus palpable, plus réel; je te sens plus *existant*. Le passage si rapide et si lumineux de celui avec lequel je parlais il y a si peu de temps encore, ce passage dans le monde invisible me l'a rendu plus réel. Je ne le vois plus, mais je sens qu'il existe. Je suis en pensée avec cette sainte société. Je te vois, ô Dieu Sauveur ! comblant d'amour ceux que tu as rachetés par ton sang, et ces âmes dans l'allégresse, t'adorant, te bénissant, t'exaltant, chantant avec transport les prodiges de ta charité. Et alors, Tu me fais sentir que c'est maintenant le moment de faire quelque chose pour Toi, que notre vie doit être à Toi, que bientôt notre corps ne pourra plus agir sous l'impulsion de notre âme pour faire du bien aux frères, les exciter à travailler pour ta gloire, et pour appeler à Toi ceux qui ne te connaissent pas ; que bientôt, notre corps dans la terre et notre esprit envolé, le monde visible ne sera plus nôtre ; nous n'y pourrons rien faire ; qu'il faut agir maintenant; que l'existence terrestre est une vapeur ; que nous passons et faisons place à d'autres, et que nous courons vers Toi !

Que de choses j'ai entendues et répétées sans en comprendre le sens profond que je leur vois maintenant ! Et plus tard, j'éprou-

verai la même chose. Toutefois, ce moment
est un moment béni.

Ta charité, qui veut le salut et le bonheur
de ta créature, m'apparaît frappante, délicieuse, pleine de grâces et de compensations.
Oh ! que tu es Père !

Je vois ton oreille tendue aux soupirs et
tes promesses faites à la prière venant d'être
confirmées par un tel fait, que je suis stimulée
à te prier, à te prier réellement.

Et de tous côtés, tes témoignages m'arrivent. Ce grand cri des âmes en Amérique
demandant : — Que faut-il que je fasse pour
être sauvé ? Ce réveil aux vrais intérêts de
l'être humain, ce feu d'amour et de zèle qui
embrase et s'étend ; ces prières exaucées
par des réponses, si j'ose dire, courrier par
courrier (1). Les prédications ferventes de
notre pasteur, son ardent amour pour les
âmes qui rend ses appels si frémissants en
face de leur danger, si onctueux, si suppliants ;
ces sublimes aperçus du monde invisible et
de la bonté de Jésus, où tu le transportes et
où il nous entraîne avec lui. Tous ces chers
rachetés qui viennent tour-à-tour me faire
du bien en me montrant ce que tu mets dans
le cœur des tiens en dévouement, en charité ;

(1) Allusion à ce qui se passa lors du grand réveil amé-
ricain.

qui viennent tous à l'envi me parler de ton amour, me dire certainement quelque chose de ta part. Ces vénérés pasteurs et amis, MM. Bost, Martin Dupont, Cadier, Reclus, Buscarlet ; puis M. Charles Eynard, dont la prière m'a fait une si douce impression.

Oui, tous ceux-là et bien d'autres chers amis et chères amies, et ma sœur, ma chère sœur, sont venus de ta part me faire du bien. Bénis-les tous ; non pas seulement ceux que j'ai nommés, mais tous, tous amis de près ou de loin. Bénis-les avec ces êtres chéris et dévoués qui, depuis que je respire, veillent sur moi avec amour ; cette mère, cette grand-mère que tu nous as conservées, cette tante qui a tant souffert. Chères âmes, inonde-les de ton amour !

Et maintenant, pendant la nuit, j'écris à la hâte ces lignes, le cœur plein de ce que tu m'as fait encore ouïr ce soir de ta charité, chez M. Mac-Donald, à la réunion donnée par M. John Bost.

Je ne le connais de visage que depuis quelques heures ; que de bien déjà il m'a fait !

Est-ce égoïsme de ma part de dire toujours « je, moi », et de parler du bien que je reçois ? J'espère et je crois que mes frères en ont reçu comme moi, mais je ne peux parler que de ce que je ressens, et je dois consigner ici le bien fait à mon âme. Tu verses à flots les richesses de ta grâce, Seigneur! Oui, mon âme a reçu du bien à cette soirée du jeudi 24 février 1859, chez M. Mac-Donald.

Le cœur débordant de la plus touchante et sympathique charité, M. John Bost, après quelques paroles d'introduction de M. Mac-Donald, a parlé des pauvres, des petits, des misérables que tu as jetés dans ses bras, et pour lesquels il demande un secours; c'est bien juste; ils ne sont pas plus ses frères que les nôtres. Ah! c'est bien là la charité de Jésus pour les pauvres, les méprisés, le rebut. Ah! Bethesda!

M. Pozzy a parlé chaleureusement de l'œuvre de son collègue, ami et frère, œuvre qu'il a vue grandir et s'accroître. Il a rappelé que Napoléon Ier avait dit à des gens qui faisaient des objections à un ordre présentant d'immenses difficultés et qui déclaraient que c'était impossible : — Impossible n'est pas français! Eh bien! prenons ce mot dans un sens plus élevé et disons : — Impossible n'est pas chrétien!

M. Bost père a parlé ensuite (heureux père!) et demandé qu'on organise dans chaque ville une société Adolphe (1), qui dispense son

(1) Peu de jours après, chez elle, la société Adolphe, de Pau, était organisée en présence de M. John Bost.

fils de collecter, ce qui l'ôte à son œuvre et peut y nuire. Puis il exhorte à se défier des impressions passagères et à donner suite à un bon mouvement.

Son fils prend de nouveau la parole et bénit la maison qui a reçu.

La soirée est finie. Nous rejoignons notre demeure par la plus belle et la plus douce nuit étoilée. Cassiopée, la Grande Ourse, la Petite Ourse, Castor et Pollux, Aldebaran, resplendissent dans le ciel pur. Les étoiles ne m'avaient jamais paru si belles, si scintillantes. L'air était doux. Ah! Seigneur! mon Dieu! ces étoiles ont aussi quelque chose à me dire de ta part.

*
* *

Pau 1859, février.

... Mon Dieu, je pleure, mais sois béni, Tu l'as sauvé! J'ouvre la Bible et je tombe sur ce passage qui pénètre mon cœur : « Si nous savons qu'Il nous exauce, quelque chose que nous lui demandions, nous le savons, parce que nous avons obtenu ce que nous lui avons demandé. »

O mon Dieu! il était incrédule, et l'on m'écrit qu'il a témoigné de sa foi en Christ.

O miracle! ô mon Dieu! tu m'as donné
d'aimer cette âme, de lutter pour elle. Je me
rappelais ces paroles entendues le 22 août
1855, d'un de tes bien-aimés, descendu bien
jeune dans la tombe : « Ne prions pas seulement en général pour la conversion des
âmes, mais attachons-nous particulièrement
à une âme; prions, luttons, et ne cessons
pas de prier jusqu'à ce que Dieu nous ait
accordé pour elle la vie éternelle. »

Ah! Seigneur, tu savais que bientôt pour
ce cher E. « il n'y aurait plus de temps », et
c'est pourquoi, depuis des mois, bien avant
qu'il fût malade, son âme était un objet tout
particulier de sollicitude. Tout me faisait
penser à cette âme plongée dans l'incrédulité.
Le *bon sens*, la *raison,* me disaient : Lui,
devenir pieux! Mais laisse donc cette pensée.
— Et Toi, tu me disais au fond du cœur :
« Je ne prends pas plaisir à la mort du
pécheur, mais à ce qu'il se convertisse et
qu'il vive. » Je m'armais de tes déclarations
pour te prier. Je te disais : « Agis en lui. Je
ne sais pas comment, cela semble fou, mais
viens régner sur cette âme; qu'elle s'humilie,
qu'elle te saisisse, qu'elle t'adore et qu'elle
ait la vie. »

J'ai prié seule, et au culte de famille, sans
qu'il fût nommé, je l'avais en vue avec bien

d'autres chers objets de sollicitude. Et Sophie priait. J'ai eu le désir de dire à ma sœur : Accordons-nous ensemble, afin de prier Dieu pour lui. Nous ne l'avons pas fait; mais nous nous étions souvent dit : Prions pour lui. En vérité, nous nous accordions bien en esprit dans nos prières pour lui.

O Dieu! combien tu nous as exaucées! Mais, comme l'a écrit Sophie : « Souvent, quand vous demandez à Dieu la conversion de vos bien-aimés, vous vous trouvez demander pour eux une coupe de douleur, dont la vue seule vous ferait frémir. » Mais après, le bonheur et la gloire.

Et tu as envoyé la maladie à ce cher E. Tu l'as arrêté au milieu de sa science, de ses poursuites de fortune, de ses immenses travaux, et tu l'as couché sur un lit de douleur. Il nous a écrit deux lettres; il s'y exprimait sur Dieu d'une manière qui m'avait frappée. Et quel désir de venir nous trouver ne témoignait-il pas! Et nous nous étions franchement prononcées devant lui. Je voyais sa conversion arrivant ici, auprès de nous. Mais c'est au loin que notre prière a été le bénir, que tu as agi dans son âme et que le Roi de gloire y est entré.

Pauvre ami, quelle bonté, quel dévouement pour nous! Seigneur, comme tu t'es servi de lui pour nous faire du bien ! Deux fois par jour, quelle que fût la température, à toutes les heures, à des distances énormes, il accourait et tu nous conservais par ses soins et sa science une vie chérie.

O cher E. ! que Dieu vous bénisse auprès de Lui. Mais maintenant, vous avez tout en Lui. Vous êtes heureux. A cette pensée, en vous pleurant, je sens une immense joie.

Ah ! Dieu a permis que nous passions près de vous. Vous vous portiez si bien, alors ; mais il ne restait devant vous que quelques mois de vie. Nous avons rendu témoignage de la vérité à cette chère âme. Et quand, au départ, il avait sous le bras notre grosse Bible que maman lui avait donnée, je lui dis : Oh ! lisez-la ; mais lisez-la sérieusement en priant ; c'est le livre de Dieu. Il me dit avec une expression très grave : « Je vous le promets. »

Quelquefois, je me sentais portée à dire au Seigneur : Il a été si bon pour nous ; sauve-le ! Mais j'ai dû, en priant pour lui, le présenter à Dieu, pauvre pécheur dénué de tout mérite, car c'était la vérité, et supplier le Seigneur de le prendre tel qu'il était et de faire de lui une nouvelle créature. Mais ses bons soins pour des enfants de Dieu ont attiré leurs prières. Dieu est juste et dispose de tout.

Il y a quelques jours, j'étais malade, alitée, je disais à Sophie : Entre une âme pieuse, mûrie dans l'amour du Sauveur, éclairée, vivifiée depuis longtemps par le Soleil de justice, et certaines pauvres âmes, il y a un abîme. Cependant, Dieu n'a qu'à dire : « Que la lumière soit. » Et cette âme, remplie de ténèbres, resplendira de *sa* lumière, de *son* amour. O Dieu ! fais-le pour E.

Et tu l'as fait. Seigneur ! je suis sous une impression solennelle qui m'absorbe. Je touche ton œuvre de mes mains. Je vois exaucées mes prières, pauvres, faibles, imparfaites, mais présentées par Christ. Je lis : « Il nous a parlé du Christ, notre Sauveur; il nous priait de lui permettre de parler; je ne puis vous exprimer de quelle voix. Ses yeux moitié voilés, il nous a tous fait pleurer en nous parlant de Dieu, de l'âme, d'un autre monde. »

Oui, c'est bien vrai; c'est d'E. que l'on parle. O bonheur! ô douleur! J'apprends sa mort avec sa vie, sa vie avec sa mort. Ah! il en sait plus maintenant que tous les théologiens. Il a cru en Jésus-Christ.

Pau, 30 avril 1859.

(Samedi.)

Je reviens de la réunion de prière de midi, qui a lieu chez M. Buscarlet ; lui et MM. Bost, Schlumberger, Eynard, ont successivement prié et proposé des chants de cantiques. M. Eynard a, dans sa prière, imploré le Seigneur pour le maintien de la paix, la consolation de tous ceux qui souffrent dans ces circonstances douloureuses. O Dieu Sauveur! accorde-nous d'attendre ton avénement, en nous purifiant nous-mêmes comme Toi tu es pur!

*
* *

Même date.

Mercredi, j'étais assise au pied d'un arbre, dans le jardin, et je regardais un laboureur semant du blé dans le champ en face de moi. A première vue, cet homme avait l'air d'un fou. Il parcourait à grands pas ce champ d'un bout à l'autre, étendant son bras autour de lui, et ce ne fut que lorsqu'il arriva tout près de moi que je distinguai *quelque chose* s'échappant de sa main, et il continuait, dispersant autour de lui ces atomes qu'on ne voyait plus. — Et cependant, si Dieu continue dans sa bonté à envoyer « les pluies du ciel et les saisons fertiles », dans quelque temps cette terre grise disparaîtra sous d'innombrables épis verdoyants, et plus tard encore, quand le soleil aura pendant de longs jours dardé sur eux ses brûlants rayons, de beaux épis dorés laisseront échapper des grains dont Dieu seul peut savoir le nombre, et qui, selon la pensée du possesseur, iront, ou féconder d'autres champs, ou, broyés sous la meule du moulin, offrir une blanche farine.

Scènes de la nature, oh! que vous dites de choses à l'âme! *Terre, combien tu as l'avantage sur tout! Le Roi est soumis au champ,* et le Sauveur a presque toujours puisé dans les douces scènes des travaux de la terre ses paraboles spirituelles.

Cet homme avait l'air fou; combien ce qu'il faisait était sage! Et sans qu'il s'en doutât peut-être, son œuvre était une œuvre de foi. — Quoi! tu jettes ce grain sur la terre! Et le vent qui va l'emporter! Et les pigeons avides, et les nuées d'oiseaux qui vont le dévorer! — C'est là ce que lui auraient dit l'incrédule, le railleur. Mais il marchait, marchait à grands pas, semant toujours. — Ah! c'est bien ainsi que doit agir la foi.

Je pensais aussi : *Toute grâce excellente et tout don parfait vient d'en haut et descend du Père des lumières.* Oui, tout dans notre salut, dans nos biens, vient de Lui, et cependant Il veut que nous agissions.

Ce champ fait partie de notre belle terre créée par Dieu. Ces grains de blé sont aussi son œuvre. La pluie qui les fera pénétrer dans la terre et germer, la pluie vient aussi à sa volonté. Et pourtant, Il veut que ce soit la faible main de cet homme qui couvre ce champ; s'il laissait le blé renfermé dans le grenier, verrait-il croître une belle moisson? Ainsi donc : « Travaillez à votre salut avec crainte et tremblement, sachant que c'est Dieu qui produit en nous le vouloir et l'exécution, selon son bon plaisir ».

Mercredi soir, je savais que le planton de notre voisin X. allait partir pour rejoindre le grand corps de son régiment; de là filer au camp de Châlons et peut-être...... à la mort! (1)

Je souhaitais extrêmement donner à ce pauvre être, peut-être si près de l'Eternité, la parole de Dieu où il peut trouver le salut de son âme, et la consolation et la paix dans sa triste et périlleuse situation. Je m'étais procuré un Nouveau Testament; je pensais qu'il viendrait le soir; mais les domestiques me disent que le matin il a fait ses adieux

(1) C'était au début de la guerre d'Italie.

chez X. et ne doit point revenir. Je restai
abattue, consternée, dans la salle à manger.
Quoi! me disais-je, par ma négligence ou
faute de m'y être prise assez tôt, cette
pauvre âme n'aura pas l'Evangile! Je formai
plusieurs plans qui ne pouvaient se réaliser
pour le lui faire parvenir convenablement.
Il était tard, et le lendemain matin, dès
l'aube, il partait. — Impossible, impossible,
me disais-je, et cependant de cette pensée
jaillit avec force comme un trait lumineux :
« Tout est possible à Dieu. » — J'entends un
bruit dans l'escalier de service, près de moi.
Puis notre domestique ouvre bruyamment
la porte en me disant : « Justement, il est
ici. » — Vraiment! m'écriai-je; et je vole
vers la chambre de Sophie, bénissant Dieu.
Je prends à la hâte le livre, quelques traités
choisis dans ma chambre, et avec une telle
promptitude que Mère et Sœur me demandent ce que j'ai. Je ne puis prendre le temps
de leur répondre; je cours de nouveau vers
la salle à manger, remets l'Evangile et les
traités à notre domestique, lui recommandant
de les donner de notre part au soldat quand
il descendrait, et, heureuse, émue, je vais
trouver Sophie et lui dis : « Ah! que de
choses en peu de minutes! » La prière avait
reçu là une réponse encore plus prompte
que par le télégraphe d'Amérique. Quelques
instants après, notre domestique vient me

dire que mon envoi avait été remis au soldat comme il s'en allait.

Le lendemain matin, à quatre heures, j'ai été réveillée par les clairons. A cinq heures, comme je me réveillais de nouveau, au bruit des tambours, je me disais avec douceur : Pauvres gens, qui allez peut-être à la mort, il y a toujours bien parmi vous un Nouveau Testament. O Dieu ! bénis-le pour cette âme et pour celles qui l'entourent !

*
* *

Jeudi, jour de l'Ascension,
2 juin 1859. — Pau.

Oh ! qu'il est grand, qu'il est important notre séjour sur la terre ! C'est pendant ce point dans l'espace, pendant ce moment dans l'infini que se décide notre avenir éternel !

C'est l'instant décisif où l'âme croit, adore et s'élance dans la vie éternelle, ou glisse vers le Malheur, vers la Mort, dont tout ce qu'on appelle ici-bas malheur et mort ne sont que les *ombres*. Oh ! l'éternité !... — Mais le séjour sur la terre après la conversion est donné pour la sanctification ; il est dit que « sans la sanctification, nul ne verra le Seigneur » ; de même qu'il est dit que

Christ nous a été fait sanctification. « Quiconque a cette espérance en Lui se purifie soi-même comme Lui aussi est pur. »

Moment important, où nous travaillons à notre sanctification, où nous, misérables, nous cherchons à travailler à la gloire de Dieu. Oh! honneur inespéré! Tendre amour du Père! — Nous devons aussi chercher à faire glorifier notre Dieu par ces âmes chéries que Christ a sauvées par son sang et qu'Il aime. Quelle mission! Porter des esprits immortels qui marchent vers le séjour d'amour et de gloire, à glorifier Celui auquel ils doivent tout; à se purifier par le St-Esprit, à se dépouiller des laideurs, des horreurs pécheresses et à devenir des essences purifiées par le sang et les souffrances de Christ pour la moisson, où les moissonneurs sont les Anges. Glorifier Dieu par soi et par les autres en les embellissant et leur faisant du bien, voilà donc notre mission ici-bas.

Oh! quelle beauté! quel honneur! Que Dieu nous la fasse remplir, cette mission, par son Esprit. — Et le séjour de la terre est court... et après... une tout autre économie. Nous ne reverrons plus *avec nos yeux*, nos yeux qui voient en ce moment la lumière du soleil, ceux que nous aimons. Oh! pendant qu'il en est temps, aimons, prions, agissons!

*
* *

Pau, 4 octobre 1859.

(Mardi.)

Hier soir, après la prière, je me promenais avec ma Grand'Mère sur la galerie. Nous admirions la limpidité du ciel, les étoiles brillantes, le clair de lune si doux. Comment peut-il y avoir des incrédules, disait Grand' Mère. Ils sont comme l'ombre au tableau; ils font ressortir la foi des croyants, ajouta-t-elle après cette exclamation.

Ah! la foi, don de Dieu!

*
* *

Pau, novembre 1859.

(Lundi.)

Il y a aujourd'hui un an que tu nous as été retirée, chère tante X., tendre mère par l'affection, les soins, la sollicitude. Est-il vrai que nulle part on ne pourrait te voir sur la terre, qu'il soit impossible d'entendre ta voix aimée, que je ne pourrais plus recevoir un seul baiser de toi? — Mort! — Mais voilà, tu es vaincue. Notre Seigneur Jésus-Christ a détruit la mort et mis en évidence la vie et l'immortalité par l'Evangile. Ah! Dieu Sauveur! que je te bénisse de toute mon âme d'avoir détruit la mort!

Bientôt, on dira de Satan : — « Il ne lui reste que peu de temps. » — Ah! Dieu! sauve-nous, prends pitié de nous pour l'amour de Jésus! Pardonne-nous; embrase-nous de ton amour. — Ah! dans l'éternité, qu'il me semblera court le temps écoulé entre le 7 novembre 1858 et le....., jour où je quitterai aussi ce monde. Oh! Dieu, en ce jour qui m'est inconnu, reçois mon esprit.

*
* *

Aujourd'hui, 13 novembre 1859, saint jour de dimanche, j'ai été au service religieux de 10 heures 1/2. C'est notre cher vieillard, M. Bost père, qui a fait le service. Quelle ferveur, quelle chaleur dans ses paroles excitant à la prière, au zèle !

En sortant du service, nous nous dirigions par la place Royale, la terrasse du Château et la Basse-Plante vers le Parc. Longue et délicieuse promenade. Le Parc est désert. Sophie et moi nous lisons le chapitre quinzième de la première épître de St-Paul aux Corinthiens. Nous nous arrêtons souvent pour méditer ensemble ce consolant et sublime chapitre, proclamation de la Résurrection. Sophie et moi, nous marchons à pas lents dans l'allée basse du Parc. Les feuilles mortes crient sous nos pas, et cependant nous sommes sous une magnifique voûte de verdure. Les arbres, encore couverts de feuilles vertes, se rejoignent, se confondent à une grande élévation. Quelle nef admirable! L'air est frais, léger; il y a tout juste assez de soleil pour préserver de l'humidité; mais dans l'ensemble, l'allée, si grandiose, si *royale* par elle-même, est plongée dans l'ombre et le silence. Le soleil dore le haut du coteau. Des bestiaux paissent dans la prairie qui longe l'allée ; au-delà, la grande route animée ; au-delà encore, la petite colline verte, surmontée à droite par le cimetière de Pau, à gauche par l'église de Bilhères. Douce matinée, je dois te consacrer un souvenir. Sois bénie pour nos âmes. Que la rosée d'en haut te fasse fructifier. Oui, ô Dieu! bénis cette douce lecture de ta Parole et nos entretiens.

Par un petit sentier, nous gagnons l'allée haute dont la vue nous éblouit, comme si c'était la première fois que nous l'admirions.

• •

*
* *

Pau, 13 mars 1860.

L'écriture d'un mort me jette dans des pensées infinies.

*
* *

Pau, 15 mars 1860.

Que de fois maman m'a apporté des choses qui m'étaient utiles ou agréables, avant même que je les eusse demandées ! Et Dieu vient au devant de nous. C'est le Père dans tout son amour qui dit : « Avant qu'ils crient, je les exaucerai, et quand ils parleront encore, je les aurai entendus. » Ah ! Dieu, que notre cœur brûle d'amour pour Toi !

Pau (lundi), 26 mars 1860.

Un homme que je viens d'apercevoir me jette dans des pensées étranges. Il me produit l'effet d'un esprit à peine enveloppé d'un corps.

Ses yeux brillent, quoique son regard soit sombre.

Sa bouche est serrée, son nez long et très mince.

Il est très pâle. Quand je me suis mise à la fenêtre, il agitait un bâton, et puis il a désigné ma fenêtre et ensuite l'extrémité du balcon. Et, en le voyant, je me suis dit : Le monde des esprits ! Mais n'y sommes-nous pas ? Les esprits sont plus ou moins bien enveloppés. Ainsi, cet homme, c'est un esprit qui traverse et habite ce monde pour quelque temps dans un corps.

Pourquoi donc cet homme me fait-il voir comme toutes nouvelles ces choses sues et dites depuis longtemps ?

Plutôt que de me jeter dans mille pensées bizarres, que je songe à demander à Dieu de se faire connaître comme Sauveur plein d'amour, par ce pauvre paysan, qui a l'air souffrant, débile, et que son âme se joigne aux esprits bienheureux jusqu'à la résurrection de son corps.

Evangile, tu es une santé à l'âme et à l'esprit.

*
* *

Pau, 8 avril 1860.
(Matin de Pâques.)

O Jésus ! ma victime, ma victime que j'ai tuée, te voilà sanglant et déchiré, mis dans un tombeau. Je veux être ensevelie avec toi ; j'entre dans ce tombeau avec toi ; je ne veux plus être que là, pleurant, me faisant horreur à moi-même, contemplant avec une immensité de douleur mon œuvre infâme. Tu es mort, doux enfant, né dans l'étable de Bethléem, toi que Marie serrait avec tendresse sur son sein virginal, toi qui n'as fait que du bien. Ah! il me semble que je vois Marie me regardant et me disant : Tu as tué mon fils! Et tous ceux auxquels il a fait du bien m'accablent de reproches. Mais quoi! ceux-là mêmes l'appellent leur Sauveur. Il est mort aussi pour eux. Nous tous, pécheurs, ayons la bouche fermée. Mais qu'entends-je du ciel étoilé? « C'est ici mon Fils bien-aimé en qui j'ai mis toute mon affection, » s'écrie le grand Dieu des Cieux. Tu as tué mon Fils. — Ton Fils, mon Dieu! — Oui, s'il a rendu l'esprit, si son corps a été déposé inerte et glacé dans le tombeau de Joseph d'Arimathée, c'est à cause de toi. — Quel monstre suis-je donc, mon Dieu? — Une fille d'Adam, une pécheresse, un être éloigné de moi et que j'ai voulu sauver en sacrifiant mon Fils qui t'aimait tant lui-même qu'il est venu me dire : —· Me voici. Et qu'à cause de la joie qui lui était proposée, il a souffert la mort, méprisant l'ignominie. — Quoi, mon Dieu! tout cela pour moi! O Jésus! puisque tu es mort, toi, le prince de la vie, fais mourir le péché qui est en moi.

*
* *

Pau (samedi), 2 juin 1860.

Hier soir, en m'endormant, je me disais :
Comment, mon corps, qui maintenant est
couché dans un bon lit, plein de vie et de
santé, un jour sera mis dans la terre humide
et deviendra semblable à elle ! La vie en moi
criait : Non, non ! Et l'expérience me criait
plus fort encore : Souviens-toi de, de, de....,
pleins de vie et de santé comme toi, et maintenant sous terre. Et leurs esprits? — Oui,
oui, ai-je senti avec force, leurs esprits
reviendront habiter leurs corps ressuscités.
Au moment de Lui connu, Celui qui nous a
déjà créés, fait croître et développer, aura
bien la puissance de réunir de nouveau nos
esprits et nos corps. — Comment tant s'agiter
dans une vie qui est un passage? Quelle
folie d'enraciner son cœur à quelque chose
d'un monde où nous ne faisons que passer,
emportés vers l'Eternité ! — Jésus ! ah ! sois
notre point de départ, le sujet de notre joie,
de nos cantiques, le soutien de notre force
pendant le trajet, et sois, oh ! sois, bon
Sauveur, précieux Sauveur, le but de toute
notre vie, Toi notre seul espoir à la fin du
voyage. Mon Dieu, que la joie de ton salut
soit notre force. Que ton amour restaure,
sanctifie, réchauffe et vivifie nos âmes. Et,
voyant que le temps est court pour te glorifier, que nous reprenions avec un courage

nouveau notre bâton de voyage, et que, les yeux fixés sur Toi, notre cœur sur ton cœur, ton esprit saint illuminant et vivifiant nos âmes et te faisant vivre en elles, ô Jésus! nous allions vers Toi!

.*.

Pau, 8 juillet 1860.
(Dimanche.)

Ah! que me sont les autres auprès de Lui! Ils n'ont pas, eux, donné leur sang pour moi. Ils ne m'ont pas délivrée du mal qui me rongeait, de la condamnation qui pesait sur moi, de la colère à venir. Ils ne m'ont pas ouvert la porte du Ciel. Leur amour ne pourrait pas satisfaire pleinement mon cœur. Jésus, Jésus seul a pu accomplir tout cela pour moi, misérable créature, parce qu'Il m'aime. Et Il m'aime, parce qu'Il m'aime. « Il a été cause à Lui-même pour cet amour. »

Ah! Jésus! sois mon tout, mon amour, les délices de mon cœur, ô Dieu, mon Roi! que mon cœur s'écrie : « Tes autels, ô Eternel! tes autels! » « Comme le cerf altéré brame après les eaux courantes, ainsi mon âme soupire après Toi, ô Dieu fort et vivant. Mon âme a soif de Toi. » — Ah! donne-moi réellement cette soif de Toi, oui de Toi!

.*.

Pau, 19 août 1860.

(Dimanche matin.)

CHAPITRES 8 ET 9 D'ÉZÉCHIEL.

N'y en a-t-il pas beaucoup parmi le peuple *visible* de Dieu, qui ont, eux aussi, un *cabinet peint,* où ils consultent, où ils adorent mille honteuses et viles idoles? Lisons leur destruction, et voyons que ceux qui sont marqués pour ne pas être exterminés avec eux, sont ceux qui *gémissent et soupirent en voyant les abominations* qui se commettent.

Ah! quand nous voyons faire le mal, que la douleur que nous en ressentons soit causée, non pas tant par le tort que cela nous fait à nous-mêmes, non pas tant même par l'effroi que cela nous donne sur le sort que se réservent les malheureux pécheurs, quoiqu'il soit bien dit à la Charité de pleurer sur eux, mais surtout que le premier et grand mouvement de notre âme soit l'indignation, la douleur de voir la gloire de Dieu compromise, l'ingratitude payer son amour. Oui, que son zèle nous dévore ; que nous disions ardemment du fond de notre cœur : Ton nom, ton nom soit sanctifié. O notre Père, qui es aux Cieux, que ton règne vienne ; que Tu sois reconnu, adoré, loué, exalté. Que ta volonté soit faite sur la terre comme au Ciel.

Ah! si nous nous sentons enfants du grand Dieu du Ciel, avec notre cri d'Abba, c'est-à-dire Père, nos prières seront ardentes et pleines d'amour.

* *
*

Pau (soir de Noël), 1860.

O belle nuit limpide! Le ciel est sans nuage. Les étoiles brillent plus qu'à l'ordinaire. L'air est plein de douceur. Une étoile fixe surtout mes regards. O belle étoile, tu me sembles être un œil céleste qui me regarde avec une ineffable bonté. Je t'ai contemplée avec une douceur infinie, ô belle étoile! Puis, mes regards s'abaissant vers la terre ont aperçu ces demeures recherchées par les riches étrangers, et qu'elles m'ont paru petites, ternes! Entre ma demeure et celles-là, mon œil est arrêté par de pauvres masures; ma pensée remonte vers l'étoile... Egalité!

Oh! comme toutes les distinctions s'abaissent! La même étoile brille d'un éclat égal, pour le pauvre dans sa mansarde, pour le riche dans ses salons.

Toutes ces demeures des humains, comme elles me semblent insignifiantes; combien leur magnificence ou leur laideur s'effacent!

Qu'est-ce que le prestige et le dénuement devant Dieu?

Mais le pauvre souffre. Riche, ou seulement toi qui possèdes, songes-y.

* *
*

Pau, février 1861.

A la fin du mois passé, M. John Bost a donné une réunion intéressante à la chapelle. Lorsqu'il s'est rendu à Béthesda pour souhaiter la bonne année, son cœur était oppressé. — Que vais-je faire? Souhaiter la *bonne année* à des incurables, à de pauvres jeunes filles qui devront passer cette année sur un lit de souffrance. Mais voilà; arrivée dans cet asile de douleurs, j'ai ouvert la Bible et j'ai lu ce passage de St-Luc, IV, 18, 19 : « L'Esprit du Seigneur est sur moi, c'est pourquoi Il m'a oint. Il m'a envoyé pour annoncer l'Evangile aux pauvres, pour guérir ceux qui ont le cœur brisé; pour publier la liberté aux captifs et le recouvrement de la vue aux aveugles; pour renvoyer libres ceux qui sont dans l'oppression et pour publier l'année favorable du Seigneur. » — Ah! voilà, voilà ce qu'il me fallait pour m'approcher de ces pauvres jeunes filles incurables. Et savez-vous ce dont je m'aperçois? qu'elles s'étaient déjà donné leurs étrennes. Elles s'étaient

passé d'un lit à l'autre de petits morceaux
de papier sur lesquels étaient écrits des
passages de la Parole de Dieu. — Ah ! ce sont
bien là les étrennes du pauvre !

*
* *

Pau, 17 juillet 1861.

Nous devons considérer les beautés de la
création entière comme le reflet des beautés
qui sont en Dieu, ne pas attacher nos cœurs
à cette terre par les charmes qui s'y trouvent,
mais toujours y voir transparaître les beautés,
les suavités, les douceurs de Dieu.

*
* *

Pau, 22 août 1861.

(Jeudi soir.)

Oh ! qui dira « les fiançailles de l'Agneau » ?
Elles sont conviées une à une, les âmes,
pour le grand festin.

Dieu a touché de son doigt ; une voix pénétrante, irrésistible, a dit : « Suis-moi. »

Et elle suit, l'âme conviée, elle suit Celui
qui l'a aimée.

— Dieu m'aime. Il est mort pour moi. Monde, je te quitte.

Et elle se met de la grande troupe mystérieuse « fiancée de l'Agneau ».

Que vois-je en arrière de toi, ô bienheureuse assemblée? Qu'as-tu laissé pour suivre ton Bien-Aimé, l'Homme de douleurs?

Que d'or, que de beaux domaines, que de couronnes de laurier, de perles...... et de fleurs d'oranger !... Et des trônes aussi, oui, oui, je vois des trônes.

Amour de Dieu, Ciel de l'âme, tu entraînes, tu ne laisses place pour aucun regret. Quand tu resplendis dans une âme, le jeune homme, sans soupirer, voit sa vie s'évanouir; la jeune fille, sans pleurer, regarde son visage amaigri, dont la fraîcheur s'envole. Tu es le mot de l'énigme de bien des vies, devant lesquelles le monde dit : « Pourquoi? »

Combien y a-t-il dans les campagnes de fleurs charmantes où scintille la rosée aux premiers rayons du soleil? Elles s'épanouissent gaiement dans la vaste plaine, et nul voyageur ne vient à passer; le berger ne conduit pas auprès d'elles son troupeau; l'oiseau vole dans les airs; nul œil ne la voit, ne l'admire..., et elle fleurit.

A quoi bon? dit « l'homme animal » (1).
— Dieu la voit.

* *
*

Pau, 4 octobre 1861.

Il y a de ces soupirs ardents qui traversent
l'âme et qui sont un cri vers Dieu. Puissions-
nous avoir soif de Dieu, du Dieu fort et vivant.
Cette soif est le commencement de la vie ;
elle sera satisfaite, car Christ a dit : « Si
quelqu'un a soif, qu'il vienne à moi et qu'il
boive », et « des fleuves d'eau vive découle-
ront de lui ».

Cette soif de Dieu nous travaille, nous
tourmente parfois, sans que nous puissions
nous rendre compte de ce que nous éprouvons ; car alors nous ressentons une crainte
vague de Dieu, et bien d'autres sentiments
fâcheux qui accompagnent la crainte. Nous
ne comprenons point ce qu'Il nous veut ;
nous Le désirons et Le redoutons à la fois ;
nos cœurs vont jusqu'à la révolte, hélas!
Nous nous écrions comme Job : « Oh! si
seulement je pouvais Lui parler! » Mais Il
nous semble insaisissable, et la souffrance
augmente, et nous crions : « Ah! qui me

(1) 1 Cor. II, 14.

donnera la paix, la patience, un ferme
espoir, une vie, une force capables de surmonter la désolation qui m'envahit, une
délivrance, enfin, non pas seulement de telle
ou telle épreuve, mais, avant tout, du tour-
ment de mon âme? Et mon âme, qu'appelle-
t-elle ainsi dans sa détresse extrême? Toi, ô
mon Dieu, dont le regard est la *délivrance*
même. Oui, que ton regard rayonne sur mon
pauvre cœur et je serai vivifiée. Avec toi, j'ai
tout; sans toi, je n'ai rien. Ne tarde pas quand
l'épreuve accable. Si je suis laissée à moi-
même, si le Fort ne me donne sa force, que
deviendrai-je?

Ah! Celui qui est « près de ceux qui ont le
cœur déchiré par la douleur », qui s'est
même « fait trouver de ceux qui ne le cher-
chaient pas, qui court *au devant* de son
enfant prodigue, n'écoutera-t-Il point, ne
répondra-t-Il point? » Avant qu'ils crient,
je les aurai exaucés, dit-Il, et ainsi l'exauce-
ment d'une prière est souvent parti du Ciel,
avant même que le cœur ait crié vers Dieu,
comme la lumière dont la transmission,
quelque rapide qu'elle soit, n'est cependant
pas instantanée, en sorte que les habitants
de la terre soupirent après l'apparition du
jour ou souhaitent de voir briller les étoiles,
alors même que la lumière a déjà été lancée
des hautes régions.

Il est bon de s'encourager ensemble en puisant dans les trésors de Dieu, dont certainement la pensée est remplie d'amour pour nous, quelque sombres et mystérieux que puissent paraître parfois les détours du labyrinthe où Il veut que nous marchions avec ce fil conducteur, la Foi, la Foi, don de Dieu.

**

Pau, 13 octobre 1861.

(Dimanche matin.)

Le nom de la plus grande, de la plus subtile, de la plus audacieuse, de la plus tenace, de la plus perfide, de la plus envahissante idole, c'est M. O. I. Hélas! la servir, la glorifier, rapporter tout à elle en se figurant souvent servir le Dieu vivant et vrai, en s'imaginant même tout lui sacrifier, c'est là d'une part la *vie* de l'homme naturel, et, d'une autre part, le *combat* de l'homme réveillé à salut.

Ah! quand on aime le Sauveur, c'est Lui, Lui qui a aimé qu'on aime; sa gloire, sa satisfaction qu'on recherche, qui vous ronge; et vous vous prosternez au pied de son trône pour lui servir de marchepied, afin qu'il soit élevé quand même vous êtes abaissé.

Et ainsi, nous aimerons les créatures.

Oh! que l'amour de Christ nous envahisse et transforme notre cœur !

*
* *

Pau, 24 décembre 1861.

(Mardi matin.)

Est-il possible? Moi qui ai tant pensé à la mort, qui en ai tant parlé, qui ai tant de fois écrit sur la mort, qui ai perdu des êtres aimés, c'est hier pour la première fois, chez le baron de Rhodes (1), que j'ai *cru sentir* réellement que nous sommes tous des condamnés à mort (sauf ceux qui seront sur la terre à l'avènement de Christ). Condamnés à la mort, y courant, traversant la terre et tombant entre ses mains, ceux-là jeunes, ceux-là vieux, ceux-là enfants ; mais courant, courant toujours vers cet inévitable instant.

Et nous sommes tous des esprits qui ne doivent pas finir. Et alors, les voyez-vous, ces troupes immenses, disparaissant de la terre, mais subsistant toutes de *l'autre côté?*

(1) Pieux octogénaire, qu'elle affectionnait profondément et dont elle était très aimée.

Heureuses ou malheureuses! Ainsi donc, pouvons-nous songer à nous établir dans la vie, à faire de ce monde un lieu de repos, à bâtir un édifice pour la satisfaction de notre amour-propre, un édifice que le moindre souffle anéantira; pouvons-nous songer à vivre pour nous-mêmes, qui bientôt n'allons plus vivre, pour nous qui ne retournerons plus?

Il faut qu'un grand amour nous rattache à quelqu'un qui ne passe pas, qui subsiste.

Ah! mon âme, maintenant écoute; reçois, *crois, crois* dans le sens vrai du mot: *réalise*, et ne te perds plus en phrases pieuses, en poésies, en raisonnements, en *pensées* vagues. Oh! que Dieu devienne pour moi une réalité vivante, saisie par mon âme! Le seul fait que j'existe me dit qu'Il existe. Oui, Il existe, admirable, resplendissant de gloire, de justice et de sainteté. Et moi, je suis un être faible, mortel, pécheur.

Ah! que je croie, que je *saisisse* du fond de mon cœur, que cet Etre grand et sublime a pour moi une pensée d'amour, que déjà Il a pourvu à mon pardon, qu'Il a tout disposé pour me sauver des punitions méritées par ma nature et mes trangressions propres. Ah! mon âme, pas de phrases, pas de vagues pensées. J'existe; mes parents, mes grands parents, mes aïeux ont existé ; quelqu'un nous a formés. Un être puissant a décidé que nous existerions et nous avons existé. La plupart de ceux par lesquels Il m'a transmis la vie, ne se voient plus dans ce monde ; je suis de leur race et allant vers le monde invisible. Il a pourvu à mon existence, à ma nourriture, à mon vêtement. Oh ! que je croie bien, que je réalise bien que cela est venu de Lui. Et tout est fait aussi pour mon âme. Le prix de mon âme est déjà reçu par Lui, pour l'avoir rachetée des cruelles mains de l'oppresseur. Que je croie tout cela d'une manière vivante. Que l'amour de Dieu inonde, subjugue mon âme.

Même date.

... Eux dont le monde n'était pas digne ; ils ont été errants çà et là, se cachant dans les cavernes et les antres de la terre (1).

Quels sont donc ces envoyés célestes dont le monde n'était pas *digne ?* Quels sont donc ces êtres qui honoraient la terre de leur présence, mais qui, méconnus de ses habitants cruels et abrutis, étaient contraints de se

(1) Heb. XI, 37, 38.

dérober à leurs regards dans les antres des rochers, au milieu des bêtes sauvages ? Né vous semble-t-il pas au fond de ces retraites obscures avoir ouï le battement d'une aile, avoir vu briller une auréole sur un front radieux ? Oui, vous croiriez à la présence de quelques blonds séraphins, si ces seules paroles vous tombaient sous les yeux ; mais vous lisez avant, vous lisez après, et que voyez-vous ? Ce sont des hommes dont le monde n'était pas digne. — Quels hommes donc ? — Quels hommes ? Des chrétiens ! Des membres du corps de Christ, vivant de sa vie, oui, des membres de Christ, le Dieu fait homme.

Mais écoutez quelque chose d'admirable que nous dit un de ces hommes-là : « Quand Jésus-Christ apparaîtra, nous lui serons faits *semblables,* parce que nous le verrons tel qu'Il est. » Oh ! gloire inespérée, admirable, indicible. L'homme fait semblable au Fils de Dieu !

Ne pensez-vous pas maintenant que le monde, ce monde souillé, n'est point digne de posséder ces êtres destinés à une telle gloire, ce peuple céleste, ces fils et ces filles du Dieu tout-puissant, qu'Il anime de son Esprit, et que, tout ou rien, les hommes doivent ou les vénérer, ou, excités par les puissances des ténèbres, s'élancer avec fureur contre ces glorieux enfants de lumière?

* * *

Pau, janvier 1862.

Oui, nous devons avoir la confiance que si le Seigneur nous fait sonder de nouveaux abîmes de péché dans notre cœur, ce n'est pas pour nous désespérer, mais pour que nous Le trouvions plus précieux, et pour croire qu'Il peut aussi nous en délivrer; car il savait bien, Lui, qu'il y avait tout cela dans nos cœurs, lorsqu'Il a commencé d'y frapper pour entrer.

* * *

Pau, 13 janvier 1862.

(Lundi soir.)

Oh! ce qui nous est précieux, c'est de savoir que là-haut on s'intéresse à nous, on nous aime ; que là-haut on nous protège.

Est-il possible, Seigneur, que nous puissions t'offenser, Toi si bon, Toi celui qui nous aime le plus! Oh! que tu nous sois précieux et que nous cherchions à te plaire, à Toi. Oh! tu as le pouvoir de rendre une âme heureuse à Toi seul. Tu suffis à une âme; Tu réponds à tous ses besoins, et, en ton essence, il y a ce qu'il faut à son bonheur, bonheur au-dessus de la terre, bonheur des hautes régions, bonheur spirituel et qui peut inonder une âme par des issues mysté- rieuses, au milieu de cruels tourments.

Ne sois plus pour nous seulement une pensée, une belle idée, sois un être palpable à notre cœur. Tu aimes!! Tout nous le dit. Tout nous le montre. Tu aimes! Que cet Etre qui aime soit en nous et que nous l'aimions. Que pour Lui nous fassions tout!

*
* *

Pau (nuit du dimanche au lundi),

24 février 1862.

Je rêve être avec ma sœur et ma tante dans un de ces terrains vagues où l'on com- mence à bâtir, .comme il y en a tant aux alentours d'ici. Une maisonnette çà et là. Mais nous nous apercevons que nous som- mes dans un vaste chantier de tombes. La plupart sont en marbre blanc. Elles sont dispersées en désordre sur la terre; il y a aussi quelques balustrades en fer. Ce n'est pas un cimetière ; cependant, il y a quelques morts enterrés. Je regarde les tombes, et je vois qu'elles sont ornées de bas-reliefs, sculptés dans le marbre blanc, qui représentent un Ange étendant ses ailes, avec ces paroles à ses pieds : « Réveille-toi. » Et toutes les tombes ont des Anges et ces paroles : « Réveille-toi. » Cri de résurrection pour le mort qui se sera endormi dans la Foi et reposera sous ce marbre. Cri de résurrection spirituelle, exhortation pressante au vivant qui passe là. Vis avant de mourir.

Entre deux tombes, j'aperçois notre cousin, Paul G., qui compose des vers et se les récite. Il ne nous voit pas et paraît absorbé. Il est venu s'inspirer en ce lieu.

Le lendemain matin, je veux lire un chapitre dans le Nouveau Testament de la version de Lausanne. J'avais ouvert sans chercher. J'arrive à la résurrection de la fille de Jaïrus. Le Seigneur lui dit : « Jeune fille, réveille-toi. » — Mon rêve revient à ma mémoire. J'avais ouvert le Nouveau Testament sans choisir. Ordinairement, je ne lis pas dans cette version ; dans les autres, il y a : « Lève-toi. »

* *
*

Pau, 8 mars 1862.

(Samedi matin.)

Misérable et vile situation d'esprit que celle où l'on se sent comme un homme, sur un navire qui va couler à fond, qui fait eau de toute part, au devant duquel s'élance du milieu de la tourmente un généreux pilote qui lui crie : « Viens, viens vite, et je te sauverai. » Et qui, au lieu de se précipiter vers celui qui peut l'arracher à une mort certaine, se cramponne d'une main au navire dans une folle désolation, et de l'autre serre convulsivement de magnifiques coffrets remplis d'or, de bijoux, de pierres précieuses, en criant : « Je veux sauver cela ! » Non, non, malheureux, laisse tout ; à peine puis-je te sauver, et tu veux t'embarrasser de telles choses ! Le temps presse, viens. — Mais tu ne sais pas ce qu'ils contiennent. Dans celui-ci est un travail qui m'a coûté des années et me vaudra beaucoup d'honneur. Avec ce que renferme celui-là, je vais me rendre possesseur d'un beau domaine aux bois ombreux, aux belles eaux, aux champs fertiles. Et ces perles... — Sa tête se penche sur sa poitrine, et il joint les mains. — Le pilote ne l'écoute plus. La tempête redouble de violence. Le passager, dans une angoisse extrême, dans un mouvement d'effroi, s'élance vers le pilote et lui crie : — Ne m'abandonne pas! — Non, je suis là. Il est encore temps. Viens.

Mais avec un cri de douleur, l'infortuné se précipite de nouveau vers ses trésors. — Vous perdre, vous laisser, non, non, impossible! — Mais tu veux donc périr? — Non; mais le navire ne coule pas encore. — *Tu sais qu'il coulera avec tout ce qu'il contient.* •

— Mais ces trésors sont ma vie, mon espoir. Sans eux, que me sera la vie?

—Ah! ne crains rien, ne regrette rien; viens avec moi. Il est vrai, je ne puis sauver que toi; tes trésors ne peuvent trouver place sur mon esquif.

Pau, 9 mars 1862.

(Samedi soir.)

Le Ciel, le monde invisible!!...

Et mon cœur ressentait un vague effroi, un éloignement de l'inconnu. Il n'était point concentré sur Jésus; il songeait à la terre et il ne pouvait point monter vers le Ciel, le pauvre cœur naturel.

Je vais au jardin, je cueille des lauriers en fleurs. Ma petite voisine Elisabeth, mignonne, attentionnée, m'aide à les cueillir, à me débarrasser de branches épineuses laissées dans l'allée, dans la prairie, et qui, à chaque instant, entravent mes pas; puis, elle me cueille de jolies jacinthes et me dit : « Venez là-bas, dans la prairie, près des étables, il y a de jolies petites fleurs bleues. »

Nous y allons ensemble ; nous nous baissons pour cueillir les fleurettes. A la vue d'une de ces petites fleurs bleues, délicate, charmante merveille, j'ai cette pensée : Quoi ! je peux craindre de m'élancer vers le pays où règne Celui qui répand avec tant de profusion les beautés sur cette terre, qui, dans ce champ dont l'aspect est loin d'être beau, fait croître cette ravissante petite fleur ! Et ceci, que j'avais lu peu auparavant, revint à mon esprit : « Ce monde est l'ombre du monde invisible. Quelles seront donc les beautés célestes? » Le soir, en sortant du salon, je soulève le store, et... comment rendre ce ciel noble, grave, pur, plein de douce majesté, et cette lune au quart aperçue, qui rayonne suave et limpide, comme un bel œil qui regarde des Cieux !

*
* *

Pau, 11 mars 1862.

(Mardi matin.)

S'il avait pù être que Christ, en nous sauvant parfaitement, eût été perdu à toujours par la force de l'angoisse et de la condamnation, anéanti enfin...... après un amour si incroyable, si grand, si délicieux, nous n'eussions pas eu à aimer Celui qui nous l'a témoigné, il eût été perdu à toujours pour nous, ne laissant qu'un ineffable souvenir ; lui anéanti, on eût été triste au Ciel.

Réjouissons-nous donc avec transport en pensant qu'Il est ressuscité, vivant aux siècles des siècles « Celui qui est et qui sera », et que son cœur est plein d'amour pour nous, comme il l'était quand Il fut couvert d'une sueur de sang et qu'Il s'est laissé percer les mains et les pieds. Homme nous révélant Dieu. Dieu fait homme !

Pau, 12 mars 1862.)

(Mardi matin.

Il n'est guère possible, il est même dans une certaine mesure impossible à une âme de suivre une autre âme dans son Gethsémané. Il y a de ces souffrances, de ces angoisses si intimes, si inexprimables, que l'âme la plus sympathique, qui a même ressenti dans un autre temps des angoisses analogues, ne peut complétement les partager. C'est pourquoi s'il est dit : « Le cœur d'un homme répond à celui d'un autre homme, » il est écrit aussi : « Le cœur de chacun connaît l'amertume de son âme, et un autre n'est pas mêlé à sa joie. » Oui, amertume que nul ne peut comprendre sur terre, bien souvent. Joie suave, mystérieuse, qu'un autre ne peut partager. C'est Jésus, Lui seul, qui est de moitié dans les épreuves, dans les sensations douces de ses bien-aimés, et leur donne une efficace sympathie.

*
* *

Pau, 25 mars 1862.

(Mardi matin.)

En passant près de ma table, le titre d'un livre qui y est posé me frappe : *Les dernières heures* de Du Plessis-Mornay, de Du Moulin, de Drelincourt. Les dernières heures! Moment solennel! où se manifeste souvent ce qu'a été la vie. Les dernières heures! Ces mots vont jusqu'au fond de l'âme; leur

consonnance même fait battre le cœur. C'est
le glas de la vie, le crépuscule de la journée,
la fin, la fin ! Heureux ceux pour lesquels
les dernières heures sont l'aube de l'Eternité.
Heureux ceux qui déjà, par la Foi, ayant vu
se lever dans leur cœur l' « Etoile brillante
du matin », possédant en Christ l'assurance
de la gloire, saluent avec ravissement leurs
dernières heures comme l'étoile matinale
du jour de leur Sauveur, où ils vont le voir,
l'adorer en Sion !

Oh ! quelles seront mes dernières heures ?
Quels mots viens-je de tracer ? Je ne pourrai
répondre à cette question ; je ne serai plus
là. Mes dernières heures ! Le monde continuera et moi je serai finie ici-bas. Bonheur
ou malheur éternels seront mon partage.
Oh ! Christ ne veut pas que je périsse. Il veut
que tout ce qui est mauvais en moi périsse,
hélas ! ce qui ne compose encore que trop
ma vie. Mais, charitable Sauveur, tu ne veux
pas ma mort, tu veux me faire renaître, tu
veux me revêtir. Oh ! convertis-moi à toi
complétement, prends mon cœur ; qu'il brûle
pour toi ; que ta gloire soit mon tout. Oh !
que ce soit toi que j'aime et que je ne souhaite pas tant voir mes dernières heures
paisibles, éclairées d'en haut *pour moi*, mais
pour que tu sois glorifié en moi.

**
* **

Pau, 29 mars 1862.

(Jeudi matin.)

Prenons garde de ne pas avoir Dieu pour le *fond du tableau* de notre bonheur, pour le ciel lointain du tableau, tandis que toute l'action, toute la vie, seraient concentrées en nous, sous de frais ombrages.

Lui, Lui, Dieu, frère, ami, époux bien-aimé, Tout de l'âme, Lui, sur le trône de notre cœur.

La chair ne se soumet pas; elle a des désirs contraires à ceux de l'Esprit; elle *est péché*. Oui, mais Dieu est le trône du cœur nouveau.

*
* *

Pau, avril 1862.

Le Seigneur voit ce que nous serons un jour, un avec Lui, pleins d'amour. Et par la foi, nous voyons qu'en Christ nous sommes déjà ainsi. Vivons le cœur au Ciel. Aimons dans nos frères ce qu'ils seront : aimables, aimant Dieu et leurs frères. Oui, soyons cela, et croyons qu'en Christ c'est déjà fait.

L'amour s'approprie ce qu'il aime, le fait vivre au cœur; on le sent en soi, il devient soi. On jouit en s'oubliant, et en s'oubliant on jouit de soi sans s'en apercevoir. L'amour rend heureux ; l'égoïsme ronge, dessèche ; c'est la mort pour soi et les autres. On n'est jamais plus heureux que lorsqu'on ne songe plus à se rendre heureux, lorsqu'on n'est plus le centre de ses pensées. — Quand Jésus-Christ est mort pour les pécheurs, pour des ennemis, Il ne voyait pas les objets de son infinie tendresse, de son ineffable dévouement ; mais Il les portait dans son cœur, et son œil divin les voyait dans les siècles à venir se ranger un à un sous son *étendard, qui est amour.*

***

(Ce que Julie de Stiernhielm m'a dit sur les collines de Gélos, au printemps de 1862.)

Dieu répand la rosée sur toutes les fleurs. Vois, Il n'en oublie aucune ; chacune a sa petite goutte cristalline qui va lui donner la force de supporter sans se flétrir la chaleur, l'ardeur du soleil.

Et nos âmes ???...

***

Pau, 28 juin 1862.

Châteaubriand a dit que la poésie descriptive est une création moderne, que les anciens avec leurs dieux et leurs fables, peuplant le monde d'une foule d'allégories ingénieuses qui arrêtaient sur elles l'imagination, n'avaient pas conservé de regards pour la nature même, et qu'elle était bien moins comprise par eux que par les modernes.

Débarrassés de ces images fabuleuses, de ces voiles élégants interposés par l'antiquité entre les objets naturels et le cœur de l'homme, les modernes ont, en effet, mieux vu la nature face à face, et l'ont rendue dans leurs tableaux avec toute la vivacité, toute la vérité des couleurs primitives.

Que cela est vrai! Si l'on rêve apparitions mystérieuses, charmantes, la pensée erre dans un monde idéal et faux, dans un vague énervant, et la belle nature ne vous saisit pas; on ne l'admire pas en elle-même. Celui qui l'a créée, formée, ne paraît pas tel qu'Il est.

L'ennemi poursuit en tout et partout.

*
* *

Pau, 25 juillet 1862.

(Vendredi.)

(Extrait d'une lettre à Mlle Julie de S.)

... Oh! qu'il nous est doux de penser à toi et de nous redire : « Oui, là-bas, quelqu'un pense à Sophie et à Marie, et prie pour elles. »

Hier soir, Sophie et moi nous étions assises au jardin. Huit heures ont sonné. Nous nous sommes levées, et Sophie a adressé une prière au Dieu Créateur plein d'amour, pour les prisonniers de Jésus-Christ en Espagne. Qu'il était solennel et doux de penser qu'à ce moment, après avoir entendu sonner huit heures à quelque vieille horloge de Grenade, ou bien seulement à la vue des rayons diminués du soleil, disant l'heure dans le cachot, les pauvres prisonniers, les heureux témoins de Christ, songeaient qu'à cette heure où leurs frères et eux s'étaient donné un solennel rendez-vous au pied du trône de grâce, d'une foule de lieux la pensée se portait vers eux, des prières montaient pour eux au Dieu d'Etienne et de Pierre.

Et nous, libres, nous n'avions sur nos têtes que la voûte du ciel, autour de nous que la verdure, les fleurs, de belles moissons, et

devant nous, vers le couchant, des nuages
de pourpre et d'or Oh! nous disions-nous,
si tout-à-coup ils se trouvaient dans notre
situation, le cœur encore rempli de la ferveur
du martyre, élevés au-dessus de tout par
l'amour de Dieu, vivants en Lui et affranchis
des souffrances extérieures, des murs humides et sombres qui les enserrent à cette
heure ! Quel bonheur! Si l'un d'entre eux a
dit que le Seigneur a transformé son cachot
en un lit de roses, que serait-ce si, avec ce
bonheur intime, profond, céleste, la terre
leur souriait?

Mais voilà ; leur bonheur est placé si haut
que la différence ne serait peut-être pas
aussi grande qu'il nous le semble. La terre
disparaît aux yeux qui s'ouvrent avec ravissement sur des horizons lumineux, ines-
pérés. Jésus toujours, et toujours vu de plus
près, toujours plus admiré, adoré. « Italie
céleste », comme le disait Lobstein entrant
dans la vie éternelle et parlant des Cieux
qu'il voyait, tandis que son corps retenait
par un dernier fil son âme qui s'envolait.

*
* *

Pau, 10 août 1862.

Il nous paraît tout simple, quand nous
regardons une inscription funéraire, de lire :
... Né à...., le....., mort le....., à.....

Ces dates de l'existence d'un être, cachées
de tous les temps en Dieu, sont d'abord
dévoilées à moitié. Après des siècles écoulés,
un nouvel être naît ; il paraît à l'année, au
jour, à l'heure assignés dans les décrets
éternels, et un jour il pourra dire à chacun
le lieu et la date de sa naissance. Un coin du
voile est soulevé sur ses destinées terrestres.
Mais il ignore quand ce souffle qui est dans
sa poitrine, s'envolera, quel est le jour marqué pour son départ de la terre ; il ignore
quand le bail finit ; il n'y en a même pas ! Et
d'un moment à l'autre, il peut être appelé à
déloger. — Je suis née le 22 août, et..... Oui,
oui, il y a quelques jours, il me semblait
tout simple, en passant devant les tombes,
de lire la date de la naissance et celle de la
mort de ceux qui reposent sous ce marbre ;
j'y faisais à peine attention et lisais plutôt ce
qui accompagne cela dans l'épitaphe. Et cette
seconde date, séparée d'une ligne de la première, ils l'ont ignorée. 20, 30, 40, 60, 80,
90 ans ! — Personne n'a pouvoir sur le jour
de sa mort ! Heureux celui pour qui elle est

le jour de l'entrée dans une nouvelle vie, le jour de l'entrée dans le séjour du bonheur, près de Christ et en Lui !

*
* *

Pau, 12 septembre 1862.

(Vendredi matin.)

Beau soleil après des jours de pluie. Après la lecture dans ma Bible italienne.

(I JEAN V, 11, 12.)

L'homme est mort; il gît dans la mort. La vie éternelle est aux Cieux; Dieu la fait descendre sur terre. Il la donne. Jésus paraît; en Lui est la vie éternelle. La vie éternelle! ce fleuve de délices qui coulera toujours; cette source inépuisable de jeunesse, de bonheur, d'activité, de ravissements spirituels; cette flamme ineffable d'amour qui s'alimente en elle-même, et qui, loin d'être un feu qui consume, est un foyer resplendissant d'amour, de ferventes ardeurs. L'âme ravie, illuminée, parcourt de ses ailes blanches (blanchies dans le sang de l'Agneau) les champs infinis des Cieux, où retentissent les *alleluias* éternels. Un seul cri, un seul amour, Jésus, Jésus. Lui, Tout. La coupe est comble. Que désirer de plus? Et comme doux reflets de Lui, comme d'autres lui-même aimer (et dès cette terre) ses bien-aimés, rachetés au prix de sa mort, de son sang.

Pau, 25 octobre 1862.

(Vendredi matin.)

Ce que bien des personnes appellent en elles le *nouvel homme*, n'est encore que la raison, la conscience souvent, qui blâme, flétrit, censure, exhorte, montre le devoir, dit : Fais. — Le *nouvel homme*, au contraire, aime, vit et agit dans l'amour.

Pau, 15 novembre 1862.

(Samedi matin.)

Que de gens se figurent aimer le Ciel et les choses du Ciel, et n'aiment en réalité qu'une terre exempte de soucis, de maladies, de la mort. Ils sont donc « dans une grande erreur ». Oh! le beau jour annoncé dans l'Apocalypse, où les saints, après avoir été de pauvres pécheurs sur lesquels la terre dominait avec tout pouvoir, pourront chanter : « Tu nous a rachetés...... Et nous *régnerons sur la terre.* » Oui, ce ne sera plus cette vie de la terre, cette vie d'esclavage sous les choses visibles.

Que de fois je veux faire entrer la terre dans le Ciel, ou faire descendre le Ciel sur la terre ! Mais, non, un abîme infranchissable les sépare. Oh ! que la vocation est spirituelle ! Renonciation totale ! ou plutôt, non, non, l'amour de Christ enlevant à tout, inondant l'âme de joie, faisant marcher les pieds sur la terre, mais la tête et surtout le cœur dans le Ciel. Et c'est ainsi que vont les belles vies. Chose étrange ! celles que le monde, *très monde*, est forcé de respecter, d'admirer même ; car pour bien vivre, bien agir sur la terre, il faut avoir son cœur, ses pensées dans le Ciel, concentrées sur Jésus, alimentées par Lui. Oui, vivre, agir, « descendant du Ciel » comme la nouvelle Jérusalem « d'auprès de Dieu ».

*
* *

LETTRE A MADAME F. G. S.

Pau, 26 novembre 1862.

Bien chère amie,

C'est une chose qui m'étonne et qui m'attriste, que la disproportion existant entre les pensées que je te donne et les lettres que je t'écris. En effet, ma chérie, tandis qu'une foule de petites circonstances, très diverses, me privent de douces et fréquentes causeries avec toi, je suis bien, bien souvent *près de toi* en esprit. Tu es au nombre de ces chères amies de mon enfance, qui sont comme le fond même de ma pensée, *toujours* là, stable à sa place, tandis que passent et repassent d'autres figures connues, aimées plus nouvellement, douces arabesques sur ce fond bien-aimé qui a grandi, s'est formé avec moi, presque avant moi, puisque avant de me connaître, je vous distinguais, chers aimés, dans ma pensée naissante, vous donnais sans doute un nom de moi seule connu.

A toi, ma bien chérie, je puis dire : Te souviens-tu ? Toi, en m'entendant parler de B. et de F., tu reverras aussitôt en pensée, sauter, aboyer, trottiner près de M. les chiens fidèles du manoir. Peut-être même te souviens-tu de R., ce joli pigeon, dont je faisais tout ce que je voulais, comme plus tard de ma poule.

Puis aux noms de J. et d'A. tu revois notre bonne vieille de La B. et son vieux mari, blessé au siège de Tarragone. Et Mᵐᵉ P., et sa fille E.

Et la pièce d'eau, et le lavoir, et l'allée des Platanes, le beau canal de Niort, et le clos de la chapelle, et la fontaine. Quelle promenade, n'est-ce pas, en pensée ?

Et en rentrant, le vestibule, la salle, le grand escalier, ma chambre, mon petit lit d'acajou près du lit de tante P. Oh ! c'est elle qui remplit mon cœur à tous ces souvenirs ! Cette vraie mère en affection, en tendresse, en dévouement ineffable. Mon· bon père enlevé à ce monde au moment où j'aurais compris ce que c'était qu'un père, où je l'eusse compris, quand il prenait ma tête blonde entre ses mains et m'appelait « sa tendre enfant », en me baisant au front.

Qu'on aime à reparler de tout cela, n'est-ce pas ? et je sais que tu l'aimes aussi, puisque tu étais comme de la famille ; je ne suis point égoïste en t'en parlant.

Et Mère chérie, jouant la *bataille de Marengo* sur son piano, et moi, muette d'étonnement et d'admiration, en voyant ses jolis petits doigts courir si vite sur les notes blanches ou noires, qui, à peine touchées, se relevaient aussitôt. Et Sophie apprenant ses leçons *dans* un arbre du bosquet, à droite de la maison, un cerisier bas, qui lui formait un délicieux cabinet d'étude.

Et les moissons, et les vendanges, et les belles inondations d'hiver !

Mais je m'oublie avec toi, amie chérie; je laisse courir ma plume, et je causerais ainsi jusqu'à demain.

Et maintenant, puisque « la figure de ce monde passe », la voix d'amour du Seigneur nous dit : « Venez à moi. Je suis le Chemin, la Vérité et la Vie. » « Qui croit au Fils a la vie éternelle ; mais qui ne croit point au Fils ne verra point la vie ; mais la colère de Dieu demeure sur lui. » « Apprenez de moi, car je suis doux et humble de cœur, et vous trouverez le repos de vos âmes, car mon joug est aisé et mon fardeau est léger. »

Ah ! le bonheur est de posséder Dieu dans son cœur et d'être par Lui élevé au-dessus de *tout* dans la grande vie. Mais nous ne pouvons monter à Lui. Hélas ! nous nous élancerions vers un Dieu de notre invention, revêtu seulement de quelques-unes de ses qualités ou perfections. Oui, il faut qu'Il descende vers nous, nous enlace de ses bras, nous dise : Je t'aime. Et sans nous en être aperçus, nous serons déjà à des hauteurs incommensurables, au-dessus de toutes nos dissertations, de toutes nos spéculations, de tous nos souhaits ; car ce ne sera plus un système qui occupera notre esprit, mais ce sera un Etre, ce sera Jésus, l'inexprimable Jésus qui nous aura parlé, et parlé comme on ne parle point ici-bas, parlé avec des paroles de feu, qui, en nous disant : « Je t'aime », nous ont en même temps embrasés d'amour pour Lui, fait tout oublier en Lui, *même nous !*

Tout n'est-il pas dans ces mots : Je t'aime ! Pour qu'Il puisse m'aimer, il faut qu'Il me voie déjà blanchie, purifiée, innocentée en Lui ; et comment ! Oh ! que le cœur se fonde ! Comment? En souffrant, en agonisant, mourant en son âme et en son corps, pour mon âme et pour mon corps. Oh ! voilà la vie ! Croire tout cela, sentir, éprouver tout cela *par l'Esprit et y demeurer !* Hors de cela, qu'est la religion? Des formes, de beaux vêtements recouvrant un automate. Que le Seigneur nous accorde cette foi, qui n'est pas une vague croyance à un fait *qui pourrait*

bien être vrai, comme par exemple : que
les étoiles sont peut-être des mondes habités
et la lune un monde détruit ; mais qu'Il nous
donne cette foi qui est une identification de
l'âme avec Dieu, une VIE, qui est le don de
Dieu même, par lequel seul Il peut être possédé à salut. Ah ! sans elle nous pourrions
être, devant les trésors de pardon et d'amour
de l'Eternel, comme un malheureux affamé
qui tournerait constamment autour d'une
magnifique table de festin, chargée de mets,
de fruits, de choses exquises, et qui n'en
goûterait pas.

*   *
*

Pau, 18 décembre 1862.

(Jeudi matin.)

Evangile selon St-Luc, ch. 24, v. 45-51,

48. Or, vous êtes témoins de ces choses,
et voici, je vais vous envoyer ce que mon
Père vous a promis.

49. Demeurez dans la ville de Jérusalem
jusqu'à ce que vous soyez revêtus de la vertu
d'en-haut.

50. Il les mena ensuite hors de la ville jusqu'à Béthanie, puis, élevant ses mains, il les bénit.

51. Et il arriva, comme il les bénissait, qu'il se sépara d'eux et fut élevé au Ciel.

Verset 49. Que de personnes sont actuellement dans la situation des disciples, ayant reçu un appel d'en haut, ayant eu l'esprit ouvert par Christ pour qu'il leur fit entendre les Ecritures, ayant contemplé, médité longuement les souffrances de Gethsémané et du Calvaire, mais n'ayant pas été « revêtus de la vertu d'en-haut »; qui transforme le cœur, souffle la vie, en un mot, crée de « nouvelles créatures » du St-Esprit que Dieu promet d'accorder « à ceux qui le lui demandent ».

Que de personnes sont ainsi dans une situation languissante, désabusées des choses de la terre, désirant aimer les choses célestes, vivre pour Christ, l'adorer dans tous leurs actes, pensées, paroles, voient Christ remonté au Ciel, étendant des mains bénissantes ; mais elles ne le saisissent pas ; elles sentent que Christ a passé près de leur âme, mais elles aspirent à ce qu'Il vive *dans leur âme*, qu'Il entre, qu'Il « soupe avec elles et elles avec Lui ». Elles désirent ardemment l'Eternel ; elles sentent qu'elles ne seront

7

heureuses, paisibles, que lorsque le Roi de gloire sera entré et se sera assis sur le trône, dans leur cœur. Mais quoi ! n'a-t-Il pas dit : « Je me tiens à la porte et je frappe ; si quelqu'un entend ma voix et m'ouvre la porte, j'entrerai chez lui et je souperai avec lui et lui avec moi. » C'est Lui qui a fait la promesse. O pauvre âme ! ne le vois-tu pas qui accourt pour te bénir ; ne crains pas et crie avec confiance, car Il viendra certainement : — « Portes, élevez vos linteaux, car voici le Roi de gloire ! » — Et comme à ses disciples, Christ te dit : « Demeure dans la ville de Jérusalem jusqu'à ce que tu sois revêtu de la vertu d'en-haut. »

Oui, reste à Jérusalem, âme qui soupires « après les ruisseaux de l'Eternel » ! Demeure à Jérusalem et repasse dans ton cœur ce que Christ a fait pour toi, a souffert pour toi. Va de Caïphe au prétoire, à travers les rues où l'on insulte le Prince de la Paix, frappé de Dieu à cause de tes péchés. Abîme-toi dans la contemplation de telles souffrances, infinies comme Dieu qui les supportait, compréhensibles pourtant en une certaine mesure, comme « l'homme de douleurs » dont le corps affaibli, lacéré, fléchissait sous le poids d'une lourde croix, et frappe-toi, oh ! frappe-toi la poitrine comme les filles de Jérusalem, en répétant avec le prophète des

anciens jours, avec Esaïe entrevoyant le
Christ Jésus, six cents ans avant sa venue :
« Or, Il était navré pour nos forfaits, froissé
pour nos iniquités ; l'amende qui nous apporte
la paix est tombée sur Lui, et par ses meurtrissures, nous avons la guérison. »

Oui, oui, regarde Christ mourant, demeure
à Jérusalem, prends garde que quelque atta-
chement secret, perfide, de ton cœur, n'entrave le Seigneur qui veut entrer, qui frappe
à la porte ; prie-le, non-seulement de ren-
verser l'obstacle, mais de changer complètement ton cœur, et après avoir contemplé
Christ souffrant, mort, ressuscité, monté au
Ciel, lorsque tu seras revêtu de la vertu
d'en-haut, tu marcheras par la foi, tu le
verras au Ciel priant, intercédant pour les
pécheurs, tu aspireras au moment où Il
descendra du Ciel et viendra ressusciter les
morts, transmuer les vivants pour faire
entrer ses élus dans la gloire éternelle,
« jouissant alors du travail de son âme et
en étant rassasié. »

Oui, reste à Jérusalem, humiliée, remplie
de componction ; demain sera la gloire !

*
* *

Pau, 28 février 1863.

(Samedi.)

Je ne me sens que l'enveloppe de moi.

Par un appel doux et instant, le Seigneur a formé en moi une nouvelle créature qui, soudain, a répondu à cet immense et délicieux amour, par toutes ses aptitudes. D'abord, il y a eu des oreilles spirituelles pour entendre ; que dis-je? Ah ! c'est avec le cœur, c'est du cœur que ce nouvel être, subitement vivant en moi, a entendu la voix de Christ qui l'a ravi dans les délices des parvis éternels, au milieu de cet écho d'amour qui est la félicité suprême : « Je t'aime! » Je t'aime! Accents ineffables qui s'en vont, se répercutant dans les profondeurs de l'âme, s'alimentant, se fortifiant, s'attisant, céleste flamme du chemin d'Emmaüs.

Mais après avoir senti la vie palpiter en moi, je l'ai vu; ce que jusqu'ici j'avais nommé la vie ne l'était point, n'était qu'une sorte d'activité factice, que les mouvements incohérents (au point de vue céleste) d'un corps mort galvanisé. Non, ce n'est pas la vie, la vie qui déborde, qui s'écrie : « Toi! Toi! » et ne peut rien dire de plus; la vie qui s'épanche en chants d'amour. Et main-

tenant que je l'ai sentie, une fois, je sais
bien que je ne la possède pas à présent avec
cette intensité. Oh! que le vent souffle dans
le jardin de l'Eternel, et que ses plantes
aromatiques distillent! Que mon cœur transformé, nouveau, reçoive Jésus, ne le laisse
pas aller, et que les doux fruits de la vie se
montrent enfin à la gloire de Dieu!

*
* *

Pau, 27 mai 1863.

(Mercredi matin.)

Le soleil inonde ma chambre de ses premiers rayons. J'ouvre la grosse Bible de ma
Mère, posée sur ma table, et dont le soleil
éclaire les pages. Mes yeux tombent sur le
deuxième chapitre de l'Ecclésiaste, et je lis
ces versets où il énumère toutes les satis-
factions qu'il s'est donné et qui sont vraiment
complètes, matériellement parlant, jusqu'à
ce que j'arrive au verset onzième, et que je
lise : « De sorte que l'homme n'a aucun
avantage de ce qui se fait sous le soleil. » —
Oui, donc, tout ce qui est sous ce soleil
resplendissant ne peut satisfaire mon cœur
créé pour Dieu et l'amour infini; mais cette
Bible, quoiqu'elle soit sous le soleil, venant

de Dieu, doit être un trésor pour ce cœur, avec tous les sentiments qu'elle prescrit, ces saintes et vives affections en Dieu, source d'amour qui répand l'amour dans les âmes.

*
* *

Même date.

« Vous demandez et vous ne recevez pas, parce que vous demandez mal et dans le but de fournir à vos voluptés. » (1)

Ah! la vraie prière d'un cœur brisé, qui par le St-Esprit soupire, non après sa petite satisfaction, non après la réalisation de ses petits plans terrestres, mais après la gloire de Celui qui l'a aimé, qui renonce à tout pour Lui et n'a plus qu'une pensée : « Pour moi, vivre c'est Christ. Christ tout. Tout pour Christ! »

Servir humblement à la gloire de Christ, se laisser fouler aux pieds pour glorifier Christ, ne se réjouir que de ce qui Le glorifie, aspirer à le voir glorifié, à le contempler, à lui être fait semblable, ah! c'est la vraie prière! Mais notre cœur, de lui-même, est vide de Dieu comme l'enfer; il s'aime avant

(1) Jacques IV, 3.

tout. L'Esprit seul, soufflant dans ce désert triste et nu, intercédant par des soupirs qui ne se peuvent exprimer, y répandant l'amour de Dieu, y faisant naître l'amour *pour* Dieu, pourra prier en nous et peupler de sentiments purs et doux, ces solitudes désolées. —Ah! profondeurs des profondeurs de Dieu! On traite légèrement la religion; mais c'est l'infini que l'union de l'âme avec Dieu.

*
* *

Pau, 29 juin 1863.

(Lundi matin.)

Parce qu'Il a aimé, Il a sauvé; et parce qu'Il a sauvé, Il peut dire : Je t'aime! Ineffable cri qui fait goûter le Ciel et qui fait entrer dans le cœur de Dieu, lieu très saint, non plus un pécheur souillé, ce qui serait contraire à la justice, mais un être lavé dans le sang du Fils de Dieu, couvert de ses mérites, brillant de sa gloire, vu à travers Lui, par le Père, enfin « rendu agréable dans le bien-aimé ».

*
* *

Pau, 16 juillet 1863.

(Jeudi matin.)

Le salut par grâce, cette merveille de Dieu à laquelle nous ne pourrons jamais assez croire sur la terre.

Malheureux ceux qui n'ont songé qu'à plaire au monde, lorsque Dieu les fait sortir de la vie. Ils se sentent glisser vers l'abîme ; ils tendent leurs mains crispées vers ceux pour lesquels ils ont négligé Dieu ; ceux-là ne peuvent rien pour eux, et ne songent plus guère à eux.

Il faut savoir et croire que Christ nous a lavés des péchés, qu'en Lui nous sommes rendus agréables à Dieu, qu'en Lui nous sommes justifiés, purifiés, sanctifiés, pour désirer nous sanctifier. Car, autrement, demander à renoncer à tout ce que le cœur naturel chérit, quand ce n'est pas pour l'amour de Celui qui nous a sauvés, c'est une entreprise chimérique.

*\
* *

Pau, 18 juillet 1863.

Nous devons être sérieux et graves sous le regard de Dieu.

Oui, car Il veut dans son amour faire de grandes choses et nous devons les attendre recueillis.

Quand on apporte le bloc de marbre au sculpteur, il tressaille de joie, parce qu'en lui déjà il voit la statue qu'il rêve. Il la voit rayonnante de beauté, tandis que tombent une à une les masses informes qui empêchaient de saisir ses suaves contours. Son idéal lui apparaît, il s'en empare à l'avance et palpite d'une joie incompréhensible à ceux qui l'entourent.

Je suis dans la même situation.

Je dois aimer ce qui sera plus que ce qui est. Nous portons tous les stigmates de la chute. Il nous faut naître de nouveau pour entrer au royaume des Cieux. Il faut que Dieu nous transforme par son Esprit.

Portant les yeux vers son glorieux avenir, je dois aimer en Christ l'âme par Lui aimée, par Lui rachetée, purifiée dans son sang, l'âme brillante de SA gloire, et dans l'être pécheur je vois transparaître (mais en Christ seulement) cette nouvelle créature, créée en justice et en sainteté véritables.

La statue s'élance du bloc de marbre! Mais quoi! La comparaison est-elle entièrement exacte? — Non. — Le marbre prend la

forme poétique, mais il reste marbre, et
nous! Suffit-il que nous soyons ciselés pour
répondre à l'idéal ? — Non, mille fois non. —
Le marbre reste marbre, mais notre nature
à nous doit être changée complétement. —
« Ce qui est chair est chair et ce qui est esprit
est esprit. » — Il nous faut naître de nouveau. — Rénovation entière de tout l'être.

Aimons donc nos âmes, mais *nos âmes
sauvées*. Aimons *ce que nous serons*. Allons
dans un saint recueillement *nous chercher*
dans le cœur du Sauveur qui nous aime, et
qu'Il nous enlève par son amour à tout ce
qui est mal, à tout ce qui n'est pas Lui et
nous fasse rayonner de sa lumière comme
les étoiles, à toujours et à perpétuité.

*
* *

Pau, 24 juillet 1863.

(Vendredi.)

Les aspirations d'un cœur réellement
mondain, terrestre, vers un Dieu par conséquent idéal et non le vrai Dieu révélé, ces
aspirations sont comme les fusées brillantes
qui s'élancent de la terre, éblouissent le
regard par l'éclat de leurs rayons variés,
mais aussitôt s'évanouissent et ne laissent

plus aprés elles que cette petite masse noire qui tombe dans quelque lieu obscur. Mais les aspirations qui viennent de l'Esprit, qui, descendant de Dieu, passent à travers le cœur de l'homme et remontent vers le Seigneur, ah! elles sont semblables à ces bonnes et douces étoiles, toujours les mêmes, qui nous regardent du haut du Ciel, dans les belles nuits, comme des yeux affectueux, calmes et saints, nous suivant des sphéres pures et lumineuses, sur notre obscur sentier.

Suaves aspirations de l'Esprit, qui demeurent et luiront comme les étoiles à toujours et à perpétuité!

* * *

Pau, 30 août 1863.

(Dimanche matin.)

Quelle bonté de Dieu! Y pensons-nous? Tout est préparé, combiné *pour nous*, par une vraie tendresse de père, unie à la toute-puissance. Tout est pour notre bien, notre agrément. Par exemple, si le soleil apparaissait subitement au sein d'une nuit profonde, sans passer par tous ces gracieux degrés du crépuscule, de l'aube et de l'aurore, qui réveillent comme une tendre nourrice nos paupières humides, quelles souffrances ne nous causerait pas chaque jour un tel éblouissement !

Et si la lumière, au lieu de nous envelopper, de nous inonder de toute part, n'était qu'un point dardant sur notre terre, quelle fatigue et quelles souffrances encore ! Nous pouvons en avoir quelqu'idée par ce que nous éprouvons dans un appartement éclairé par une ou deux bougies. La lumière nous arrive droit, sèche, poursuivant, calcinant notre œil, sans que nous puissions nous livrer à quelqu'œuvre qui exige la plus délicate perception ; car alors la lumière ne nous enveloppe pas ; elle nous arrive comme un stylet et notre œil en est ébloui.

Et que dire de l'air que nous respirons et de toutes les combinaisons d'une puissance paternelle pour des enfants chéris !

Pau, 1er octobre 1863.

(Jeudi.)

Dimanche soir, M. Devéria venait d'inviter à chanter un cantique. On allait chanter, quand un joueur d'orgue, placé sans doute juste en face de la porte du temple, commence un des airs lamentables de *Traviata*, de cette musique de Verdi, toute remplie de cette « tristesse du monde qui produit la mort » et sur laquelle on voit s'étendre les ombres de mort. M. Devéria s'arrête, un peu peiné ; mais au même instant, le pauvre musicien malencontreux, prévenu sans doute par le concierge, s'interrompt ; on ne l'entend plus ; il passe, mais me laissant une pensée ; c'est sans doute pour cela qu'il est venu jouer ces trois ou quatre mesures à la porte du temple.

Oui, une pensée.

La tristesse du monde est là, horrible, profonde, immense, tout près de la grande joie, du bonheur sans borne, infini, délicieux, de Christ.

Brillant, éphémère, trompeur, le monde finit dans l'amer désespoir.

Le Fils de Dieu, « obscur et pauvre au monde présenté », meurt, mais ressuscite et monte brillant de gloire dans la splendeur des cieux, ravi de joie et la communiquant à ses rachetés.

O contraste ! — Pauvre joueur d'orgue, ton passage n'a pas été nul. — Et à ce propos, cette idée me vient :

Savons-nous les pensées que nous jetons en passant dans une rue, leur écho éternel ?

*
* *

Pau, 3 octobre 1863.
(Samedi.)

Hier, ma bonne Mère, en sortant de l'Asile des vieillards, a passé devant l'atelier d'un serrurier-forgeron. Elle a entendu la belle voix d'un jeune ouvrier chantant le cantique de Noël, tout en limant activement du fer. Il chantait ces paroles quand elle l'aperçut :

Qui lui dira notre reconnaissance ?

C'est pour nous tous qu'Il naît, qu'Il souffre et meurt.

Les mouvements précipités du jeune ouvrier ébranlaient sa voix et s'accordaient avec le rhythme hâté, contre l'indication du goût et du compositeur ; mais il travaillait, Puis, elle l'a ensuite entendu chanter largement, d'une voix magnifique :

Noël ! Noël ! Voici le Rédempteur.

Quel poème que cette petite scène ! Que serait l'atelier venant à retentir des louanges du Sauveur, les cœurs pleins d'allégresse s'entre-répondant par de joyeux cantiques d'amour filial, de réconciliation, tandis que les bras vigoureux donneraient au bois ou au fer la forme voulue, tandis que les corps travailleraient pour suffire aux besoins de la famille, pour pouvoir tendre du pain à la veuve, à l'orphelin, au vieillard, selon le précepte de l'Évangile !

*
* *

Pau, 29 novembre 1863.

(Dimanche matin.)

Cette nuit, je me suis éveillée plusieurs fois, et alors, bien des pensées me sont venues. Le souvenir de ce passage du livre d'Esther m'a frappée, et je me le répétais en comprenant son sens profond..

« Cette nuit-là, le roi Assuérus ne pouvait dormir, et il demanda qu'on lui fît la lecture des archives du royaume. »

Cette nuit-là, le roi ne pouvait dormir. Non, il ne le pouvait, car Dieu avait décidé que le pieux Mardochée serait récompensé, réhabilité, que l'orgueil du cruel Haman serait brisé, que ce type accompli du courtisan, de l'homme de cour de tous les temps, périrait, que les juifs seraient sauvés. Oh! non, Assuérus, tu ne peux dormir ; Dieu ne

te laisse pas goûter le sommeil ; Il veut
accomplir par toi de grandes choses. — Que
d'insomnies ont été ainsi l'occasion de béné-
dictions pour beaucoup d'âmes ! Pendant la
nuit, dans le silence, que de choses sont
saisies, vues clairement, justement ; que de
choses le cœur entend !

*
* *

Pau, 30 novembre 1863.

Il y a quelques jours, j'ai été très frappée de
cette pensée : c'est qu'il n'y a qu'à suivre le
cours du fleuve de la vie naturelle pour aller
en Enfer. S'il n'y a pas un moment, moment
décisif, où l'eau du fleuve est détournée, où
elle prend une direction diamétralement
opposée, un moment enfin où il se passe
quelque chose d'extraordinaire... par une
pente glissante et effrayante de simplicité,
l'âme irrégénérée va au lieu de douleur où
seront toujours ceux qui ne seront pas
trouvés en Jésus-Christ. Vous voulez pécher,
vivre dans l'indifférence et la vanité, vous
dites : « Les autres ne font-ils pas de même ? »
Mais oui, les millions de pécheurs qui ont
passé sur cette terre depuis qu'elle existe,
n'ont pas agi autrement ; ils n'ont pas voulu
se jeter dans les bras de Dieu, répondre à

son amour; ils sont restés où ils étaient,
comme ils étaient, sans feu d'amour céleste,
pauvres d'espoir, de bonheur, de charité;
ils n'ont pas reçu Christ, Lui, la vie éternelle;
ils sont restés morts, et morts ils sont morts,
sans que leur âme fût vivifiée, régénérée,
ressuscitée, avant que leur corps tombât en
poussière, ces .corps auxquels l'Esprit de
Christ eût pu rendre la vie plus tard, s'ils
avaient cru en Lui.

Cette pente est si simple, si perfide, que
c'est pour réveiller de la torpeur que de
grands coups frappent çà et là; mais sont-ils
entendus?

* * *

Pau, 15 décembre 1863.

La lumière, c'est l'esprit, la raison; mais
le soleil, c'est l'amour, c'est-à-dire la vie.
De même que la vague pensée de Dieu, la
lumière peut éclairer sans réchauffer, sans
vivifier. Que le soleil paraisse, tout change
de face; un souffle de bonheur, de vie, a
passé, l'amour resplendit. C'est pourquoi
Jésus-Christ est appelé le Soleil de Justice.
Mais quoi! la lumière ne doit-elle pas pro-
céder d'un grand feu, d'un feu intense, de
cette lumière inaccessible dont l'éclat seul
nous parvient ici-bas?

8

Rayonnement suprême de la Trinité,
lumière inaccessible qui enveloppes Dieu,
nos péchés hideux, enfants de la nuit, nous
ont tellement éloignés de tes pures régions,
nous ont obscurci tellement les yeux, qu'un
des êtres de l'adorable Trinité, le Fils, est
venu entre le ciel et la terre, comme le
soleil, s'est approché de nous et nous a fait
sentir sa chaleur vivifiante, sa splendeur
d'amour, Soleil de Justice qui porte la vie et
la santé dans ses rayons.

*
* *

Pau, 29 décembre 1863.

(Mardi, midi.)

(Mort de Mlle B., ce matin à 10 heures.)

Ce monde ne m'est que prêté, le temps ne
m'est que prêté. Je passe rapidement, puis
quand je disparaîtrai, tout continuera comme
avant, tout se passera parfaitement de moi.
Je ne suis point liée (dans un sens) à la
création, et moi, créature, j'en serai détachée
sans choc. Tout rira, sourira, fleurira, ver-
dira ; les hommes iront à leurs affaires, les
femmes à leur vanité ; les chats s'étendront
au soleil, les enfants courront, les militaires
feront l'exercice, la musique jouera, les

voitures rouleront, le soleil brillera, l'air glissera léger sur les prés en fleurs. — Moi disparue n'y fera rien, et ce monde me semble mon domicile! Ici, je ne suis pas chez moi, non! — Oh! qu'il est doux de savoir qu'un grand amour nous réclame au ciel, que nous lui sommes précieux!

*
* *

Pau, 5 janvier 1864.

Il s'est chargé de mourir pour les pécheurs.

Quelle reconnaissance n'avons-nous pas ou ne devons-nous pas avoir pour Lui! Christ s'est chargé à notre place de mourir de la mort seconde. Nos corps seuls ont à mourir, mais pour ressusciter.

Vie! vie! lumière, bonheur, amour. C'est là tout l'Evangile, la bonne nouvelle. Nous devons mourir tous les jours au péché, ou plutôt regarder le péché comme un corps mort auquel nous ne voulons pas toucher.

*
* *

Pau, 25 février 1864.

Dieu est heureux parce qu'Il est Amour.

*
* *

Pau, 28 février 1864.

(Dimanche matin.)

Prenons garde de ne pas faire de notre sanctification la fin du salut, le paiement du reste de la dette, sans lequel nous serions ressaisis. Ce serait une pensée dangereuse, affaiblissante, et qui, perfidement, minerait tout le salut, entraverait toute vraie et filiale sanctification. Il faut croire que tout est fait, accompli par Christ, hors de nous, que la planche est tirée entre l'Enfer et nous, que nous sommes à toujours en sûreté, pour nous élancer dans une vraie reconnaissance, dans un véritable esprit d'amour et d'affranchissement, sur la route des bonnes œuvres préparées, afin que nous y marchions, route lumineuse, brillante d'amour, où seul l'amour doit soutenir pour qu'elles soient *bonnes œuvres*. S'il reste de la crainte, les ailes sont coupées, et il y a recherche de l'intérêt du moi, qui veut finir de sauver.

Même date.

L'humanité ne me semble jamais plus belle et plus intéressante que dans les temples du Seigneur, lorsque, digne, silencieuse, recueillie, elle écoute un serviteur de Dieu annoncer son amour, ses pardons en Christ, mettre en évidence la vie et l'immortalité par l'Evangile, lui proposer le Ciel, lui montrer l'Enfer, et que s'agitent ses intérêts éternels. Alors, je pense : — Des êtres qui ne font que passer sont en face de l'éternité. — Et je me sens remplie d'intérêt pour eux. Quelle différence dans les réunions du monde!

*
* *

Même date.

Oh! quelle parole : « *Ne crains point,* car je suis *avec toi.* Ne sois pas éperdu, car *je suis ton Dieu.* »

Ne craignons donc rien, ni aucune puissance, ni nous-mêmes. Regardons à Jésus; que nos âmes écoutent, recueillies, palpitantes de bonheur, ces paroles : « Car je suis ton Dieu. » Ton Dieu! Bonheur d'avoir un Dieu et un tel Dieu! de n'être plus à nous-mêmes, mais à Celui qui nous dit : « Je suis ton Dieu! »

*
* *

Même date.

Que je ne m'aime que parce que tu m'aimes. Oui, qu'en tout je puisse dire : « Pour moi, vivre c'est Christ. »

Belle chose! Christ vous absorbant, vous retrouvez votre liberté ravie par Satan. Vous ne retrouvez plus *l'ancien vous* dans sa misère et son déplorable égoïsme. Vous jouissez de vous et sentez que vous vous possédez, parce que vous vous donnez.

*
* *

Pau, 7 mars 1864.

(Lundi matin.)

Ce matin, j'ai beaucoup de courses d'utilité à faire. Hier soir, il pleuvait; et mes rideaux encore baissés, mes volets encore fermés, je me figure qu'il fait mauvais temps et qu'une journée de pluie, de boue, de triste ciel gris a commencé. Cette pensée me décourage et me fait retarder mon lever. Enfin, je sors de mon lit; il faut bien commencer la journée, quelle qu'elle soit. J'ouvre mon volet et je dois aussitôt fermer les yeux. Un brillant soleil inonde de ses gais rayons la galerie, la terrasse, les jardins.

Douce et belle surprise.

Ainsi, me dis-je, tandis que je me retournais tristement sur ma couche, anticipant sur un jour sombre, pluvieux, sans radieuses clartés, dans ce moment même, le soleil matinal brillait à mes fenêtres et ne venait pas jusqu'à moi, parce que *moi je n'avais pas ouvert.*

N'en est-il pas ainsi à l'égard de mon âme ?

Le Soleil de justice ne brille-t-il point, ne *me prévient-il point ?* Abattue, aspirant à la joie, n'est-ce pas moi qui lui ferme l'entrée de mon cœur ? — Ah ! croire au bonheur ! s'écrie en silence mon cœur. — Et prenant mon petit livre du Pain quotidien, je me couche à demi sur mon lit, je l'ouvre et lis ces mots :

« Crie vers moi et je te déclarerai des choses grandes et cachées, lesquelles tu ne connais point ! » (Jérémie 23,3.)

Quelle réponse !

Qu'après une telle invitation, j'entre et marche dans le chemin, au sens vraiment spirituel. Que mon âme dise à Dieu : Oui, je crierai vers toi. Les mots qui faisaient suite à ceux que j'avais lus, m'ont été très doux : « — Je remets mon esprit en ta main ; tu m'as

racheté, ô Eternel, le Dieu de la Vérité. »
(B. XXXI, v. 5e.)

* *

Pau, 24 mars 1864.

(Jeudi-Saint.)

Nous ne commençons à comprendre de
quoi Jésus nous a réellement délivrés en
venant sur terre souffrir et mourir, que lorsqu'Il nous rend participants de sa vie
d'amour par le Saint-Esprit. Nous voyons
alors qu'Il est venu pour nous donner cette
vie éternelle, délicieuse, inexprimable, et
nous débarrasser, nous délivrer de tout ce
qui n'est pas cette vie. Jusqu'à ce que l'Esprit
soit venu nous faire connaître les secrètes
délices de l'amour de Dieu et de l'amour
pour Dieu, jusque-là nous ne comprenons
réellement pas la mission de Christ, sa
signification, sa portée si profondément spirituelle de nouvelle création. Oui, Il est venu,
non seulement pour supporter la punition
due à nos péchés, mais pour nous délivrer
de nous-mêmes, de la mort qui est en nous
et nous faire entrer dans la vie.

Son amour l'a porté à mourir pour nous
faire jouir de son amour.

*
* *

Pau, 18 avril 1864.

(Vendredi.)

Oh ! que la Parole est vraie, vraie !

A tout instant les expériences du cœur s'accordent avec elle. Ainsi, ce matin, pensant à la belle et nouvelle vie que Dieu nous donne en Christ, je me disais : Miracle admirable ! Me voilà, moi, mais moi à ne plus me reconnaître, existant dans un monde nouveau. Quoi ! moi ! mais un nouvel être qui est pourtant moi ! Et toute cette vie d'obscurité, de tristesses, hideux enfants de la nuit, où j'existais pourtant, arrière, cadavre, corps de mort ! Quoi, je serais donc deux ? Et soudain me reviennent à la mémoire les paroles de St-Paul sur le combat du vieil homme et du nouvel homme. Certes, je ne pensais nullement à ces paroles-là quand j'éprouvais ce que j'ai écrit plus haut. Je ressentais. Et c'est lorsqu'après avoir ressenti, j'ai dit : Mais je suis donc deux ? que les passages analogues sont venus à mon souvenir.

*
* *

Pau, 13 juin 1864.

Oh ! la marche dans la vie, qu'elle est inexprimablement difficile ! C'est l'infini.

Lisez les Proverbes et l'Ecclésiaste. Dans ce miroir on se voit d'une laideur telle, qu'on est écrasé sous le sentiment de son indignité. Heureux qui peut regarder à Christ, *fin* de la loi pour justifier tous ceux qui croient !

Pénible est l'état mixte de celui qui, ne regardant pas entièrement à Christ, veut marcher dans les voies saintes et se fond d'angoisse en voyant ses chutes, ses fautes, ses indignités dans le miroir de la Parole, entre autre dans ces deux livres. L'affranchi marche d'un pas égal et joyeux ; mais sous la loi on souffre, oh ! que l'on souffre en attendant le doux affranchissement de l'amour de Jésus !

*
* *

Pau, 13 juin 1864.

(Lundi.)

L'amour de Jésus rayonne éternel, éternel comme Lui. L'amour est son essence. Dieu est amour.

Dans la portion de l'éternité qu'on appelle Temps, l'amour éternel de Jésus-Christ l'a porté à mourir pour sauver. Cet amour s'est montré par un grand fait. Dieu (la Parole)

a pris un corps pour expier les péchés des
hommes, se faisant véritablement homme
tout en restant Dieu. Et l'esprit répand
l'amour dans le cœur. Il a fait tout cela
parce qu'Il aimait et voulait rendre participants de son amour ces êtres aimés de toute
éternité qu'Il retire de la fange et voit déjà
brillants de sa gloire, présentés au Père,
Dieu trois fois saint. C'est l'Epouse mystique,
sa colombe, sa parfaite, en laquelle ne se
verra aucun défaut, aucune tache, corps de
Christ, un avec Lui, régnant avec Lui.

Gloire !

Son étendard est Amour.

Joie de l'éternité. L'amour parfait savouré,
reçu et rendu dans la perfection. Allégresse
éternelle du Ciel. Pour la faire partager,
Christ a versé son sang expiatoire, purificateur. Il est mort, Il est ressuscité. Il entraîne
dans la vie d'amour.

*
* *

Pau, 28 juin 1864.

(Mardi matin.)

La Bible a de ces réponses admirables, au
sens profond, complet et de la plus exquise
délicatesse.

Tout-à-l'heure je l'ouvre très angoissée, et je tombe sur ces paroles de Christ sur la Croix :

« Femme, voilà ton fils ! »

C'est bien là la réponse qu'il me fallait.

Jésus donnant à aimer quelqu'un pour l'amour de Lui. Jésus donnant à aimer !

C'est donc *de sa main*, de sa bouche qu'on reçoit. Oh ! quel sceau sacré ! Que ces paroles pénètrent au fond de l'âme par l'Esprit vivifiant !

*
* *

Pau, août 1864.

Il y a plus d'un profane dans plus d'un sanctuaire.

Sanctuaire de l'âme.

Sanctuaire du cœur.

Sanctuaire de l'esprit.

Sanctuaire de la nature.

Il faut plaindre, et demander la sainteté pour pénétrer dans le sanctuaire avec le front serein, rayonnant, et le cœur plein de ferveur.

Ah ! qui de nous, hélas, n'a pas profané quelque sanctuaire ? Humiliation, prière, espoir et support plein d'amour.

*
* *

Pau, 5 août 1864.

Puissions-nous dire :

Dieu est mon Dieu.

Mon Dieu est Dieu !

Oui, Celui qui a d'un mot créé la lumière, Celui de qui et par qui sont toutes choses, cet être admirable, adorable, inexprimable, qui habite une lumière inaccessible, et dont l'essence est l'amour éclatant par le sacrifice de Lui-même pour des rebelles, celui-là est mon Dieu, l'objet de mon adoration, le but, le mot le tout de ma vie, ma vie même.

Puis, ce Dieu d'amour est mon Dieu. Ce ne sont plus les choses qui se voient sous le soleil, les êtres humains et surtout moi-même que j'ai pour dieu, pour idole coupable ; non, à présent mon Dieu est Dieu Lui-même.

*
* *

Pau, 22 août 1864.

(Vendredi.)

Je viens de lire ce matin ces passages :
Luc XII, 54-57, et je trouve qu'ils sont très
applicables à ceux qui s'enfoncent dans de
profondes études géologiques, sans discerner les merveilles de Christ, sans juger ce
qui est juste, sans reconnaître leur état de
péché, de perdition, sans chercher un refuge
en Jésus-Christ. Voilà, on veut une base de
confiance justement pour croire. Mais quoi !
cette parole admirable a confondu et confon-
dra toujours les audacieux de tous les âges
et ceux qui la suivent feront le bien. On
reconnaît l'arbre à ses fruits. Que chacun
s'occupe de soi, de son âme plus précieuse
que tout, et se demande : Où en suis-je ?

Je viens de lire la dernière page du livre
si remarquable de Louis Figuier : « La Terre
avant le Déluge. »

Dans cette dernière page, il pose ce pro-
blème :

« La race humaine est-elle destinée à s'é-
» teindre ou fera-t-elle place à une création
» supérieure, à une série d'êtres admira-
» bles, entrevus dans l'Ange chrétien ? »

Là, l'auteur se tait ; mais on discerne dans ce silence une croyance plus profonde qu'il ne le pense lui-même à cette création d'êtres supérieurs. Il n'a pas le courage d'affirmer, cela est regrettable, mais se comprend, puisqu'il ne saisit pas et n'offre pas pour conclusion pleine de glorieuse espérance, les déclarations si formelles et tant de fois répétées de Dieu dans l'Evangile.

Ah ! St-Jean, lui, s'écrie : « Ce que nous serons n'a pas encore été manifesté ; mais nous savons que lorsqu'Il apparaîtra nous lui serons rendus semblables, parce que nous le verrons tel qu'il est. Et quiconque a cette espérance en Lui se purifie soi-même, comme Jésus-Christ Lui-même est pur. »

Ainsi, ceux qui chantent dans leurs louanges : « Nous régnerons sur la terre ! » (la terre nouvelle) ces bienheureux rachetés qui ont « blanchi leurs robes dans le sang de l'Agneau de Dieu » et qui peuvent dire en quelque manière, comme leur Sauveur le dit déjà : « Je suis vivant, j'ai été mort, et maintenant je suis vivant aux siècles des siècles, » ces bienheureux rayonnent de vie, de jeunesse éternelle, et, par dessus tout, de l'amour de Dieu pour eux, en eux. Cet amour, torrent, mer immense, se déverse sur tous les êtres qui les entourent. Nous les voyons s'absorber délicieusement dans

le bonheur idéal, inexprimable, adorant le
« Dieu fort de leur joie et de leur ravissement ». Une harmonie de tous les sentiments
découle de cette source unique d'amour,
point de départ et but de leur vie éternelle.
Les bienheureux s'aiment avec des transports de tendresse, de joie, de sécurité
immaculée, de ravissements ineffables. Dieu,
leur Dieu Sauveur, est venu sur cette petite
planète qu'on appelait terre, les délivrer du
péché et de la mort, en s'anéantissant, Lui !!!
en mourant. Ce Dieu ressuscité, glorieux,
fait à jamais le sujet de leur reconnaissance,
de leur adoration, de leurs louanges, jail-
lissant d'une source vive, et toute la gloire
dont Il les a rendus participants ne leur fait
pas oublier qu'ils furent hommes pécheurs,
et que Dieu les créa de nouveau « en justice
et en sainteté véritables ». Aussi, pleins de
joie, ils jettent leurs couronnes aux pieds de
l'Agneau qui fut mis à mort. Jésus « jouit du
travail de son âme, Il en est rassasié ».
(Esaïe, LIII.)

L'amour, l'amour, voilà la vie de ce séjour
de gloire. Dieu parle. Il se définit Lui-
même. Ecoutons. Dieu est... O terre, tu écou-
tes palpitante ! — Qu'est-Il ? Dieu est amour.

Et, faits à son image, ses rachetés deviennent amour.

L'amour les remplit, les subjugue, comme le parfum remplit toute la salle, comme l'harmonie se répand dans l'air. Ainsi, l'amour indéfinissable, impalpable, insaisissable, comme l'harmonie et le parfum, mais réel, ressenti, éprouvé comme eux, l'amour circule, remplit tout. Délices inexprimables.

C'est de cet amour, étincelle du sanctuaire, venant de Dieu et allant à Dieu, en donnant à l'âme des allégresses saintes, ineffables, éthérées, c'est de cet amour qu'ont souhaité d'être remplis tous ceux qui ont voulu aimer pour la vie éternelle, dans tous les liens humains.

Les affections humaines doivent, chez le chrétien, éprouver la transformation spirituelle. Au-dessus des noms bénis de père, de mère, de frère, de sœur, de fiancé, d'époux, de fils, de fille, d'ami, de bienfaiteur ; au-dessus de tous ces noms *de la terre*, l'âme est élevée par la puissance de l'Esprit de Dieu, dans la région rayonnante où Jésus, lui montrant ces autres âmes dans son cœur de Dieu, le remplit soudain de.....

*
* *

Pau, 23 septembre 1864.

(Vendredi.)

Là, j'ai été interrompue, il y a plusieurs semaines ; aujourd'hui, je retrouve ces feuilles éparses. Qu'allais-je écrire après ce *de ?* Quel mot humain pourra jamais exprimer ce qui était dans ma pensée et ce qui est, Dieu en soit béni ! dans mon souvenir ? Car, ce que j'écris là, je l'ai éprouvé. Oh ! qui rendra le bonheur dont l'amour de Christ inonde l'âme ! Lui est tout. Avec Lui, tout est oublié. Il enlève à tout. — *Toi ! Toi !* — Puis, plus tard, Il permet qu'une âme, et plus tard encore, une autre âme, soit introduite avec votre âme dans ces tabernacles où le bonheur règne par l'amour.

Que dire de cette lumineuse joie ? Ce sont de ces choses que « l'oreille n'avait point entendues », de ces choses « qu'il n'est pas possible à l'homme d'exprimer ». Rayonnement, sainte flamme de l'amour. L'amour, cause première du salut. L'amour qui a pu quitter le Ciel, venir sur la terre, souffrir longuement, souffrir méconnu. L'amour qui s'est dévoué à mourir.

Et par le seul fait que Dieu aime, on sent qu'Il sauve, qu'Il purifie, sanctifie, ravit aux Cieux, *tout est dans l'amour.* Ah ! puissé-je

sentir mon cœur palpiter de la véritable vie
de l'amour, de cet amour qui se répand en
fleuve de vie sur les bien-aimés et sur les
créatures, à cause de l'amour de Christ.

*
* *

FRAGMENT DE LETTRE.

Biarritz, 15 octobre 1864.

Chère Grand'Mère, chère Tante,

....

La magnifique température que nous avons
depuis notre arrivée à Biarritz nous a permis
de faire chaque jour de charmantes promenades ; l'exercice, l'air de mer, nous sont
très sains, car nous avons un appétit remarquable et dormons parfois un nombre
d'heures que je n'ose écrire ici.

....

Avant-hier, nous avons été, Sophie et moi,
visiter le Phare, qui est fort curieux par lui-
même et duquel on découvre une vue magnifique ; au nord, le vieux Boucaut, Capbreton,
la Barre de l'Adour, la Chambre d'Amour,
Anglet ; puis, au midi, les Pyrénées ; à l'ouest,
les côtes de St-Jean-de-Luz, de Fontarabie,
de St-Sébastien et les montagnes qui se perdent à l'horizon.

Nous avions laissé Mère aux bains Napoléon, et la distinguions comme un petit point noir sur le sable de la plage.

Mercredi, nous avons été au vieux Biarritz et avons visité la tombe du jeune Berthoud, enlevé à vingt ans à la tendre affection de ses parents, de sa famille, de tant d'amis! loin de sa belle patrie! Ses amis et frères chrétiens ont fait graver sur la pierre : « Toute chair est comme l'herbe et toute la gloire de l'homme comme la fleur de l'herbe; l'herbe est séchée et sa fleur est tombée; mais la Parole de Dieu demeure éternellement. » Puis : « Jésus lui dit : Je suis la résurrection et la vie. Celui qui croit en moi vivra, quand même il serait mort. »

Ces paroles sont précieuses à lire sur la tombe de cette jeune et pieuse créature.

Nous avons vu aussi la tombe du pieux et digne pasteur de Biarritz, M. Mac-Dermot, qui a laissé un souvenir béni, et qui avait bien souffert et supporté de grandes épreuves avec une patience touchante. Il y a beaucoup d'Anglais inhumés à Biarritz.

En revenant, nous avons été visiter la propriété du maire de Bayonne, que l'Empereur et l'Impératrice ont habitée la première année qu'ils sont venus à Biarritz. C'est ravissant; de délicieux bosquets s'entr'ouvrent et laissent apercevoir la mer. On se croirait en Grèce ou en Italie.

Lundi, nous avons visité la villa Eugénie. Elle est d'une apparente simplicité tout-à-fait de bon goût. Tout y est tendu de perse : salons, chambres. Nous avons parlé avec un domestique qui est là depuis huit ans. Les jouets du Prince Impérial, ses chevaux de bois, sa brouette, sont sur le pallier de l'escalier, l'attendant.

J'ai pris deux bains de mer qui m'ont été fort agréables. Au dernier, la jeune et fraîche Princesse Orloff est entrée dans la mer en même temps que nous. Elle est gaie et a l'air très aimable.

Que deviennent les Arabes? Le petit prince (fils du cheik), se promène-t-il sur la Haute-Plante?

. . . .

*
* *

Biarritz, 19 octobre 1864.

C'est une chose singulière. J'ai exprimé un pieux désir, sans bien en comprendre toute la portée ; je l'écris et je l'éprouve en le relisant ; je le souhaite, mais il est déjà éprouvé.

Voilà :

« Avant qu'ils crient je les exaucerai, et avant que la parole ne soit sortie de leurs lèvres, je les aurai entendus. »

*
* *

Pau, 12 novembre 1864.

(Samedi.)

La raison, c'est le savant armé du scalpel, dépouillant un corps de sa chair, examinant le squelette, établissant des règles strictes.

L'amour, la vie de Jésus, c'est, dans cette prairie, ce jeune homme, cette jeune femme, souriant à leur nouveau-né. Quel ravissement ! quelle vie ! Le bel enfant tend vers eux ses petits bras ; il pousse des éclats de rire, frais comme l'aurore ; ses jolis yeux bleus brillent, tout son corps palpite ; la mère le regarde avec ivresse ; le père, tantôt silencieux, muet d'extase, tantôt riant, chantant, agite ses mains, excite encore plus les cris et les rires de l'enfant. Oh ! que ces simples montagnards seraient en peine de définir les lois du mouvement des corps, de la vue, de l'ouïe, de toutes les facultés dont est comblé leur enfant ! Ils vivent, Il vit. Le souffle divin est là : La vie.

Et le pauvre savant, glacé dans son triste et sombre cabinet, cherche à définir toute chose dans le corps ; mais quand il arrive à la vie, il s'arrête. Que dire ? Ce souffle merveilleux..... Il s'arrête et ne peut en constater que les effets.

* *

Pau, 12 novembre 1864.

« Je suis la vie », a dit Jésus. Il donne la vie aux âmes, les faisant ressusciter dès à présent par son amour, absorbant la mort dans la vie, complètement quant à Lui, à son œuvre parfaitement achevée ; mais quant aux âmes, ce n'est souvent que lentement que la vie engloutit la mort par la sanctification de l'Esprit. « Vous étiez morts, mais à présent, vous êtes ressuscités. » Voilà la vraie situation des croyants ici-bas. « Morts », mais ressuscités déjà « en Christ », déjà « assis dans les lieux célestes ». Voilà ce qu'ils voient par la foi.

Néanmoins, chaque jour, la chair, le monde, leur livrent des assauts ; ils ne veulent plus toucher au péché, ce corps mort encore lié à eux ; mais les exhalaisons pestilentielles leur arrivent encore. La vie toutefois gagne de plus en plus du terrain sur la mort; ils se dépouillent plus complètement du vieil homme, jusqu'à ce qu'ils entrent dans la joie de leur Seigneur, dans la grande vie, dont le foyer est *l'amour de Christ.*

Quant au corps aussi, Jésus, par sa puissance, engloutira la mort dans la vie. Le corps qui mourra ressuscitera, et celui qui sera conservé pour la venue du Seigneur sera transmué. C'est toujours la vie engloutissant la mort. Tous ces germes de mort, cette fragilité, cette faiblesse, cette infirmité, tous ces signes du règne de la mort seront engloutis, et un corps, parfaitement beau, parfaitement fort, glorieux, un corps immortel et à jamais jeune apparaîtra.

Ainsi, souvent, dans le domaine spirituel, il faut renoncer à telle chose; on la sent mourir; puis le péché est anéanti. Dieu fait une résurrection ; ce n'est plus elle ; la ressemblance nous étonne.

Parfois, telle chose est subitement transmuée, et vous, vous, transmué par rapport à elle. Tout est lumière sainte. Oui, toujours résurrection, transmutation dans le Seigneur.

Heureux ! ce mot est doux à entendre quand on pense à tant d'êtres disparus. Heureux ! tout est là........

*
* *

Pau, 14 novembre 1864.

(Lundi matin.)

Ne sommes-nous pas dans un laboratoire spirituel ? Ne sommes-nous pas en fusion ? Que de luttes ! La nature s'élance ; aussitôt, quelque chose arrête. Expériences accumulées, découvertes effrayantes dans les abîmes de nos cœurs ; désespoir de soi-même ; recours à Celui qui est plein d'amour, voilà l'existence.

Le bonheur, c'est que Dieu crée un nouvel être, pur, délicieux, répondant à son amour.

*
* *

Pau, 15 novembre 1864.

L'homme sacrifie si souvent son devoir au plaisir, qu'il a beaucoup de peine à se figurer parfois que tel plaisir est un devoir, ou que le devoir s'offre sous une forme agréable. Un esprit d'ascétisme, de sacrifice à tout propos, s'empare tellement de certaines personnes ; chez d'autres, une douleur sèche qui n'espère plus rien d'agréable et de doux, que l'on vole aux choses pénibles, laissant de côté des choses agréables que Dieu met sous vos pas pour que vous en jouissiez. St-Paul ne dit-il pas une fois : « Rendons

grâces à Dieu, qui nous donne toutes choses
abondamment pour en *jouir*. »

Ainsi, il y a telle personne qui se privera
inutilement de jolies promenades, salutaires
pour le moins autant à l'esprit qu'au corps,
et, tandis que le soleil brille, se renfermera
dans une chambre sombre et froide, à ne
rien faire de fort utile. D'autres, pour leur
santé, auraient besoin de promenades en
voiture et n'en font pas ; mais s'il s'agit de
faire acheter d'horribles médecines qui fati-
guent l'estomac, vite donnent le double de
l'argent d'une promenade qui les en eût
dispensées.

***

Pau, 11 décembre 1864.

(Lundi matin.)

Je viens, peu après m'être levée, d'ouvrir
la Bible. Ces paroles sont les premières qui
s'offrent à moi dans Esaïe, ch. XXVI, 12 :
« Eternel, tu nous donneras la paix, car
c'est toi qui nous as fait tout ce qui nous est
arrivé. »

Elles me frappent beaucoup. Je continue à
lire ce chapitre admirable où le verset 19 et
aussi un peu le verset 21 sont une prédiction
claire de la résurrection des corps (bien que

dans le moment même il pût y avoir aussi la pensée d'une résurrection du peuple d'Israël, d'une restauration glorieuse). Mais Esaïe s'écrie : « Mon corps mort vivra ! » Là, c'est bien positif.

J'arrive ensuite au chapitre XXVII. Oh! que les versets 4 et 5 sont admirables ! « Il n'y a point de fureur en moi ! » Jamais je n'avais remarqué ces paroles. N'est-ce pas la douce figure du Dieu Sauveur apparaissant ? Et puis : « Qui m'opposera des ronces et des épines pour les combattre ? Je marcherai sur elles et je les brûlerai toutes ensemble. Ou plutôt qu'il retienne sa force ; qu'il fasse la paix avec moi ; qu'il fasse la paix avec moi. »

Oh ! retenons ces paroles : « Il n'y a point de fureur en moi. » Nous nous représentons souvent Dieu comme courroucé contre nous. Oui, s'il ne regardait qu'à nous, il en serait ainsi ; mais sa miséricorde, sa bonté, son amour, de tout temps en Lui et manifestés par Christ avec éclat, sont là, et son cœur paternel regardant au sang expiatoire, dit : « Il n'y a point de fureur en moi. Qu'il fasse la paix avec moi ; qu'il fasse la paix avec moi. »

Pau, hiver de 1865.

Extraits d'une lettre.

......Ma grand'mère réalisait d'une manière touchante le type si rare de la femme âgée restée belle (1) et parfaitement simple. Oui, c'était bien la descendante des austères huguenots persécutés, l'enfant baptisée au désert, la jeune fille en proie aux troubles révolutionnaires, ayant même été en danger de perdre la vie ; la digne mère de famille, supportant courageusement les épreuves de la vie privée, souvent plus cruelles que les orages politiques, et dont le cœur fut brisé par la mort de ceux qu'elle aimait.

Qu'elle était aimable, affectueuse, dans ce lit, tandis que nous lui donnions nos soins, s'occupant de tout et de tous ! Nous nous attachions à elle tout de nouveau.

Oh ! quelle pensée solennelle ! Celle qui nous lisait ce que David, Esaïe, Luc, Paul, Jean, écrivirent sous l'influence de l'Esprit de Dieu, est entrée *là* où on les voit ; près de Marie, mère de Jésus, de Dorcas, de Lydie, de Lazare, de Marthe, de Marie, du brigand

(1) Par une exception presque sans exemple, cette aïeule, Mme Denfer du Clouzy, conserva jusqu'à la fin de sa vie terrestre, à 90 ans, une étonnante beauté.

converti, de St-Augustin, de Jane Grey,
d'Alexandre Vinet, d'Adolphe Monod, de tous
ces êtres bien-aimés de Dieu, qui, avant,
pendant ou après le grand sacrifice de
l'Agneau, ont traité alliance avec Dieu sur
le sacrifice.

Il est précieux de voir réunis comme en
un faisceau, les croyants de tous les siècles,
tous « venus de la grande tribulation », tous
« ayant blanchi leurs robes dans le sang de
l'Agneau ».

*
* *

Pau, hiver de 1865.

Vous avez sans doute appris par les jour-
naux la grande perte que viennent de faire
les arts, mais surtout le protestantisme, et
surtout, oh ! surtout, les chrétiens du Béarn.
Notre cher M. Devéria nous a été enlevé par
une maladie foudroyante. Les souffrances
ont été épouvantables. Quel devait être ce
cruel mal, puisqu'il a brisé en quelques
heures cette magnifique organisation !

A l'ouïe d'une telle nouvelle, on se révol-
tait ; on ne voulait pas y croire. Non, nous
ne pouvons croire encore à la réalité. C'est
une perte immense, irréparable. La désolation

est générale. Les pauvres pleurent en lui, non seulement l'homme bienfaisant, l'homme laborieux qui leur donnait si largement ce qu'il gagnait en travaillant sans relâche, mais ils pleurent encore l'ami sympathique, qui allait toujours vers eux de préférence, comme son Maître, et qui priait pour eux avec larmes.

Les élèves de l'Ecole du Dimanche, qu'il avait rendue l'une des plus remarquables de France, et qui, sous sa direction, d'élèves sont devenus moniteurs et monitrices, pleurent cet homme d'élite, qui savait si bien parler à la jeunesse et s'en faire chérir.

Tous ceux qui ont tant joui des chères réunions du Dimanche soir, où sa voix éloquente et fidèle leur parlait avec amour de son Dieu-Sauveur, ne peuvent supporter la pensée qu'ils ne le verront plus dans cette petite chaire garnie de velours rouge, parlant, priant ou chantant de sa voix magnifique les louanges du Seigneur. Et pourtant, c'est vrai, Ce précieux ami n'est plus ici-bas. Ce poëte dont le luth ne vibrait plus que pour le Christ ; cet Apollos puissant en paroles, a quitté ce pauvre monde où il était si aimé, où il est si pleuré, où il laisse un vide si incalculable.

Pour lui, il est bienheureux ; il a vu ce Jésus que son âme désirait ardemment,

auquel il s'était consacré ; mais pour nous
tous, c'est une perte, un écroulement qui
navre nos cœurs. Pour nous, déjà brisées (1),
ce coup affreux, inattendu, nous accable.
Au retour du convoi de ma grand'mère, il
nous avait accompagnées jusqu'ici, dimanche. Et le samedi matin, à 9 heures, c'était
lui qu'une foule immense, désolée, allait
déposer auprès *d'elle*.

L'affluence était telle, qu'au lieu d'entrer
dans sa maison, on est entré au Temple, qui
était bien aussi *sa maison*, comme le disait
M. le Pasteur Cadier.

C'est toute une source de pures et douces
joies qui se tarit avec M. Devéria. Chacun
croit avoir perdu un membre de sa famille.
Que de pères ne sont pas pleurés comme lui !
Dimanche matin, on n'a pas chanté les cantiques, *on les a pleurés*. Il semblait toujours
entendre son beau ténor dans ces cantiques
qu'il aimait. On l'attendait.

Il parla, nous a-t-on dit, admirablement,
le dimanche soir, au temple, peu d'heures
après les funérailles de ma grand'mère, et il
dit : « Qui sait quand Dieu nous appellera

---

(1) L'aïeule de Marie fut retirée par Dieu le 28 janvier
et Devéria le 3 février 1865. Leurs tombes se touchent dans
le cimetière de Pau.

auprès de Lui ? Peut-être cette semaine. Sera-ce vous ? Sera-ce moi ?

. . . .

*
* *

Pau, 28 mars 1865.

(Mardi matin.)

Que d'âmes s'élèveraient jusqu'au sublime par une puissante impulsion de l'Esprit, les inondant de l'amour de Dieu, si elles ne retombaient pas dans la vie journalière, sous le joug d'une déplorable routine, de conversations, de manière d'agir complètement opposées à l'effusion qu'elles viennent de recevoir ! cela les afflige, les affaiblit dans leur fervent essor ; elles laissent retomber leurs ailes. Il ne doit pas en être ainsi. Il faut lutter contre cette manœuvre d'intimidation de l'ennemi.

« J'ai cru, c'est pourquoi j'ai parlé. »

« Ils chanteront à cause de la joie qu'ils auront au cœur. »

« Réjouissez-vous. Je vous le dis encore : réjouissez-vous. Que votre douceur soit connue de tous les hommes ; le Seigneur est près. »

« Abstenez-vous de tout ce qui a quelque apparence de mal. Soyez fervents d'esprit. Servez le Seigneur. »

Oui, l'entourage contribue souvent beaucoup à arrêter l'essor de l'âme. Tel qui s'élancerait à la conquête des âmes, tel qui se sacrifierait, se dépenserait, si tout-à-coup vous le transportiez dans un nouveau pays, avec un cercle d'activité tout nouveau, marche lentement, cloche souvent des deux côtés, paralysé par certaines habitudes, par un certain confort, par mille petits liens invisibles, mais sentis. Cela ne doit pas être. C'est dans ce cercle précieux et cher que la fidélité doit agir sous toutes ses formes. Oui, cela est vrai, ce sera plus difficile de déraciner pour planter, que de planter dans un sol inoccupé. Il sera plus difficile de changer d'habitudes, de devenir, pour être en harmonie avec votre âme, sérieux, calme, recueilli, fervent, fidèle en paroles, en actions, au milieu des parents, des amis qui vous ont vu léger, indifférent, occupé des choses d'ici-bas, plutôt que de débuter en chrétien devant des étrangers. Mais c'est avec les vôtres, au milieu de vos bien-aimés, que vous devez répandre le parfum versé par Dieu dans votre âme, et qui leur sera, il faut l'espérer, « odeur de vie ». C'est parmi eux qu'il faut faire briller votre lumière, en sorte qu'elle éclaire toute la maison. Oh ! quelle bénédiction, quel bonheur pour vous, de faire du bien à ces êtres chéris, de vous sentir unis avec eux d'une union que la mort ne peut rompre, de reposer avec eux sur le sein de Jésus, et pour l'Eternité !

*
* *

Pau, 3 avril 1865.

(Lundi.)

En haut les cœurs ! voilà tout l'Evangile. Pour qu'ils montassent au séjour de gloire, Christ est descendu manifester à la terre tout l'amour qui brûle au saint lieu.

Il est mort en expiation des péchés commis par ses pauvres créatures rebellées ; son sang a coulé pour les purifier ; Il s'est révélé comme *notre paix*, et, quittant la terre après y avoir accompli sa mission d'amour, Il est remonté là où Il était auparavant, entouré de l'adoration des célestes cohortes.

En haut les cœurs !

Aussi, dans l'Evangile, vous ne voyez plus qu'il soit question de prospérité temporelle. Plus les gras pâturages, les immenses troupeaux. Plus les nombreuses familles débor-

dant de joie et d'abondance. Plus les vierges,
« belles à voir », et « les jeunes gens magnifiques, agiles dans la course, vaillants au
combat ». Plus l'ardent désir de l'épouse
d'être mère d'un fils, espérant qu'il serait
peut-être le Messie attendu ou son aïeul (et
c'est une humble vierge qui, dans la prière,
apprend que cet honneur infini lui est destiné).
Plus ces mariages sans lesquels on ne com-
prenait pas l'existence. Mais au contraire,
St-Paul dit : « Celui qui se marie fait bien,
mais celui qui ne se marie pas fait mieux. »
Ayant commencé par déclarer tout d'abord
que chacun avait son don, reçu de Dieu, l'un
d'une manière, l'autre de l'autre. Le fond de
sa pensée est : « Le temps est court. »
Désormais, que les pleurs et les joies soient
comme n'existant pas, car « la figure de ce
monde passe ». Songez avant tout à employer
ce temps si court pour Christ seul, faisant
tout pour Lui.

En haut les cœurs !

Si une tendre affection se présente, aimons
en Christ ; mais pas de plans de vie idolâtre,
terrestre.

En haut les cœurs !

*
* *

Pau, 30 avril 1865.

(Dimanche matin.)

Je suis frappée de cette expression : « Le premier jour de la semaine. » Le Dimanche n'est donc pas le jour du repos qui devait suivre le long travail. Mais au contraire, s'il est un jour de repos quant aux occupations lucratives, telles que le métier, le commerce, les affaires, la culture de la terre, le Dimanche, spirituellement, doit être le premier jour de la semaine, de la sainte activité des œuvres de dévouement et d'amour. De même que ceux « qui parcourent les campagnes, prêchant la grâce aux pécheurs », ne travaillent jamais plus que le Dimanche, de même, tous les chrétiens qui se réjouissent de l'amour de Christ, qui sentent le prix d'un Sauveur, doivent, ce jour-là, appeler des âmes à Lui, consoler des affligés et réjouir le cœur de leurs frères par l'affection cordiale de leurs cœurs renouvelés par le St-Esprit.

Aimés de Dieu, oh ! aimons tous les frères chéris dont nous connaissons l'élection.

Pau, 16 mai 1865.

(Mardi matin.)

En me levant, ce matin, j'ai couru ouvrir
ma fenêtre ; aussitôt le soleil m'a éblouie,
inondée. La matinée est magnifique, le ciel
est pur ; l'air, rafraîchi par la pluie d'hier
soir, tempère l'ardeur déjà extrême du soleil,
dont les reflets argentent les feuilles des
arbres.

Je reviens vers mon lit ; je prends mon
petit livre « Le Pain quotidien », toujours
près de son compagnon « Le Souvenir chrétien », et je lis à la date du 16 mai : « Toute
grâce excellente et tout don parfait viennent
d'en-haut et descendent du Père des lumié-
res, en qui il n'y a point de variation, ni
aucune ombre de changement. (Jacques,
I. 17.)

Le Père des lumières !

Cette expression me frappe et me pénètre.
Notre Dieu est le Père des lumières : lumière
pour les yeux de nos corps ; lumière pour
nos âmes.

Au premier chapitre de la Genèse, il n'est
point dit que Dieu créa la nuit ; mais il est
écrit : « Dieu dit : Que la lumière soit, et la
lumière fut. Et Dieu vit que la lumière était

bonne. Et Dieu sépara la lumière d'avec les ténèbres, et nomma la lumière jour, et les ténèbres nuit. Ainsi fut le soir, ainsi fut le matin ; ce fut le premier jour. »

Nous ne voyons point que Dieu dise que les ténèbres soient bonnes. Non. Il dit, au contraire, une parole, et la lumière apparaît. Or, où la lumière apparaît, les ténèbres n'existent plus. Dieu combat, réduit les ténèbres, et par l'apparition de la lumière, et par la création de grands luminaires.

Cela est un grand enseignement et le premier jet de la lumière aussi sur la question de la création ; c'est peut-être le mot de l'énigme de tout ce que l'on voit dans cette création et de tout ce que l'on voit dans les destinées humaines. La lutte du bien contre le mal. Qu'en savons-nous ?...

Le verset 2 de la Bible, sondons-le, essayons de le sonder. « Les ténèbres sont sur la face de l'abîme, l'Esprit de Dieu se meut sur les eaux. » Et après avoir fait luire la lumière, Dieu fait paraître le *Sec*, qu'Il nomme *Terre*.

Mais revenons à ce beau sujet de la lumière.

Après avoir lu ce verset de l'épître de Jacques, dont l'expression, « Père des lumières », m'a vivement frappée, puis l'autre

verset du même jour au « Pain quotidien » :
« Parce que je suis l'Eternel et que je n'ai
point changé, à cause de cela, enfants de
Jacob, vous n'avez point été consumés »
(Malachie, III, 6.), passage si paternel, si
tendre, si doux, j'ouvre à son tour mon
« Souvenir chrétien », et je lis à la date du
16 mai : « L'Eternel est bon et droit ; c'est
pourquoi Il enseignera aux pécheurs le
chemin qu'ils doivent suivre, » et à la fin de
la méditation, ces belles paroles me frappent :
« Vous connaîtrez le Sauveur si vous désirez
le connaître, car la Parole nous l'assure
formellement. Vous n'avez pas besoin le
matin de vous inquiéter pour créer votre
lumière ; elle est préparée et prête pour vous.
Le soleil fut fait avant vous et il parcourt
encore sa marche ; de même, avec la même
constance, la lumière resplendira sur vous,
sans votre travail ni votre souci ; vous n'aurez qu'à la chercher, la recevoir, et à vous
laisser guider par elle. »

*
* *

Pau, 18 mai 1865.

(Jeudi matin.)

Le premier effet de la prière, même avant
que nos lèvres aient formulé une demande,

c'est de nous placer en face de nous-mêmes.
Là, seuls, dans le silence du cabinet, nous
commençons à nous apparaître tels que
nous sommes. Notre âme se montre à nu ;
nous sommes forcés d'être vrais avec nous-
mêmes ; les rôles factices que trop souvent
nous remplissons, même à notre insu, s'évanouissent, et seuls, sans voiles, sans bruit
autour de nous, nous nous voyons. Effrayante
et triste vue ! Mais alors, nous regardons à
Dieu, et, là aussi, nous éprouvons jusqu'à
quel point nous Le possédons, *la place qu'Il
tient dans nos vrais désirs*, la plus ou moins
grande consécration de notre cœur à Lui.
Ensuite, nous éprouvons la vérité de nos
sentiments envers nos frères, si réellement
nous les aimons et les aimons pour le Dieu
Sauveur, à cause de Lui et par Lui. Examen
désolant aussi. Mais tout cela est-il la vraie
prière ? — Ah ! jusqu'à ce que le vent du
Midi ait soufflé, jusqu'à ce que l'Esprit ait
déployé ses blanches ailes, enlevant nos
âmes vers l'amour de Christ, jusque-là, le
cœur gémit, s'humilie, se désole, mais ne
prie point. Il faut que l'Esprit intercède pour
nous par ces soupirs qui ne peuvent s'exprimer. — Combien y a-t-il de *vraies prières*
parmi nous ? Combien, moi, ai-je réellement
prié ? A cette heure, mes vraies prières
m'apparaissent moins nombreuses que les
doigts de mes mains ! La lumière de la vie

chrétienne m'apparaît comme une étincelle,
mais, précieuse étincelle, elle est mon espoir,
et, je *l'espère,* enflammera mon âme toute
entière. Souvent, nous sommes surpris des
voies de Dieu envers nous, parce que nous
ne savons pas quelle est l'étendue de notre
perte et de combien de choses le Sauveur
doit nous sauver. Lui seul subsiste au-dessus
des flots du déluge qui nous a engloutis.

*
* *

Eaux-Chaudes, 21 août 1865.

(Lundi matin.)

J'ouvre ma Bible au Xme chapitre des Rois
et je lis l'histoire de Jéhu.

Dieu nous préserve de faire comme Jéhu,
qui détruisit bien des idoles, mais ne renonça
pas pour lui-même aux voies mauvaises de
son père. Après cette lecture, mes yeux
tombent sur ce passage de l'épître aux
Romains, derniers versets du dernier chapitre : « Or, à Celui qui peut vous affermir
selon mon Evangile et la prédication de
Jésus-Christ, conformément à la révélation
du mystère qui a été caché dans les temps
passés, mais qui est maintenant manifesté....
parmi tous les peuples... » — Oui, à Celui qui

peut nous affermir et nous préserver des voies de Jéhu, à Dieu seul sage, soit gloire dans l'éternité par Jésus-Christ. Amen.

*
* *

Pau, 12 février 1866.

(Lundi.)

Ce soir, au culte de famille, nous venons de lire le chapitre III de II Corinthiens. Le verset 11 m'a beaucoup frappée (1). S'il s'applique au ministère de Moïse et à l'alliance évangélique, il peut s'appliquer à tout ce que nous admirons ici-bas et qui doit prendre fin. En contemplant avec ravissement tel visage d'une parfaite et suave beauté, tel paysage à la fois grandiose et souriant, nous pouvons nous écrier : Si ce qui doit prendre fin est si glorieux, que seront les beautés de tout ordre qui doivent toujours subsister ? La gloire ! rayonnement des lieux célestes, la gloire et l'immortalité donneront une beauté que nous ne pouvons comprendre! Toutes ces réflexions me sont venues aujourd'hui, car, dans le jardin, j'ai vu la plus belle enfant qui se puisse rencontrer. Des traits parfaits, un teint rose, des cheveux blonds

(1) Car si ce qui devait prendre fin a été glorieux, ce qui doit toujours subsister l'est bien davantage.

et surtout de grands yeux bleu-foncé, ombra-
gés de cils noirs, dont le regard profond et
sérieux m'a frappée.

......Et devant nous, les Pyrénées éblouissantes avec leur neige et les teintes variées
que leur prête le soleil par ce temps de
sirocco, produisant de merveilleux effets de
mirage.

En rentrant, je me disais : Eh quoi ! cette
ravissante enfant mourra, se flétrira ; ce
visage si beau prendra fin. Pourquoi donc
brille-t-il d'une telle perfection ? Et je me
répondais : — C'est pour nous donner une
idée de la beauté, de la perfection qui subsistent éternellement ; c'est un reflet céleste.
Et ce soir, je lis ce passage qui est le mot de
l'énigme que je me posais et qui s'est posée
si terrifiante devant tant d'êtres.

J'ai appris que la belle enfant s'appelle
C. L. Que Dieu la bénisse et que son âme
s'attache aux choses célestes, qui doivent
toujours subsister.

Pau, 10 mars 1866.

Qu'avons-nous à faire sur la terre, si ce
n'est de nous aimer ? Qu'attendons-nous ?

Ne voyons-nous pas que c'est pour que nous nous aimions tendrement, profondément, saintement, que nous nous aimions *en* Dieu, *par* Dieu et pour Dieu, que nous existons?

L'homme est créé à l'image de Dieu. Dans le principe nous étions destinés à nous ravir de joie par la vue les uns des autres, comme délicieuse représentation de notre Bien-Aimé Créateur; et maintenant, le Sauveur, qui vient rétablir cette image, par son amour éclatant sur la croix, doit exciter, avec notre adoration pour Lui, notre tendre et profond amour pour nos frères.

*
* *

Pau, 25 mars 1866.

(Dimanche matin.)

Je viens de lire le 25me chapitre de l'Evangile selon St-Mathieu. Quelle beauté, quelle majesté, quelle simplicité! Que c'est bien là le langage de Dieu, de cet être adorable, mystère béni, unissant parfaitement en Lui la divinité à l'humanité. Dieu, homme, tout à la fois, venu pour sauver l'homme et l'élever à un degré de gloire tel, qu'on tressaille d'y penser; car St-Jean a écrit : « Nous lui serons faits *semblables, parce que nous le verrons tel qu'Il est.* » Semblables ! Quel abîme de gloire ! Ou plutôt, quel sommet ! quel firmament ! quelle sphère inexprimable d'élévation ! C'est si beau, qu'on a de la peine à le croire, et surtout à se l'appliquer à soi-même.

Satan avait dit : — « Dieu sait qu'au jour où vous en mangerez, vous serez semblables à des dieux, connaissant le bien et le mal. » — En mangeant le fruit défendu, l'humanité prit de la ressemblance avec l'Ennemi, le Démon. Voilà maintenant le Seigneur Dieu qui agit en Père plein d'amour. Il vient sauver l'homme déchu ; non-seulement Il vient l'arracher à la mort, aux souffrances éternelles, inouïes, du lieu où il n'y a plus d'espoir ; non-seulement Il le réintègre dans sa qualité d'homme uni à Dieu par l'amour, mais par l'union ineffable avec son Fils, Il l'élève à un degré de bonheur et de gloire que l'éternité manifestera.

Et voilà ce Dieu du salut, du sacrifice, de la gloire et de l'amour, qui laisse tomber ces paroles si bien empreintes de divinité, de la suprême hauteur s'unissant à l'humanité : — « *J'ai* eu faim et vous m'avez donné à manger. » Et : — « En temps que vous avez fait ces choses à l'un de ces plus petits de mes frères, vous me les avez faites. »

Il s'identifie avec ses créatures et ses bien-
aimés rachetés.

* *

Fragment de lettre.

Pau, 11 mai 1866.

(Vendredi matin.)

Chère et digne amie,

Je joins cette feuille à la lettre de Sophie,
pour vous dire, ainsi qu'elle, combien nous
vous aimons, combien nous pensons à vous.
Il est si doux d'aimer et de savoir que vos
amis vous aiment, de savoir que votre cœur
peut se reposer sur eux en toute confiance.
Quelle douceur versée sur la vie, combien
les chagrins sont allégés et les joies augmen-
tées ! Que le Dieu *qui est amour* veuille Lui-
même, de plus en plus, rendre nos affections
célestes, les fonder sur Lui (au-delà du voile)
et nous faire jouir de cette vie d'amour dont
la source est en Lui.

Hier, nous célébrions cette glorieuse fête
de l'Ascension ; oh ! puisse-t-elle vraiment
être célébrée dans nos cœurs ; que morts
avec Christ au péché, ressuscités avec Lui à

une nouvelle vie, ils montent avec Lui aussi dans les lieux Célestes.

. . . .

Nous vivons dans des jours bien sérieux. L'Europe est sous les armes. Dieu fasse, Lui le Roi des rois, que nous ne voyions pas ces chocs affreux des nations en lutte.

Beaucoup pensent, d'après l'étude des prophéties et des événements, que le retour du Christ, prédit en tant de pages de la Parole, n'est pas éloigné. Toutefois, nul ne sait ni le jour ni l'heure ; l'important est d'être prêt pour le moment où le Seigneur Jésus viendra enlever son Eglise, ses fidèles morts, ressuscités, et ses fidèles vivants, transmués, afin de les avoir avec Lui au Ciel, quand les grandes plaies tomberont sur la terre, ainsi qu'il est écrit dans l'épître aux Thessaloniciens et dans l'Apocalypse.

*
* *

Pau, 8 juin 1866.

(Vendredi matin.)

Hier soir, je pensai : Notre corps a été *formé de la terre ;* il est *nourri par ce qui sort de la terre,* et le péché étant entré dans le monde et ayant produit la mort, il doit, après la mort, *retourner à la terre*. — A moins d'être du nombre de ceux qui, étant vivants à la venue du Seigneur, seront transmués, chez lesquels la vie engloutira ce qu'il y avait de mortel, en sorte qu'ils ne passeront point par la mort. Leurs corps étant devenus corps sanctifiés, glorieux, ils entreront à pleines voiles de ce monde dans les Cieux.

Notre âme est une émanation céleste. Dieu souffla dans les narines d'Adam une respiration de vie. Adam fut créé en âme vivante. *Notre âme vient donc du Ciel, de Dieu*, ne peut être *nourrie que par ce qui vient du Ciel, de Dieu*, et *doit retourner au Ciel, à Dieu*, si elle est réconciliée avec Lui par Jésus.

Ainsi donc, que nos âmes soient nourries du Ciel, d'où elles sont originaires et où elles doivent retourner, comme notre corps est nourri des productions de cette terre où il doit retourner.

Mais au jour de grande éclosion, tous ces nouveau-nés de la tombe apparaîtront, ressuscités et glorieux. Jésus, par l'ardeur de son divin amour, réchauffera la cendre des tombeaux et rendra la vie à ces corps par son Esprit qui y aura habité. Il en retrouvera les éléments épars en mille lieux.

Rien ne se perd. D'ailleurs, il est dit dans l'Apocalypse : « La mort aussi rendit les morts qui étaient en elle. » (1) Ce mot résume tout.

*
* *

Pau, 23 juin 1866.

(Samedi matin.)

Hier soir, en remontant la grande terrasse tournante du Château, ma sœur et moi, nous allions lentement, à petits pas et presque sans parler, tant la montée est raide. Devant nous, trois dames montaient aussi lentement, gravement, n'échangeant ici et là que quelques paroles entrecoupées. On eût dit des personnes se rendant, sous une impression sérieuse et solennelle, à quelque lieu vénéré, situé en haut de la montée.

J'ai pensé :

Le chemin de la sainteté chrétienne monte. Ceux qui gravissent sont silencieux, graves. Les fous, au contraire, se tenant par la main, se lancent sur la pente, et riant, criant, échangeant des paroles légères, ils descendent de plus en plus vite vers l'abîme ; le

(1) Apoc., XX, 13.

11

mouvement de rotation les entraîne ; la course se précipite et fait déjà prévoir la chute fatale.

Je pensais cela hier au soir, mais ce matin, je réfléchis que c'est là un peu pensée de moine au moyen-âge. Toutefois, le Seigneur Lui-même a bien parlé du chemin de sainteté comme d'un chemin étroit et pierreux. Assurément, le chemin de sainteté est un chemin pierreux, un chemin de renoncements perpétuels, où les pieds du chrétien se déchirent. En avançant dans la connaissance de l'amour de Dieu, il vient à comprendre que Dieu veut le conduire comme son ancien peuple, doucement. Ainsi qu'il est écrit : « Je vous ai conduits, dit l'Eternel, comme une bête qui descend tout doucement dans une plaine.» Le chrétien affranchi comprend ces choses et trouve mille douceurs en Christ.

*
* *

Pau, 23 juin 1866.

(Samedi matin.)

En soignant mes petits oiseaux verts (1), je fais bien des réflexions. Quand je les vois

(1) Un couple d'*Inséparables* d'Australie.

si effrayés au moment où je m'approche
d'eux, où je fais quelque mouvement autour
de la cage, je me dis : Ils ne comprennent
pas que je veille sur eux, que je cherche à
préserver leur vie des chats qui nous entourent. Ils ne savent pas que si j'ouvre les petites
trappes de leur cage, c'est pour renouveler
chaque matin le millet et l'eau fraîche qui
soutiennent, par la volonté et la bonté de
Dieu, l'existence qu'Il leur a donnée ; que
ces mouvements qui les font voltiger éperdus et se supendre aux barreaux de leur
prison, ont tous leur utilité. Non, ils ne le
savent pas et frémissent lorsque ce géant,
cet être à dimensions colossales pour leurs
petits yeux, s'avance vers eux. — Ah ! n'est-
ce pas l'image de la conduite des hommes en
général, envers leur Souverain et Eternel
Bienfaiteur et Conservateur ? Ne frémissent-
ils pas lorsqu'Il s'approche d'eux ou qu'Il les
appelle ?

Et lorsque je soulève la cage d'un de mes
doigts et la transporte où je le veux, je souris
de voir mes petits oiseaux voleter à droite, à
gauche, en haut, en bas, ne comprenant pas
que je les porte entièrement. Je me dis :
Notre globe terrestre n'est-il pas soutenu par
la main de l'Eternel et ne peut-Il pas saisir
sa créature où qu'elle soit, selon qu'il est

écrit dans le beau et émouvant psaume ?
(Ps. CXXXIX, 7, 8, 9, 10.)

Quel comble de folie et de malheur que de
vouloir se dérober à Dieu, et surtout quel
péché et quelle noire ingratitude !

Je l'avoue, parfois je suis froissée, lorsque
m'approchant avec affection de mes petits
oiseaux pour leur faire du bien, leur donner
la nourriture, je les vois chercher à s'enfuir,
s'agiter comme si un étranger dangereux
s'avançait. Voilà, dis-je, ils ne me connaissent point, ils ne voient pas que si je les
délaissais, ils périraient, et ils ont autant de
frayeur de moi que du chat qui vient pour
les dévorer.

Je leur parle. Je fais mille petits bruits de
mes lèvres pour les rassurer ; tout est
inutile ; rien n'est compris ; tout est méconnu.
Aussi, à parler franchement, j'ai une certaine
petite affection pour eux, je les aime, non-
seulement parce qu'ils sont gentils, mais
surtout parce qu'ils sont faibles, qu'ils dépen-
dent de moi, qu'ils m'ont été confiés et
donnés par une amie : mais je ne les aime
pas de cœur, tendrement, comme la jolie
tourterelle grise qui vient se percher sur nos
têtes, qui se laisse baiser autant que nous le
voulons ; et qui dira le temps que durent les

baisers, la peine que nous avons à mettre fin à toutes les caresses, à tous les petits amusements !

Mais, à la vérité, depuis l'âge de trois semaines, ma sœur l'a élevée et habituée à vivre au milieu de nous si librement, qu'elle n'imagine pas que vie de tourterelle puisse se passer différemment.

Mes petits oiseaux verts, au contraire, quel a été leur sort? Il y a huit mois que je les possède ; mais avant, quelles vicissitudes n'ont-ils pas traversées !

Nés dans les terres lointaines, ils auront été arrachés dès le nid à leurs parents, et qui sait après quels drames ! L'imagination se représente des scènes qui font frissonner. Puis, emportés par de rudes mains, emprisonnés, on les aura mis sur quelque navire faisant voile pour l'Europe. Et que se sera-t-il passé alors ? Quelles tempêtes, quels cris d'épouvante, quelles secousses peut-être pendant la traversée ! Enfin, débarqués, les voilà en France, chez un marchand d'oiseaux, entassés peut-être dans quelque triste réduit, avec une multitude d'autres captifs inconnus, avec lesquels ils ne peuvent s'entretenir ni du pays qui les vit naître, ni du doux nid où de tendres parents leur prodiguèrent tant de soins, de sollicitude !

De main en main, les voilà installés à Pau, rue des Cordeliers, admirés des passants, entourés d'autres oiseaux, et enfin, un beau matin, ils sont acquis pour une somme importante par une demoiselle anglaise, pour son amie, qui les installe dans sa chambre.

Pauvres petits ! ils ont éprouvé tant d'émotions qu'il n'est pas surprenant que leurs nerfs soient facilement agités.

Et ils ne peuvent comprendre les paroles, les accents par lesquels je cherche à les rassurer.

Ah ! ces animaux ne comprennent point la voix humaine ; mais l'homme, dans et malgré son infirmité, peut entendre et comprendre la voix de Dieu même. Oui, Dieu a une révélation que l'homme le plus simple peut comprendre pour la vie éternelle.

*
* *

Pau, 1ᵉʳ août 1866.

(Mercredi.)

J'ai voulu que les premières paroles de l'Evangile que je lusse, après cette nouvelle qui va faire tressaillir l'Eglise entière de douleur (1), fussent dans son bel idiome qui lui semble identifié. Ouvrant le petit Nouveau-Testament, j'ai lu :

« Y volvieron los setento con gozo, diciendo : Señor, aun los demonios se nos sujetan en tu nombre. Y les dijo : Yo veia à Satanàs, como un rayo que caia del cielo. »

Et je lis la suite, si belle, si fortifiante !

(Evangile S. Luc, X, 17, 18, 19, 20.)

Toute mort fait un vide, mais il y a telles morts qui sont des écroulements. Une pierre ôtée à l'édifice fait un vide, mais que dire lorsqu'une colonne est brisée ?

De tous ceux qui l'ont compris, qui ont pénétré cette nature à part, regrets profonds, navrants, non exempts d'amertume, en pensant à tout ce qu'on lui a fait souffrir, à lui, prodigue de son repos, de sa liberté, de sa santé, de sa vie, de tout ce qu'il possédait, de tout ce qu'il était.

Nature noble, généreuse, toute d'élan, d'enthousiasme, de zèle bouillant, d'intrépidité, et en même temps de simplicité enfantine.

---

(1) La mort de Don Manuel Matamoros, près de Lausanne, 31 juillet 1866. Une dépêche l'avait immédiatement annoncée à ses amis du Béarn.

Oui, regrets profonds de tous ceux qui ont pénétré le fond de cette nature exceptionnelle, de cet être fait pour électriser les masses par son regard, son geste, sa parole entraînante.

Oui, écroulement profond. Mort, lui ! la main se refuse à écrire ce mot terrible et frissonne en le traçant ; l'esprit se refuse à le croire. Lui ! l'image de la vie, de l'activité dévorante ; lui, le fondateur des églises, le père des exilés et des persécutés, malgré sa jeunesse ; lui, l'organisateur de tant d'œuvres si belles ; lui, enfin, lui !

O Espagne ! qu'as-tu perdu ? Pauvre Espagne ! qui t'es regardée toi-même indigne de conserver un tel trésor, dépositaire du sel conservateur, et qui l'as repoussé loin de toi. Pauvre Espagne ! il t'aimait tant ! Pleureras-tu en ce jour ton noble fils qui meurt sur la terre étrangère, parce qu'il a voulu te donner, de la part de Dieu, la lumière, l'amour, la liberté, la vie ? Oh ! un jour viendra où tu béniras, où tu vénéreras ce beau nom. Déjà, des milliers d'âmes vont puiser l'espérance au livre de Dieu qu'il leur a rendu. Il est mort pour Christ et pour toi, ô toi, sa patrie ! De même qu'autrefois, brillant militaire, il portait le drapeau castillan, il a porté le drapeau, la sainte bannière du Crucifié, sur

laquelle était écrit, comme dans son cœur :
« Christ sauve l'Espagne ! »

Les tabernacles éternels se sont ouverts et,
près de Jésus, il est réuni à la multitude de
ceux « dont le monde n'était pas digne », et
qui ont été errants, fugitifs, persécutés ;
réuni à « Antipas, le fidèle martyr », et à
tous les bienheureux martyrs, aux élus !

*
* *

Pau, vendredi, 3 août 1866.

Avant-hier soir, quelques heures après
que nous eûmes appris la nouvelle, nous
montions en voiture et nous nous dirigions
vers le chalet (1).

Nous passâmes devant la maison du véné-
rable pasteur Bost. C'était là qu'au retour de
Cauterets nous l'avions vu de près et longuement ; que sa nature noble, vive, franche,
enfantine, s'était manifestée à nous.

Nous prîmes le chemin à travers les
champs. Que de fois ne l'a-t-il pas parcouru
avec ses compatriotes, ses frères ! — Nous
approchions de la maison.

(1) Résidence de Don Manuel Matamoros, chez de pieuses et vénérables amies, qui avaient fondé dans leur
demeure une institution pour des jeunes filles espagnoles,

A l'aspect de ce petit bois, je me souvins des années d'autrefois, lorsqu'enfant encore je jouais avec de jeunes camarades sous cet ombrage. Où sont-ils tous ? L'un est mort d'une manière affreuse, mais il était en paix avec Dieu. Et les autres sont dispersés sur tous les points du globe. L'enfance, l'adolescence ont passé. Que d'êtres on voit tomber à ses côtés !

La voiture s'arrêta bientôt devant le péristyle, tapissé de fleurs embaumées, là même où, pour la dernière fois, nous nous parlâmes et nous serrâmes la main. Qu'il était heureux ce jour-là ! ses yeux brillaient de joie et les paroles d'affection, d'espoir, d'élan, découlaient de ses lèvres.

Sous la vérandah, je cherchai des yeux ses oiseaux d'or qui remplissaient la maison de leurs chants, et ne les vis point. Je n'entendis point les roucoulements de ses tourterelles. Un silence de mort régnait dans cette demeure, d'ordinaire si animée.

Nous entrâmes. Il me semblait le voir dans ce salon, debout, près de la porte, souriant, heureux, attentif, en suivant le chant d'un cantique par ses chères petites compatriotes, et me regardant en souriant des éclats de voix naïfs des chanteuses.

Et lorsqu'elles eurent fini, toujours che-
valeresque, même envers des enfants : —
Merci, mesdemoiselles, leur dit-il avec défé-
rence.

Je me souvenais de notre départ, comment,
après avoir pris congé des habitants du
chalet, il nous avait accompagnées affectueusement à la vérandah ; et là, nous avions
appris que notre voiture, par un malentendu,
était retournée à la ville. — C'est bien, c'est
bien, dit-il avec une joie d'enfant, en frappant
des mains, c'est Dieu qui veut que vous
restiez.

Et il nous fit rentrer joyeusement dans le
salon.

Pau, 3 août 1866.

(Vendredi matin.)

Mort !

Matamoros, mort !

Cette pensée, cette image, m'étreignent à
mon réveil.

. . . .

« Sois fidèle jusqu'à la mort, et je te donnerai la couronne de vie. »

« Ne crains rien des choses que tu as à souffrir, il arrivera que le diable en mettra quelques-uns de vous en prison, afin que vous soyez éprouvés. »

« Sois fidèle jusqu'à la mort, et je te donnerai la couronne de vie. »

« Celui qui vaincra ne recevra aucun dommage de la seconde mort. »

« Je connais tes œuvres et où tu habites, où Satan a son trône ; et que tu retiens mon nom et que tu n'as point renoncé ma foi, non pas même lorsque Antipas, mon fidèle martyr, a été mis à mort parmi vous, où Satan habite. »

« Voici ce que dit le Saint, le Véritable, qui a la clef de David ; qui ouvre et personne ne ferme, qui ferme et personne n'ouvre : Je connais tes œuvres ; voici, j'ai ouvert une porte devant toi et personne ne la peut fermer ; parce que, quoique tu n'aies qu'un peu de force, tu as gardé ma parole et tu n'as point renoncé mon nom. »

.... « Parce que tu as gardé la parole de ma patience, je te garderai aussi de l'heure de la tentation qui doit venir sur tout le monde pour éprouver les habitants de la terre. »

« Je viens bientôt ; tiens fèrme ce que tu as; afin que personne ne te prenne ta couronne. »

« Celui qui vaincra, je le ferai être une colonne dans le temple de mon Dieu, et il n'en sortira jamais ; et j'écrirai sur lui le nom de mon Dieu et le nom de la cité de mon Dieu, de la nouvelle Jérusalem qui descend du Ciel, venant de mon Dieu, et mon nouveau nom. »

« Celui qui vaincra, je le ferai asseoir avec moi sur mon trône, comme moi-même j'ai vaincu et suis assis avec mon Père sur son trône. » (Rév., ch. II et III.)

Il a été victorieux par la force de Dieu ! Il est entré dans la nouvelle Jérusalem !

. . . .

Porte-étendard de la sainte armée, sous le souffle créateur de l'Esprit, il fonde en peu de temps de fidèles églises et répand à pleines mains la semence de vie éternelle dans sa belle Andalousie. La bonne nouvelle vole de bouche en bouche et son nom est béni. Sous sa bannière viennent se ranger des hommes auxquels Dieu a dit de sa voix puissante : Suis-moi ; qui font bon marché de leur repos, de leur liberté, de leur vie.

Mais l'ennemi est là.

Prompt comme l'éclair, l'ordre de le saisir vole par l'électricité, et, enchaîné, brisé, il est jeté dans un obscur cachot, nouveau Joseph vendu par ses frères. Les jours, les semaines, les mois s'écoulent. L'Europe s'émeut et implore la femme qui règne sur le pays. Refus inexorable. Alors l'Eglise se jette à genoux et prie. Elle prie avec persévérance. Le temps s'écoule encore. Les saisons se succèdent, et les chrétiens toujours captifs envoient à leurs frères d'Europe les accents de leur foi, de leur amour, de leur espoir, de leur saint et profond bonheur. L'Eglise prie toujours et ne se relâche point ; elle devient ingénieuse sous la bénédiction de Dieu.

Tandis que plus d'un Moïse prie sur la montagne, les mandataires de l'Israël de Dieu livrent un assaut simultané à la vieille forteresse de l'Inquisition..... Et comme les murailles de Jéricho, elle cède, et par la brèche, les prisonniers sortent enfin de leurs tombeaux.

Oh ! quelle allégresse, quel beau jour ! Libres ! les doux martyrs ! Chaque chrétien sentait qu'ils étaient sa propriété, tant il avait prié pour eux.

Libres ! mais exilés !

Libres ! mais repoussés loin de la pauvre et ingrate patrie, qui méconnaissait ses plus nobles enfants.

Libre, oui, il est libre ! Mais en lui a été déposé un germe destructeur, sous les sombres voûtes, et il se développera et fera son œuvre affreuse, même sous le ciel bleu de la France, qui, frémissante encore du souvenir de ce qu'elle souffrit par le même fanatisme, accueille avec une joie profonde le jeune martyr. Il s'oublie pour l'œuvre à laquelle il s'est consacré, use les forces qui lui restent dans le travail et des préoccupations incessantes ; le feu qui le dévore pour ses chères églises consume son être. Hélas ! et plus « d'un Alexandre, ouvrier en cuivre », lui fait souffrir beaucoup de maux comme à St-Paul. Là est la source de ses plus vives souffrances. — « Ils me tueront », disait-il avec angoisse, il y a peu de temps.

Mais quels amis, quels admirateurs ne l'entourèrent pas ! Partout, à son nom, les foules accouraient; voulaient le voir, toucher sa main, qui fut enchaînée pour Christ ! Partout il gagnait les cœurs par sa simplicité enfantine, son élan juvénil, unis à la majesté de sa personne, au feu électrisant de son regard.

Rien d'amer en lui. Joie, vie, espoir, noble et saint enthousiasme, zèle bouillant, consécration de tous les instants à son œuvre chérie, et tout cela avec une candeur, une gaieté, une simplicité qui ravissaient.

Il était plus joyeux que tous.

Quand on témoignait un profond intérêt pour son œuvre sainte, que le vent de la bénédiction gonflait les voiles du beau navire de l'évangélisation, son visage rayonnait; il palpitait de joie et d'espérance. Qui l'eût vu dans ces heures de bonheur, n'eût pas reconnu le prisonnier pâli sous le donjon de Grenade.

Dans l'exil, un danger l'entoura ; mais ses amis, qui l'avaient prévu pour lui lorsqu'il n'avait pas encore quitté le sombre lieu, l'avaient mis en garde. C'étaient les ovations enthousiastes qui l'accueilleraient dans tous les pays où il porterait ses pas. L'Angleterre, la Hollande, l'Allemagne, la Suisse, la France, l'appelaient à grands cris.

Ses vieux amis, chrétiens pleins d'expérience et d'affection pour leur jeune frère, et qui savaient ce qu'est un cœur d'homme, furent pleins d'appréhensions et l'avertirent. Lui, le sublime enfant, se laissa guider par leurs conseils, se défia de lui-même, et se tenant dans la retraite, évita ces immenses réunions où le nom d'un homme est exalté, où l'orgueil pénètre au cœur par toutes les issues.

Il choisit la France pour son lieu d'asile, et plusieurs Anglais l'aimèrent, se dévouèrent à lui et firent preuve d'un dévouement touchant pour lui et son œuvre.

Bientôt, la Suisse partagea avec la France l'honneur de le posséder et de lui témoigner de près une active sympathie.

La Hollande le réclamait ; elle avait de grands droits à sa présence par son affection, son puissant concours. Là était son vieil ami (1), qui ne l'avait pas revu depuis le jour de douleur où il lui avait fait ses adieux qu'il pensait être les derniers, quand il allait être envoyé aux galères d'Afrique. Ce vieil ami souhaitait ardemment de l'embrasser sous le ciel de la liberté.

Il alla donc en Hollande. On l'accueillit avec enthousiasme.

Partout où il portait ses pas, on voyait éclore des œuvres nouvelles.

La Suisse reçut les courageux Espagnols qui, enrôlés sous la bannière du Crucifié, qu'avait fait briller à leur yeux les souffrances de leur compatriote, venaient sur ses

(1) Le docteur Cappadose.

traces, étudier à fond ces divines Ecritures, où il avait puisé le salut et l'espoir, et comme lui, ils s'apprêtaient à souffrir pour Christ. En France, dans ce Béarn qui fut comme sa seconde patrie, des jeunes filles espagnoles vinrent se grouper auprès de pieuses dames, pour recevoir une éducation évangélique.

Une autre joie était réservée au fondateur des deux premières œuvres. Une noble dame américaine, après avoir perdu son fils unique, déclarait consacrer ses grands biens à l'Espagne ; elle ouvrait, sur les collines béarnaises, une maison toute maternelle aux enfants des exilés et des chrétiens opprimés.

Oh ! que de joies pour lui !

Il semblait que Dieu fît éclore rapidement les fleurs et les fruits de sa fidélité, de son zèle, avant de l'enlever de cette terre.

Oui, « Celui qui ouvre et personne ne ferme », a ouvert une porte et personne ne la peut fermer. Et les bien-aimés de l'Eternel y passeront sur la terre de l'Inquisition. Ils viendront se réjouir aux rayons du soleil de justice et se désaltérer au fleuve de délices du paradis de Dieu.

Oh ! quels beaux épis à la moisson !

« Celui qui va pour mettre la semence en terre, ira son chemin en pleurant ; mais il reviendra plein de joie lorsqu'il portera ses gerbes. »

Vous êtes et vous serez la joie et la couronne de Matamoros, ô croyants !

« Ceux qui en auront amené plusieurs à la justice, luiront comme des étoiles à toujours et à perpétuité. »

***

Pau, lundi matin, 6 août 1866.

Les montagnes viennent de m'apparaître si belles, si radieuses, si idéales, que j'ai pensé :

Pourquoi n'irions-nous pas aux Cieux, pourquoi ne les verrions-nous pas, puisque dès ici-bas, dès à présent, Dieu nous fait voir de telles magnificences, de telles suavités? Il m'a semblé que, non plus par la vue intérieure, mais par la vue même extérieure, je voyais l'entrée du séjour de gloire !

***

Pau, 10 août 1866.

(Vendredi matin.)

Hier, Mme de L. quittait le salon. — Ma petite A., dit tout-à-coup Mme de L., je voudrais pourtant bien t'entendre un peu jouer du piano. (La pauvre mère ne l'a pas entendue depuis dix mois.)

A. se dirige aussitôt vers le piano, clos pendant toute l'année dernière (1), entr'ouvert quelques mois et muet depuis plusieurs jours.

A. verse à grands flots des torrents de perles éblouissantes. C'est un menuet d'Haydn, d'un cachet original, vif, piquant, plein d'entrain et de gaieté !

Quel choc, quel contraste avec mes pensées intimes ! Dans mon salon, sur mon piano, auprès de tous ces meubles, ces objets, tandis que je suis assise sur un de ces fauteuils de velours blanc à fleurs, qui étaient cet hiver près de la cheminée. Ma respiration est courte, haletante. Je regarde Sophie, dont le visage réflète une impression analogue à la mienne.

(1) A cause du deuil de sa grand'mère.

Mais, j'aime tellement à dire quelque chose d'agréable aux personnes que je reçois, que je me fais violence. La mère est placée auprès de moi. Elle a tant de chagrins, de soucis ! ne lui dirai-je rien ? Je me penche vers elle et lui dis : « Quel jeu, quel doigté ! »

Le morceau est fini. A. et sa sœur échangent quelques mots, et voilà une tarentelle, un délire. On sent que cela est éclos sur une autre terre que notre terre de France. Auprès de cet entraînement passionné, de ce tourbillon vertigineux, notre vivacité française n'est qu'une langueur.

Comment le sang circule-t-il, comment les nerfs vibrent-ils, comment les cerveaux pensent-ils, chez ce peuple napolitain ? Quelle fièvre ! quelle frénésie ! Telle est l'énigme que je me pose toutes les fois que j'entends ce genre de musique italienne, chant ou piano, le chant surtout, qui nous laisse ahuris. Quelles ardeurs produit donc le soleil d'Italie sur ces bords frémissants ? Quelle surabondance de vitalité, de force, d'élan extrême, chez les peuples méridionaux, italiens ou autres !

Tandis que je poursuis le cours de mes pensées, la musique du golfe de Tarente a pris fin.

—O! ma petite A., dit Mme de L., j'aime mieux les morceaux doux, expressifs.

— Que veux-tu que je joue ?

Les deux sœurs se consultent, se disent quelques mots.

—Veux-tu que je joue la Marche funèbre de Chopin? dit A. à M.

Avec son doux regard mélancolique, la jeune poitrinaire fait un signe de tête affirmatif à sa sœur ; et les navrants accords que le jeune et grand artiste mourant laissa au monde comme un prophétique adieu, qui accompagnèrent son dernier soupir et accompagnèrent sa dépouille mortelle au tombeau, ces navrants accords retentirent sur le clavier et retentirent dans nos âmes.

Je me sentis suffoquée par les larmes. Je jetai les yeux sur mon entourage ; les visages étaient pâles, frémissants. La vue de M. surtout m'alla au cœur, je voyais quelles étaient ses pensées. Se repliant sur elle-même : « Bientôt peut-être aussi », se disait-elle.

J'inclinai ma tête sur ma main et mes pleurs coulèrent lentement, sous le poids d'une émotion profonde.

N'est-ce pas là le pas des sombres porteurs qui viennent ravir la dépouille chérie aux cœurs brisés ? Ils l'ont prise ; ils marchent pesamment, avec une lugubre lenteur ; ils vont à la fosse béante.

Horrible !

Quoi ! tant de jeunesse, de beauté, d'ardeur généreuse !

Inexorables !

Ils marchent toujours.

Ah ! n'entendez-vous pas ces cris désespérés qui s'élancent avec une sauvage énergie, toujours les mêmes, comme la répétition funeste du désespoir qui ne crie qu'un nom, le nom du cœur, du cœur qui saigne et retombe brisé.

Et les porteurs continuent leur marche affreuse, sans espoir.

L'angoisse terrasse et laisse anéanti l'être voilé du crêpe funèbre ; il est là, couché comme sans vie auprès du cher mort.

Mais quels sont ces accents ? Est-ce le souvenir, est-ce l'espoir qui fait en ce lieu d'horreur entendre sa douce voix ? Les deux peut-être. Cependant je prête l'oreille. Oui, il me le semble, c'est bien la voix du tendre souvenir, du souvenir du cœur ; elle dit et elle redit les mêmes choses, « ces choses les plus belles », parle de cet amour qui ne finira point entre deux âmes sœurs. Le sourire a remplacé le frissonnement mortel ; le présent a disparu ; le doux passé, seul, plane radieux et devient une réalité ; le cœur s'y complait et se fait redire encore le même souvenir.

Mais la voix consolante a cessé. Les porteurs reprennent leur marche inexorable, hélas ! et pas un élan de résurrection, d'espoir, de vie céleste, ne vient ranimer, éclairer et remplir d'allégresse le cœur déchiré.

Voilà de nouveau le bruit sourd, régulier comme le glas funèbre, de la sombre assistance, qui suit en silence le cercueil.

Après la suave harmonie, ces accents sont plus affreux, plus grossiers, plus révoltants, car, lorsqu'au commencement vous les avez entendus, passant ému devant ce spectacle funèbre, vous voyiez là, par la pensée, un mort et un être désolé. Mais à présent, vous connaissez ce mort. Sa jeunesse, son amour, son espoir, sa vie de tendresse, vous ont été un instant dévoilés. Vous les avez vus ensemble aux jours de bonheur. Cette pierre qui retombe vous brise vous-même ; vous vous élancez au secours du bras défail-

lant pour la soulever. Le mort lui-même,
dans sa jeunesse et son espoir, vous semble
protester contre cet engloutissement épouvantable. Vous ne savez plus si vous entendez
la voix que vous avez déjà ouïe, ou si ce n'est
point plutôt la protestation du mort lui-même
qui s'élance dans ces sanglots horribles.

Mais oui, il y a deux voix, deux voix qui
transpercent l'âme. Eperdu, vous vous joignez
à leurs cris. Tout est inutile. Le corps est
lentement déposé dans la couche humide.
La terre tombe, s'amoncéle ; la pierre est
scellée ; la foule s'écoule muette, terrifiée ;
le silence s'étend, le vide est consommé.

Et il y a huit jours !

*
* *

Pau, août 1866.

« Il serait à souhaiter, a dit Marmontel,
que chacun fît de bonne heure son épitaphe,
qu'il la fît le plus flatteuse possible, et qu'il
employât toute sa vie à la mériter. »

Ces paroles ouvrent un vaste champ à la
pensée. Au point de vue chrétien, quel sens
ne prennent-elles pas ? — L'assurance, l'espoir en Dieu, la vie conséquente avec le

salut donné, reçu, le ferme espoir d'habiter au saint lieu, cette vie de consécration qui doit en découler, tout cela seulement exprimé par un ou deux versets sur une tombe chrétienne, *à l'avance*, quel engagement, quelle entrée dans une voie sacrée pour une âme chrétienne !

*\
* *

Biarritz, octobre 1866.

Fragment de lettre.

...Quant à Biarritz, il me serait difficile, ma chère amie, de te donner l'idée d'un lieu si extraordinaire.

Comment te dépeindre ce va-et-vient de têtes couronnées, de grands seigneurs et d'élégants, au bord de la plage la plus imposante, hérissée de sombres rochers où les vagues se brisent avec fureur? Comment te donner une idée de ce qu'on éprouve en contemplant cette fourmilière de grands du monde, s'agitant à quelques pas de l'abime ; ce charmant palais impérial, surgissant du milieu de quelques pelouses, autour duquel on voit les houles furieuses bondir et retomber en écume? Et comment surtout te rendre la beauté de cette vaste mer où se perd notre

regard? A gauche, les dernières montagnes
de France et les premières d'Espagne, se
dessinent à l'horizon ; mais en face, rien,
rien que l'immense Océan, où ne se découvre
le plus souvent aucune voile, et qui se
montre ainsi, tel qu'il apparut à l'homme
pour la première fois ; et l'homme se dit :
Qu'y faire ? Oh ! grande et précieuse pensée.
Le Sauveur est le Créateur. Toute cette puissance que ses œuvres proclament, Il veut
l'employer pour nous. Il a été mort, mais Il
est vivant.

Pau, 31 janvier 1867.

(Jeudi matin.)

J'entends souvent approuver et j'approuve
moi-même, dans certains cas, les jeunes
gens riches qui, voulant avoir une occupation,
entrent dans telle ou telle carrière. L'oisiveté
est insupportable à des esprits actifs ; ils la
redoutent avec raison comme une ennemie.
Cela est digne d'intérêt, mais présente un
inconvénient. Ces jeunes gens opulents se
trouvent occuper des postes qui sont tout
l'avenir, tout l'espoir d'une foule de jeunes
gens distingués et sans fortune ; les appoin-
tements qui viennent se perdre dans le fleuve

do richesse des uns, seraient le soutien du
jeune homme pauvre et de sa famille.

Il y a bien une exception à faire pour les
ingénieurs : c'est une portion des citoyens
tellement utiles et à part des autres, que s'il
se trouve des aptitudes pour leur science, le
pays doit toujours être heureux de les voir
se développer. On ne fait pas un ingénieur
comme un fonctionnaire de l'Etat.

Les révolutions, un simple changement
de ministère, entraînent les administrateurs.
Tandis que ces puissants d'un jour croulent,
les ingénieurs restent fermes, leur compas à
la main, jetant les ponts sur les rivières,
traçant des routes, faisant gravir les montagnes, et dans le calme, accomplissant de
gigantesques travaux.

Non, tout le monde ne pourrait pas faire
ce que les ingénieurs font pour le pays. —
Et le génie militaire ? Ah ! le sort de la nation
peut dépendre de l'habileté d'un seul officier
du génie.

Mettant donc à part cette carrière (et quelques autres peut-être), il me semble que le
jeune homme riche devrait accomplir ce que
le jeune homme pauvre, obligé de pourvoir
à sa subsistance et à celle de sa famille, ne
peut accomplir, lui. — S'il a une organisation

artistique, qu'il se livre à la peinture, à la sculpture, à la musique ; si, au contraire, c'est un homme qui n'aime que le positif, qu'il entreprenne des travaux d'utilité publique, assainissements, défrichements, perfectionnements de l'agriculture, acclimatation d'amimaux étrangers. S'il a le goût, comme une foule de jeunes gens, de scruter les secrets du corps humain et d'en soulager les maux, qu'il étudie la rebutante, terrible, mais sublime science médicale, et qu'il se fasse le médecin des pauvres.

S'il a des goûts aventureux, s'il a besoin de mouvement, de changements de scènes, qu'il voyage, mais en observateur. S'il aime les études tranquilles, solitaires, qu'il fouille les bibliothèques, qu'il s'efforce d'arracher au passé quelques secrets. S'il est écrivain, poëte, que de facilités lui sont offertes ! Ou bien, toujours suivant les aptitudes, il peut se lancer dans les expériences et les découvertes de la chimie, de la physique.

Oh ! que l'homme *inoccupé* peut être *occupé* et utile au pays ! C'est à lui d'essayer, c'est à lui de tenter l'impossible, lui qui n'est pas astreint à gagner sa vie et celle des siens ; il n'a pas l'esprit emprisonné dans les grillages d'une administration ; il n'est pas contraint à telle ou telle heure de bureau, de signatures, d'inspection, de réception. Les autres marchent, lui a des ailes, les ailes de la liberté, que donne la richesse ; où sa pensée s'envole, il peut voler aussi.

Mais qu'ai-je fait jusqu'ici ? J'ai suscité devant l'imagination un corps sans âme. Que signifient toutes ces carrières ouvertes devant les pas du jeune homme riche ?

Beaux-arts, travaux agronomiques, médecine, voyages, recherches scientifiques, découvertes, littérature..... Néant, si l'âme, la vie de tout cela, est absente.

Mais, au contraire, quelle est belle la mission du jeune homme riche sur la terre, si, au lieu de s'éloigner de Jésus par idolâtrie pour ses biens matériels, comme le jeune israélite dont nous parle l'Evangile, il vient tout sacrifier aux pieds de son Sauveur, oui, tout sacrifier à Celui duquel il a tout reçu. — Mais non pas comme ces rois, princes et seigneurs, qui abandonnaient leurs possessions pour se renfermer, pieds nus et vêtus de bure, dans les monastères, y vivant de jeûnes, de souffrances, comme dans une sorte de purgatoire terrestre, où se précipitaient ces êtres effrayés de la sainteté de Dieu et de leur vie de péché, n'ayant pas compris l'œuvre que Christ est venu accomplir. Ils n'ont pas cru à cette parole de l'éternelle vérité : « Le sang de son Fils Jésus-Christ nous purifie de tout péché. »

« Christ nous a rachetés de la malédiction de la loi, ayant été fait malédiction pour nous. »

Ils ne comprennent pas que Dieu veut les adopter pour être ses enfants, qu'Il ne les voit qu'en Jésus, « rendus agréables dans le Bien-Aimé », ainsi qu'il est écrit. Dieu leur ouvre ses bras. Mais égarés, misérables, ils s'en vont avec une humilité bien touchante et digne du plus profond intérêt, s'ensevelir tout vivants dans ces murs qui me font plus frissonner que les tombeaux, car les tombeaux ne renferment que des corps dont l'âme est absente, tandis que la claustration est contre nature. Là s'enterrent vivants des corps qui ont leurs âmes ; des âmes avec leurs aspirations légitimes de vie, d'amour, de bonheur, aspirations saintes, mises par Dieu dans l'âme humaine, et que là on déclare mauvaises, dangereuses, que l'on s'efforce d'anéantir, parce qu'on ne sait pas les diriger vers Dieu, parce qu'on ne sait pas tout ce qu'elles peuvent produire de bonnes, de belles, de grandes choses, sous le souffle de l'Esprit de Dieu.

Non, non, ce n'est pas à ces sépulcres élevés pour les vivants que j'appelle le jeune homme riche. Qu'il aille à Jésus Lui-même ;

qu'il se consacre à Lui, et de Lui il apprendra
ce sacrifice vivant et saint dont parle l'apôtre.
(Dom. XII, 1.)

Sacrifice vivant et saint !

Oui, c'est bien là ce que doit être la vie du
racheté de Christ, qui n'est plus à Lui-même,
mais qui appartient à son Dieu Créateur et
Sauveur.

Sacrifice vivant et saint !

Oh ! méditons, sous la lumière de l'Esprit,
ces grandes paroles que Dieu inspira au
sublime apôtre des gentils, qui offrit en lui-
même un des plus beaux exemples de ce
sacrifice.

Jeune homme, va à Jésus, et *dans ton
cœur*, sacrifie-Lui très réellement ton or, tes
domaines ; offre-Lui tout.... et attends sa
réponse.

Il te la donnera, tu peux en être certain,
dans le fond de ton cœur, et tu sauras ce
que tu as à faire.

Peut-être, gardant les biens que tu viens
de remettre en ses mains divines, qui un
jour, pour toi, furent percées, peut-être te
dira-t-il : — Va dans cette terre lointaine
annoncer mon amour et ma mort à ces hommes qui se mangent entre eux. — Tu es terrifié ?

— Moi aussi. — S'Il parle ainsi, demande-Lui la force pour marcher dans la voie douloureuse qu'Il ouvre devant tes pas. Tu n'y seras pas seul. Il y marchera avec toi. Que dis-je ? Il y a marché. Et combien d'hommes de pays divers y ont marché avant toi ! Ne dis donc pas en ton cœur : « Moi ! moi !. comment moi ? pourquoi moi ? » S'Il a parlé, va, marche ; Il te réserve des joies incompréhensibles, et quelles douleurs ne t'atteindraient pas si tu t'enfuyais en Tarsis ? (1) va, et Christ sera loué par plus d'une âme ; va, et des êtres sans Dieu et sans espérance, vivront et mourront en paix. Va, hâte-toi, le temps presse. Mon cœur se gonfle en songeant à tout ce que tu éprouves. Je pleure avec toi. Puissé-je prier avec toi !

Mais peut-être est-ce dans la terre de tes pères que Jésus-Christ t'appelle à Le servir. Va, marche dans le chemin qu'Il te trace. A chaque misère, va puiser dans sa main l'or que tu lui a remis, et comme intendant fidèle, accomplis ce qu'Il te dit de faire. Tu n'agis que pour Lui. Que ta demeure, cette demeure que tu Lui as aussi donnée, soit le refuge de l'indigent, du délaissé.

Et puis, fonde des asiles pour les vieillards,

(1) Jonas.

pour les enfants, pour les infirmes. Organise des écoles, des maisons à loyers réduits.

Maintenant, reprenant les carrières dont je parlais plus haut, je dirai : Jeune homme riche et chrétien, va, marche, sanctifiant toutes les branches de ton activité.

Si tu as du goût pour les beaux-arts, que ton pinceau évoque de pures images, souvenirs des saints des anciens jours, nobles scènes de l'histoire, paysages, ou bien douces scènes d'intérieur ; que l'on y sente battre un cœur qui s'oublie pour l'héroïsme ou pour l'humble abnégation. Efforce-toi d'élever le cœur et l'esprit, d'éveiller de saines et sublimes pensées.

O profanation ! lorsque la plume et le pinceau ne servent qu'à faire descendre et avilir l'être humain !

Excelsior ! Excelsior !

Et toi, jeune et courageux savant, qui as cherché à découvrir les secrets de la science médicale, soigne les maux du corps, multiplie-toi, dévoue-toi, mais avant tout, soigne l'âme et annonce à tous le seul et divin remède de l'âme, le sang purificateur de Christ et l'Esprit sanctifiant.

Et toi, jeune voyageur, que chacune de tes explorations soit marquée par un bienfait, par un témoignage rendu à l'amour de Jésus.

Et vous qui cultivez les sciences, vous, littérateurs, que tous vos travaux s'accomplissent sous le regard de Dieu et pour sa gloire.

*
* *

Pau, 6 avril 1867.

(Samedi matin.)

O vous qui vous demandez pourquoi vous êtes sur la terre, écoutez cette déclaration écrite de la part de Dieu. (Actes XVII, 24, 26, 27, 28, 29.) — *Afin qu'ils cherchent le Seigneur.....* — Pourquoi donc, ô esprits immortels, qui oubliez vos royales destinées, pourquoi êtes-vous sur la terre ? — « *Vous êtes la race de Dieu.* »

.... Sublime conséquence du salut, fruit de l'arbre du pardon et de l'amour de Dieu, sainteté ! — L'homme pardonné reçoit le St-Esprit, qui agit en lui pour le préparer à ses hautes destinées et lui former une nature céleste, afin qu'il puisse habiter le Ciel et voir Dieu.

L'homme monte, monte toujours vers la perfection, et lui, de la race de Dieu, lui qui, déchu, a été fait enfant de Dieu en Jésus-Christ, devient par l'œuvre du St-Esprit « participant de la nature divine en fuyant la corruption qui règne dans le monde par la convoitise ». (Pierre I, 4).

Ah ! quel beau spectacle que celui d'un enfant d'Adam, devenu enfant de Dieu en Christ, s'élevant vers la perfection, la lumière, la sainteté, au milieu d'un monde souillé, et devenant « le sel de la terre », « la lumière du monde ».

Sur son front calme, je crois voir écrit ces quatre mots sublimes que le grand sacrificateur Aaron (type du véritable grand sacrificateur Jésus) portait, gravés dans une lame d'or pur placée sur son front :

La sainteté à l'Eternel.

*
* *

Pau, 24 avril 1867.

Il y a des êtres qui sont comme des émanations du Ciel. Leur image douce et pure se grave dans le cœur ; leur chère pensée est comme les ailes de colombe qui nous font monter vers le vrai sanctuaire, vers le cœur de Jésus.

Et eux-mêmes sont comme de petits sanctuaires qui proviennent du divin, de ces doux abris contre le vent desséchant et les miasmes délétères, où notre âme se réfugie, pour croire encore au bien, à la sainteté, à la candeur, à l'espérance.

Leur regard d'azur semble dire à notre pauvre cœur agité, endolori : — « Pourquoi te troubles-tu ? N'y a-t-il pas un Ciel au-dessus de nos têtes ? Dieu n'est-Il pas amour ? Sa paix n'est-elle pas éternelle ? Le Ciel n'est-il pas bleu ? L'amour en Dieu ne sera-t-il pas la vie qui nous attend ? L'aurore n'est-elle pas rose ? Les concerts éternels ne sont-ils pas tout harmonie ? La sainteté n'est-elle pas parfaite ? La mer n'est-elle pas de cristal ? » — Ah ! espère, crois, aime Jésus, qui nous aime comme Il nous aima quand Il mourut pour nous. Aime Jésus, source, foyer de l'amour et qui l'inspire, le répand à flots purs. Aime ! Aime ! O vie de ravissement ! O vie de bonheur ! O véritable vie ! Air pur des sommets ! Ombre du rivage ! Parfum printanier ! Suave harmonie !

Et notre âme abattue s'est relevée et puis elle a suivi la douce voix, et puis ses ailes se sont déployées et avec cette âme sœur, elle est montée vers les sphères éternelles, au pays de lumière.

. . . .

Et quand les devoirs terrestres la rappellent, elle redescend tout imprégnée des parfums célestes, toute remplie d'une lumière intérieure, sainte, glorieuse, vivifiante ; elle redescend douce et forte pour supporter la lutte ; car ce ne sont pas de brûlants transports de l'imagination qu'elle vient de traverser frémissante, et qui la laisseraient brisée et incapable de supporter la contradiction et la souffrance. Non ! au contraire, revêtue d'une force nouvelle, elle redescend. Telle que l'arbre languissant, qui soudain voit jaillir près de lui une source d'eau vive et relève ses rameaux flétris, elle se relève, vivifiée par l'eau limpide qui, de ses racines, s'insinue dans toutes ses fibres.

Ames sœurs de nos âmes, par lesquelles Dieu nous bénit, nous parle, nous relève, nous sanctifie, âmes sœurs, âmes chéries, soyez bénies. Nos yeux pleurent de joie en pensant à vous, et nos cœurs palpitent et prient et adorent ! Nos visages sont sérieux, tant nos cœurs sont heureux.

L'eau profonde est la plus calme à la surface.

Et quel regard jette-t-on sur le monde, sur la foule qui suit la voie large, quand on redescend de ces régions sereines, de ces sublimes hauteurs ?

Pau, vendredi, 21 juin 1867.

Extrait d'une lettre.

.... Quoi, je saurais que vous allez vous embarquer sur un navire dont la structure et la direction mettraient votre vie en péril ; ou bien, je saurais que vous avez confié vos plus grands intérêts pécuniaires à un homme incapable ; ou bien encore, je saurais que vous vous asseyez en sécurité à une table où, parmi les mets, il y a du poison, et je ne vous avertirais pas ! Et je ne viendrais pas vous raconter les naufrages précédents, dus à l'ignorance du capitaine, les pertes de fortune, dues à l'ineptie de l'homme d'affaires ; je ne vous avertirais pas, et je serais votre amie ! .

Non, au risque de vous déplaire, je viens vous dire ce que je sais sur ce brillant navire à l'aspect séduisant, sur lequel vous vous promettez de faire une agréable traversée ; sur cet homme d'affaires, un ancien ami de

famille peut-être, avec lequel il est pénible
de rompre. Je vous dis *la vérité*, parce que
je tiens à votre sécurité, à votre prospérité,
à votre bonheur. Car je me rappelle ce beau
passage du livre des Proverbes : — « Celui
qui dit la vérité à son prochain, telle quelle
est dans son cœur, sera plus aimé à la fin
que celui qui le flatte de ses lèvres. » Ce
passage a été ma devise en bien des circonstances, à divers sujets. Pourquoi donc
agirais-je différemment, lorsqu'il y va des
intérêts de votre âme, de la gloire de Dieu
et de la vérité ?

* *

Pau, 31 juillet 1867.

Un an !

Que de cœurs en ce jour, de divers points
de l'Europe, se sont tournés vers cette villa
des environs de Lausanne qui a eu l'honneur
de donner asile aux derniers jours de l'exilé
et le triste privilège de recevoir son dernier
soupir !

Riche existence, sitôt brisée par la main
des méchants ! Exubérance de force, de vie,
de jeunesse, d'activité, de dévouement, d'a-
mour, de franchise, d'élan, tout, tout brisé
dans sa fleur !

31 juillet ! jour de deuil pour tous ceux qui l'ont connu, mais aussi jour de sublime espérance. Souvenirs solennels.

Départ de la terre pour le Ciel ! Moments inexprimables ! Chant du cygne !

> Avançons-nous joyeux, toujours joyeux,
> Vers le pays des esprits bienheureux,
> Vers le pays où Jésus pour nous prie ;
> C'est là, chrétiens, c'est là notre patrie.
> Avançons-nous joyeux, toujours joyeux,
> Vers le pays des esprits bienheureux !

Chant d'espoir et de foi ! tous ceux qui l'ont ouï de ses lèvres mourantes, ne l'oublieront jamais ; et nous aussi, qui ne l'avons ouï que par la pensée, nous croyons à cette heure l'entendre encore !

Héroïque soldat de Jésus-Christ, fortifié puissamment par la droite du Très-Haut, tu chantais valeureusement à l'approche du roi des épouvantements, vaincu par ton Roi, à toi ; tu chantais, car tu savais que pour toi ce n'était pas la mort qui s'approchait, mais la vie, mais la patrie éternelle, ouverte par Jésus et d'où le citoyen n'est jamais exilé !

Tu chantais ! Tu chantais à ton dernier jour !

Ah ! tu les avais traversées, ces luttes amères de la vie aux prises avec la mort. Tu

te sentais jeune, plein d'élan, d'avenir, de
dévouement, d'idées créatrices ! tu sentais
en toi germer tant de projets pour l'œuvre
dont tu avais reçu le dépôt sacré de Christ, à
laquelle tu avais sacrifié ton avenir terrestre,
ta vie, ta santé, tes forces. Et soudain tu
apprends que tu vas mourir, que ton existence se compte plutôt par heures que par
jours, que ces semailles jetées par toi, tu n'en
verras point la moisson, que ces projets, tu
ne les pourras exécuter, que ces plans
mêmes, tu achèveras à peine de les tracer !

Tu fus brisé ; il y eut une lutte suprême,
lutte légitime, protestation contre cette mons-
truosité qu'on appelle la mort.

La mort ! La destruction de ce qui est ! La
mort, qui fait de l'être jeune et beau, excitant
l'admiration et l'enthousiasme, un cadavre
dont l'aspect pétrifie !

La mort qui rend muette la bouche inspirée !
La mort qui éteint le regard électrisant ! La
mort qui met à néant les plus merveilleuses
facultés du cerveau humain ! La mort qui
glace le cœur qui aime, la main dont l'étreinte
encourageait un ami défaillant ! La mort !
sombre abîme où mon regard plonge épou-
vanté, sans en découvrir le fond !

De quels mots te dépeindrais-je, gouffre insatiable, qui engloutis les générations ! Ah ! qu'est-ce que ce monde, quand on te voit inévitablement au bout de chaque sentier ; qu'il soit pierreux ou fleuri, qu'il soit désolé ou riant, qu'il soit morne ou glorieux, tous, tous aboutissent à l'abîme béant, et il faut y tomber... Horreur ! horreur ! Oh ! l'Ecriture t'appelle « le roi des épouvantements. »

Jésus *seul*, qui t'a vaincue, peut donner la force de te regarder en face, non comme le guerrier électrisé en un jour de combat, qui ne te comprend pas telle que tu es, ou comme le philosophe qui s'abuse, mais de te regarder en face en croyant, car Il t'a vaincue en ressuscitant et tu paraîtras réellement vaincue à cette heure solennelle, dont l'Ecriture nous fait anticiper la gloire et la douceur :

— « Le dernier ennemi qui sera vaincu, c'est la mort. »

En attendant cette heure bénie, grande moissonneuse, tu fauches sans relâche et souvent dans leur fleur, les créatures de l'Eternel, les enfants de cet Adam, créé en âme vivante, de cet Adam qui, en péchant, se mit, lui et sa postérité, sous ton sceptre glacé.

Mais dès ce monde, ô mort ! Jésus te transforme, tu deviens la porte ouverte de ce monde dans le séjour où notre Sauveur reçoit les âmes rachetées par son sang et leur fait goûter les douceurs de sa communion et de sa présence. Heureux séjour dont les paisibles habitants, comme des naufragés qui abordent au rivage, comme des travailleurs lassés qui ont porté le faix du jour, se reposent auprès de Celui qui les aima jusqu'à mourir pour eux. S'ils ne sont pas parvenus au plus haut degré de la gloire dont ils doivent être faits participants, s'ils doivent attendre que les derniers événements soient accomplis sur la terre, avant que de partager la gloire de leur Sauveur, nous savons qu'ils sont heureux.

L'Ecriture nous le déclare dans l'Apocalypse : « Heureux sont dès à présent les morts qui meurent au Seigneur. Oui, pour certain, dit l'Esprit, car ils se reposent de leurs travaux et leurs œuvres les suivent. »

Heureux ! C'est Dieu qui l'assure. Heureux ! que ce mot est doux au cœur en deuil. Heureux ! tout est là !

La foi, don de Dieu, qui l'avait fait triompher des persécutions, des cachots, de la condamnation aux galères, le fit triompher des « agonias de la muerte ».

Il regrettait la vie, non qu'il voulût en jouir pour lui-même, mais il la regrettait comme le moyen de servir, de glorifier son Sauveur, dans le lieu de l'humiliation, de la douleur, de la souffrance. Il la regrettait parce qu'il ne pouvait réaliser des plans formés en vue de l'œuvre de Christ pour sa chère patrie, qu'il aimait tant. Oui, il regrettait la vie, l'amour de Christ, qui, loin de détruire tout autre amour, allume tous les nobles amours, et la vue de ces œuvres, entreprises pour le bien et qui allaient rester inachevées, pesait d'un poids lourd, écrasant, sur son âme de feu.

« Il y avait encore quelque chose là, » disait, en se frappant le front, André Chénier marchant au supplice. Toutes ces belles fleurs de poésie que le jeune patriote sentait germer en lui, nous ne les verrons jamais! Cette brusque interruption de la vie, cette destruction de ce qui allait naître, lui parut une énigme insondable; il protesta par cette parole si douce, si mélancolique et d'une si grande profondeur, parole qui est restée comme la devise écrite sur ces jeunes existences si tôt tranchées en ces temps de terreur et de sang.

Entrevit-il l'avenir éternel, connut-il le Dieu Sauveur, qui est la résurrection et la vie, le poète mis à mort dans la fleur de ses années?...

. . . .

Le martyr d'Isabelle, lui, le croyant plein de foi, lui, qui jouissait tant de la communion de son Sauveur, et qui avait tant désiré d'aller vers Lui, qui s'était réjoui de Le voir, qui avait vu apparaître des symptômes de mort avec paix et bonheur, dans le sombre donjon, à cette cure où l'on vient lui dire que la maladie contractée dans la prison où l'a jeté le fanatisme romain a fait son œuvre, que ses forces sont minées, irréparablement détruites, il est atterré!

Ah! n'avait-il pas souffert, souffert cruellement depuis sa sortie de prison? souffert par des mains qu'il avait serrées avec amour et confiance! Ne souffrait-il pas alors? La maladie ne lui faisait-elle pas sentir ses poignantes étreintes?... Ah! oui, il avait souffert et il souffrait..., et il regrette la vie...

Mais, écoutez. Combien de temps souhaite-t-il de vivre? Est-ce de longues années qui lui permettraient de rêver un doux et pieux avenir terrestre, désir légitime?

— « Ah! si je pouvais vivre encore quinze mois, j'achèverais de réaliser mes plans pour l'œuvre d'Espagne! »

Son œuvre, son œuvre! voilà son cri de
regret en se sentant assassiné, frappé mortellement dans sa fleur par ses cruels adversaires, avant d'avoir achevé tout ce qu'il
avait rêvé pour l'œuvre aimée.

Qu'il y ait eu en outre le cri de la nature
en face de la mort, le cri de la jeune créature
qui sent le souffle glacé de la mort sur son
front rayonnant, le cri du cœur en pensant
à sa mère, à tant d'êtres dont il se savait
profondément aimé, c'est possible, c'est
probable, et je n'y vois ni une chute, ni une
faiblesse ; j'y vois le mouvement de la nature,
le mouvement de l'être qui a reçu de son
Dieu la vie, et qui voit le cruel ennemi lui
ravir ce bien inexprimable. Mais la foi, ce
don de Dieu qui donne à l'homme des forces,
des facultés inconnues, merveilleuses, sur-
naturelles, agit dans ce cœur brisé, et lui
donne de se courber devant « le plan de
Dieu », de tout remettre entre ses mains.
Cette œuvre admirable, que Dieu accomplit
en tant de mourants et *en tant de vivants*,
sans bruit, dans le mystère, et dont les fruits
seuls apparaissent, cette œuvre s'accomplit
chez le jeune martyr. Comme Etienne mourant, il vint à dire : « Seigneur Jésus, reçois
mon esprit. » Comme lui, il se réjouit et
appela « un beau voyage » celui de la terre

au Ciel en passant par Golgotha (1). Comme lui, il anticipa sur le bonheur de la présence de Christ, et, comme lui, il s'endormit.

Les chants de ses compatriotes faisant monter les cantiques d'espoir dans le doux idiôme maternel, bercèrent son âme jusqu'au rivage de l'Eternité, où les Anges les continuèrent.

Et l'Eternel envoya l'ouragan et la foudre au moment du départ de la terre de cette grande âme.

Verrai-je un autre de ces anniversaires ? Combien en verrai-je encore ? O Dieu ! que je me réfugie vers Toi, sous l'ombre de tes ailes !! Bénis-nous tous !

*
* *

Pau, 1er août 1867.

Et aujourd'hui, un père, une mère, un frère, une famille, des amis, tournent leur pensée vers une terre aride et lointaine, dont l'Océan baigne les bords brûlants ! Leurs

(1) Il est bien entendu qu'il ne s'agit pas ici de paroles prononcées par Etienne, mais d'une analogie avec ses pensées.

cœurs vont chercher la tombe solitaire du
jeune Missionnaire, venu là pour annoncer
la Bonne-Nouvelle du salut aux habitants de
ce pays où le poison est dans l'air...

Calme héroïsme !

Il avait fait le sacrifice de sa santé, de sa
vie à son Dieu, en se rendant sous ce climat
meurtrier. Dieu l'a rappelé, jeune guerrier,
dès la première bataille. Il avait vingt-deux
ans et il était aimé... Que de sacrifices en un
sacrifice !

Il mourut, et sa tombe s'élève maintenant
sur la terre sauvage, comme un monument
touchant de la charité que Jésus met au
cœur des siens, même pour des êtres que
l'on ne connaît pas. Celui qui l'aimait tant et
lui ferma les yeux n'est plus là. Atteint
gravement dans sa santé, il lui a fallu partir
pour ne pas mourir, mais se réserver pour
le service du Seigneur ; partir, mais avec l'intention de revenir, l'intention de se dévouer.

Il a ramené en Europe trois de ces enfants
de Cham, que lui et son ami instruisirent
ensemble ; nous les avons vus ; nos mains
ont serré leurs mains ; nous leur avons
parlé du jeune Missionnaire. A son nom,
leurs yeux ont brillé. J'eusse aimé leur en
parler, à voir ce qu'il y a de souvenir dans

14

ces jeunes cœurs africains, pour cet enfant de notre Eglise que nous leur avons envoyé, qui passa si rapidement parmi eux, en les aimant, et disparut comme Elie.

Et ce soir, tandis que la mère pleure, qui visite la tombe solitaire?...

Auprès de Christ, l'âme est heureuse. Depuis un an, le jeune martyr du fanatisme romain en Espagne et le jeune Missionnaire de la Casamance jouissent des délices éternelles en Jésus.

*
* *

Pau, 2 août 1867.

(Vendredi.)

Les souverains orientaux (et cela va en croissant plus on s'approche des « Sources du Soleil ») figurent parfois à s'y méprendre leurs divinités.

Comme elles, dans une pose qui indique le repos, la puissance et l'indifférence pour tout ce qui les entoure, elles voient des serviteurs n'oser lever les yeux sur leur majesté et ne s'approcher qu'en tremblant de leur trône; un peuple rampant, voilà ce que l'on voit autour des pachas du Sultan,

et encore bien plus, des empereurs de Chine
et du Japon, comme on voit les adorateurs
de Vichnou et les fanatiques du Céleste
Empire, du Japon et des Indes, se prosterner,
se mettre la face contre terre, s'anéantir,
ramper, s'avilir devant leurs dieux et leurs
maîtres terrestres.

Le voyez-vous ce pacha ou ce derviche, ou
ce Taïcoum, accroupi, les yeux perdus dans
le vague ? La voyez-vous cette idole, accrou-
pie de même? Quelle différence en faites-
vous? Pour moi, je n'en vois guère. Et
autour, le peuple rampant, le peuple qui se
fait écraser, le peuple qui s'avilit.

Jésus-Christ a relevé l'homme. On le prie
à genoux, et si dans les grands jours d'humiliation, de repentance et de douleur, le
pauvre pécheur tombe la face contre terre ;
si Jésus nous parle du péager se frappant la
poitrine ; si dans les jours de grandes mani-
festations de l'Eternel, sa créature est comme
terrassée devant Lui et tombe sur sa face,
comme Abraham, le croyant des anciens
jours, qui fut appelé l'ami de Dieu et auquel
Dieu parla comme Daniel, au jour où la grande
vision lui fut révélée, nous voyons l'ensemble
du troupeau des chrétiens à genoux devant
Dieu comme des fils respectueux, comme
des créatures qui aiment, et non se glissant

contre terre dans une crainte servile, telle
que celle de la bête fauve, ou plutôt celle du
reptile effrayé qui regagne au plus vite sa
demeure ténébreuse. Ah! c'est que les chrétiens connaissent un Dieu réconcilié, qui les
aime comme Père, qu'ils aiment parce qu'Il
les aima le premier, et vers lequel ils crient :
« Abba, c'est-à-dire, Père. »

Et Jésus-Christ fait asseoir ses bien-aimés
dans les lieux célestes.

Et en occident, comment approche-t-on
des souverains ? — Debout. Et même le
souverain est debout et découvert. Toutefois,
en nous approchant de l'orient de l'Europe,
nous retrouvons à l'ouverture du Parlement
de Hongrie, le roi assis, couvert, entouré des
magnats debout et découverts. C'est qu'il y
a là des affinités encore avec l'Orient.

Mais si nous approchons du véritable
Occident, nous voyons des souverains condui-
sant les peuples, non comme des troupeaux
humbles et craintifs, mais que dis-je ? choisis
par eux !

Et si nous allons dans l'extrême Occident,
que trouvons-nous ?

La royauté supprimée. Un gouvernant
temporaire, qui ne doit conserver le pouvoir

que peu d'années, afin de ne s'y pas trop habituer, et des égaux qui l'ont chargé de leurs affaires pour un temps.

*
* *

Pau, 28 août 1867.

(Mardi soir.)

La prophétie nous apparut comme l'arbre généalogique, les parchemins que les tuteurs de l'héritier d'un grand empire, élevé dans l'ignorance de sa haute naissance, déploieraient à ses regards émerveillés. Naissance spirituelle, splendeur ignorée, avenir rayonnant de gloire et de bonheur, conformité avec Jésus-Christ même. Toutes ces beautés inespérées, cette haute vocation à laquelle nous étions appelés, nous remplirent de vénération, d'adoration, de reconnaissance, d'humiliation, nous firent considérer comme petites les grandeurs de la terre ; et cette devise des anciens gentilshommes : « Noblesse oblige », nous apparut comme la devise qui devait marcher devant notre vie.

*
* *

Pau, 7 octobre 1867.

(Ecrit lundi.)

(Pensé au départ de Bagnères-de-Luchon.)

Il en est souvent (oui, trop souvent), des nobles et saintes amitiés, comme des hautes montagnes, dont l'on n'apprécie la majesté, la beauté, la grandeur, qu'à mesure que l'on s'en éloigne.

Oui, lorsqu'au sein de ces belles retraites, on savoure leurs charmes secrets, on boit l'eau de leurs torrents, on cueille la fleur de leurs prairies, on respire leur air balsamique et vivifiant, on va rêver dans leurs antres tout de verdure et de mystère, oh ! l'on oublie aisément combien hauts sont ces monts, qui, un instant, sont accessibles, qu'un instant Dieu nous permet de savourer ; mais lorsqu'il faut les quitter, lorsqu'au grand galop des chevaux, vous descendez rapidement des hauteurs sublimes, que les forêts et les verts pâturages, parcourus naguère, sont transformés dans la perspective en déserts argentés, en monts resplendissants de gloire et qu'ils grandissent toujours plus à mesure que vous, vous descendez vers les régions inférieures ; alors votre cœur se gonfle, de vos yeux jaillissent des larmes, car alors vous comprenez.

Oui, vous sentez ce que vous perdez !

*
* *

Pau, 14 février 1868.

Paroles remplies d'amour et de douce consolation :

— « Il y plusieurs demeures dans la maison de mon Père. »

Oui, plusieurs. Et les âmes aimées de Toi et s'aimant en Toi s'y retrouveront à jamais réunies.

*
* *

Qu'il est saisissant le chapitre 23 des Prophéties de Jérémie. Pensons aux versets 39 et 40.

Etre oublié entièrement de Dieu ! rejeté de sa présence et couvert d'un opprobre éternel, d'une confusion éternelle qui ne sera jamais oubliée.

Oh ! bénissons Dieu de ce qu'Il daigne nous éprouver, de ce qu'Il ne nous oublie point.

*
* *

Pau, 15 février 1868.

(Samedi matin.)

Dans la matinée, j'ouvre la Parole pour la première fois du jour et je lis :

« Or, nous ne sommes sauvés qu'en espérance, mais quand on voit ce que l'on avait espéré, ce n'est plus espérance. »

Voir ce que l'on a espéré ! Bonheur inexprimable !

Ceux que dans ce monde les circonstances tiennent souvent éloignés, seront unis et réunis dans les hauts Cieux à toujours en Christ dans l'amour éternel.

*
* *

Pau, 13 mai 1868.

(Mercredi matin, 6 h. 1/2.)

J'ouvre ma Bible, et c'est le Vme chapitre de la seconde épître de saint Paul aux Corinthiens qui s'offre à moi.

Quelles paroles !......................

.... « Mais nous sommes remplis de confiance et nous aimons mieux quitter ce corps pour être avec le Seigneur. »

Avec le Seigneur !

Que cette parole demeure en nous et nous suffise.

Avec le Seigneur ! Avec Celui qui est la lumière, la beauté, la bonté, l'amour, la vie, la gloire mêmes ! Avec le Seigneur !

Avec Jésus ! mort pour nous, mort par amour pour nous.

Avec le Seigneur !

*
* *

13 mai 1868.

(Mercredi, 2 heures.)

Rien, rien ! Il ne reste rien. Ce néant des choses visibles laisse l'esprit éperdu.

Mais il reste tout.

Tout dans le cœur par le souvenir.

Ah ! il est beau d'avoir existé, d'avoir passé sur cette terre, brillant de sainteté, portant dans le monde la parole de vie, remplissant le cœur d'un ineffable amour céleste, reflétant Dieu, révélant des profondeurs et des délicatesses inouïes de Jésus. Mais que de souffrances avant d'entrer dans le séjour de la paix !

*
* *

Pau, 13 mai 1868.

(Mercredi soir.)

Il faut bien qu'il y ait un Ciel ; autrement, où irait une telle âme ?

Nouvelle créature, née de Dieu, remplie de son essence, elle fait pressentir, savourer quelque chose du Ciel sur cette terre. Elle le fait comme toucher de la main, le rend visible. Cette émanation divine, cette essence qui, pécheresse, a été glorieusement transformée à ce point par le Saint-Esprit, montre clairement qu'il y a un séjour de bonheur et d'amour où vont ceux qui, unis au Sauveur, brillent dans le monde, y portant la parole de vie.

Heureux qui les a vus et aimés ! Heureux qui sentit battre son cœur de sympathie avec leur cœur. Heureux qui les pleure. Heureux qui les voit par la foi et puis en réalité, auprès de Jésus, la source d'amour éternel.

*\
* *

Pau, 5 juin 1868.

(Vendredi matin.)

Bien souvent, c'est lorsqu'on dit : « Amen » que l'on commencerait à prier réellement.

Bien souvent, c'est lorsqu'après avoir été prosterné sur ses genoux longtemps, on se relève, que l'on commencerait à entrer en communication avec Dieu, à recevoir de Lui, à sentir en soi, une visite d'en haut, un doux feu d'amour brûler en son âme.

Pauvre âme, que tu reçois peu de véritable nourriture ! Beaucoup de paroles, beaucoup de mouvement autour de toi, oui ; mais « la manne cachée », qu'ils sont rares les moments où tu en es réellement nourrie ; et comme Dieu seul est l'élément où tu peux vivre, tu est souvent gisante, mourante, comme le poisson rejeté à sec sur la rive, comme l'oiseau privé d'air qui lutte et succombe.

*
* *

Pau, 11 juin 1868.

En voyant naître un enfant, on peut se demander : Qui le pleurera ?

*
* *

Pau, 16 juin 1868.

Dieu, Etre, personnel, immense amour, n'est-Il pas comme l'eau, comme l'air, comme le vent, qui entrent, pénètrent partout où les

issues ne sont pas hermétiquement fermées ?
Ne sommes-nous pas tous plongés en Dieu ?
N'est-Il pas l'atmosphère dans laquelle nous
nous mouvons ? Et s'Il n'entre pas jusqu'au
dedans de nous, n'est-ce pas à cause des
efforts opiniâtres de notre mauvaise nature,
élevant des obstacles les uns après les autres,
fermant ici, scellant là, partout, partout se
multipliant, pour que Dieu n'entre pas, Dieu
dont on entend le bruit autour de son âme,
comme le vent pendant la tempête ! Dieu qui
se tient à la porte du cœur et qui frappe !
(Apoc. III, 20.)

Oh ! souvenons-nous de cette grande parole :

« Prenez garde que personne *ne se prive*
de la grâce de Dieu. » (Heb. XII, 15.) — Se
priver de la grâce de Dieu !

« Le festin est prêt, les bêtes grasses sont
tuées », les fruits exquis, « les grappes de
Enguédi », les vins délicieux, « le lait pur »
et embaumé débordent des coupes d'or.
Dieu vous appelle de sa voix tendre et puissante ; entrez dans la salle de gloire, asseyez-
vous et mangez. — Hélas ! combien regardent
la salle de loin et n'y entrent pas, entrent et
ne s'asseyent pas, s'asseyent même et ne
mangent pas ! — Oh ! que personne ne se
prive de la grâce de Dieu !

*
* *

Pau, 16 juin 1868.

(Mardi matin.)

Oh ! déchire le voile qui est sur mes yeux
et que je te voie dans toute ta beauté de
Sauveur !

Aimable plus qu'on ne peut dire, délices
de l'âme. Ah ! si nous te voyions toujours
tel que tu es ! En toi se trouve tout ce que
l'on peut souhaiter et même ce que l'on
n'imagine pas !

*
* *

17 juillet 1868.

(La jeune mère mourante.)

Je vais mourir ! Tout me l'annonce, et mes
forces qui déclinent, et ma poitrine qui est
plus oppressée, et le mal qui accélère sa
course déjà si précipitée, comme la pierre
lancée du haut de la montagne, en approchant
de l'abîme... Oui, tout me l'annonce, et de
secrets pressentiments, mais surtout l'expression navrée des chers êtres qui m'entourent, et qu'ils s'efforcent de voiler sous des
sourires plus tristes que des larmes.

Leurs visages amaigris et défaits, leurs yeux rougis, leurs voix tremblantes, me disent ce qu'ils savent, ce qu'ils souffrent, les heures passées en prières, de ces prières, cris du cœur vers Dieu, et les heures d'insomnie angoissée. Ils cherchent, je le vois, à se mettre en conformité avec la volonté du Père qui est amour, mais la victoire n'est pas complète ; leur cœur se fond de tendresse et de regrets. Souvent, ils sortent précipitamment, ne pouvant plus se contenir, et souvent aussi, j'ai entendu dans la pièce voisine des sanglots étouffés. Ils luttent, car ils me possèdent encore, et il est plus difficile de renoncer à un bien que l'on possède encore, qu'à un bien perdu.

Dans la maison, mes enfants seuls sont joyeux. Chers êtres, ils me couvrent de baisers. Ils ignorent et ne pourraient comprendre......

Que d'amour je laisse sur cette terre, et quelle angoisse serait la mienne, à cette heure, si je ne voyais au-delà de cette vie qu'une région vague et un Dieu étranger, moi si aimée ici-bas ! Mais je vais vers Celui qui m'aime plus que nulle créature ne peut aimer. Je vais au séjour de l'amour même. Après quelques années de séparation, mes bien-aimés qui pleurent à cette heure et moi qui pleure en pensant à eux, à leur douleur immense, nous serons réunis à jamais.

O Jésus ! sois béni. Sans toi, ô mon Sauveur, que serait la mort ? Toi seul la transformes en entrée dans la vie.

. . . .

Pourquoi, entre les membres d'une famille chrétienne qui se chérissent, cette contrainte, cette dissimulation de la douleur ? C'est trop souffrir et ce n'est pas bon pour l'âme. — Je leur parlerai, je leur dirai : Je pars. Et nous pleurerons, et nous prierons, et nous espérerons ! Oui, car je leur dirai : Je pars pour la maison du Père ; je vais entrer au Port ; je vais être heureuse, et là je vous attendrai ; bientôt, nous nous retrouverons pour ne plus nous séparer.

O Dieu ! assiste-moi et donne-moi le courage et la force pour supporter ce moment suprême ; car mes biens-aimés ne me parlent pas, ne peuvent pas me parler du départ. Une exquise et tendre délicatesse les retient. Car la mort est une humiliation, la plus dure humiliation. Dire : Votre corps va tomber en dissolution, vos yeux brillants vont disparaître, c'est au-dessus des forces d'un père, d'une mère, d'un époux, d'un frère, d'une sœur ! Je sais qu'ils ne me parleraient que

du séjour de gloire où mon âme, sauvée par
Christ, entrera ; mais il faut passer par la
mort du corps, et cela est horrible, et l'Ecriture l'appelle « le roi des épouvantements. »
Si je n'étais pas préparée, si j'étais dans une
effrayante illusion ? ou si, même chrétienne,
je me berçais d'un espoir chimérique, ils
devraient surmonter tout et m'avertir ; mais
ils ont bien deviné à mon regard que je me
sais à ma dernière étape, et quand je parle,
ils attendent.... Mon Dieu ! avec ta force je
parlerai.

. . . .

Hier soir, à la tombée de la nuit, après
avoir prié, à cette heure où le jour n'est plus
mais jette encore de vagues lueurs dans la
nuit qui s'avance, à cette heure où les larmes
coulent inaperçues, où l'âme à l'âme s'unit
dans une ineffable étreinte, au milieu d'un
silence qui était venu graduellement, la
causerie s'allanguissant sous le poids de la
douleur... je leur ai parlé.

A peine avais-je dit quelques paroles,
qu'une explosion de sanglots et de cris déchi-
rants a couvert ma voix tremblante. Ils sont
tous tombés à genoux, par un mouvement
involontaire, en murmurant tous les doux
noms du Seigneur et me baisant les mains.

C'était au-dessus de mes forces ; je me suis senti défaillir. Grâce à l'obscurité, ils n'ont pas vu que ma tête, rejetée en arrière, pouvait faire craindre un évanouissement suivi de la mort. Puis, soudain, par un autre mouvement irréfléchi, ils se sont relevés, et tandis que mon époux bien-aimé s'enfuyait dans le jardin, mon frère et ma sœur éperdus s'élançaient en sanglotant vers le vestibule.

Ma pauvre mère aussi s'était levée toute droite et raide ; mais aussitôt, elle est retombée sur le canapé auprès de moi, et, passant ses bras autour de mon cou, elle m'a inondée de larmes, en murmurant tous les noms de tendresse dont elle me berça.

Et pendant ce temps, mon vieux père, toujours prosterné, les mains jointes et levées au Ciel, semblait en implorer la force. Son beau profil se détachait sur la paroi sombre, et le clair de lune faisait briller ses cheveux blancs.

Me voyant anéantie, ma mère sonna les domestiques, qui vinrent et me mirent au lit. Je m'endormis peu après de faiblesse. Vers dix heures je m'éveillai. Mon mari, mon gardien fidèle des jours et des nuits, était plongé dans le grand fauteuil, auprès de mon lit. S'apercevant que j'étais éveillée, il saisit ma main de sa main glacée et la baisa convulsivement. Peu après ma mère entra, me baisa en silence, me fit boire, puis, mettant son doigt sur sa bouche en me regardant et regardant mon mari, elle sortit, et de nouveau anéantie, je m'assoupis.

Ce matin, à mon réveil, mon époux, pâle et tremblant, s'est élancé vers moi, et là, nous avons eu un de ces épanchements ineffables qui n'ont que Dieu pour témoin. Oh ! que je le bénis ce Père plein d'amour, de m'avoir donné la pensée et la force de parler à mes bien-aimés. Au milieu de la douleur, quelles saintes joies, et plus tard, quelles consolations !

. . . .

Le mal progresse rapidement. Il semble que je me flétris toujours plus à mesure que la nature reverdit. Ce contraste, souvent, me serre le cœur, et je me dis : Quand ces bourgeons seront développés, mon pauvre corps sera poussière. Et puis, soudain, je me dis : O joie ! il y aura déjà plusieurs jours que je parcourrai le palais de Dieu et que je commencerai à en entrevoir les beautés ; il y aura plusieurs jours que je serai auprès de Jésus...

Oui, il est vrai, quand la nature sera dans tout son éclat, que les fleurs partout couvriront la terre, mes enfants, vêtus du deuil des orphelins, feront ombre au milieu de leurs petits compagnons, vêtus de bleu et de rose.

Mes enfants, orphelins ? O mon Dieu ! tu le sais, c'est leur pensée seule qui trouble mon cœur, maintenant que je sens se rompre l'un après l'autre les liens qui m'attachent à cette terre. Je sens que je vais cesser d'appartenir à l'ordre des choses actuel ; eux vont continuer la vie, tandis que je serai envolée avec mon amour, ma sollicitude, ma tendresse. O Dieu ! tu sais mes secrètes pensées, tu sais quelles seraient mes craintes si je ne me confiais en Toi ?...

*
* *

Lundi, 20 juillet 1868.

Quand nous regardons, sur les étagères de nos salons, les chinoiseries, les statuettes qui étaient, autrefois, des idoles ; quand, au Musée des Missions, à Paris, lors de la Grande Exposition, nous avons vu ces idoles hideuses, ridicules ou horribles, nous avons frissonné de pitié ou d'effroi. Nous ne pouvons comprendre que des créatures humaines placent leur confiance en de tels objets.

Et les Anges, que doivent-ils penser en nous voyant tant nous attacher aux biens périssables ?

Celui-ci a pour idoles de petites plaques en or, que l'on appelle napoléons ! Celui-ci a pour idoles des chevaux admirables. Celle-là des quantités de diamants et de perles montés et disposés avec art. Cette autre a pour idole simplement des étoffes aux couleurs brillantes. Celui-ci a pour idole cette arme qui brille à sa ceinture. Celle-là, sa jolie figure, qu'elle regarde avec orgueil et passion dans son miroir. — Tous, tous, ont pour idole eux-mêmes et tout ce qui se rapporte à eux-mêmes. Oh ! les idoles du monde civilisé ! Heureux qui adore Dieu, se donne à Lui, travaille pour Lui et vit pour Lui.

24 juillet 1868.

Debout sur le navire qui sombre, nous allons bientôt nous abîmer dans les profondes horreurs de la destruction.... Une main, une seule main nous est tendue, assez dévouée pour braver la mort, assez puissante pour en délivrer. Oh ! saisissons cette main généreuse, adorable, car elle est celle de l'Etre qui s'appelle Lui-même « La Résurrection et la Vie », la main de Jésus, notre Dieu !

*
* *

Vendredi, 24 juillet 1868.

Nous souhaitons, n'est-ce pas, d'être *aimés?*

Comment souhaitons-nous d'être aimés ?

Quel grand amour, quel amour exquis rêvent nos cœurs ?

N'est-ce pas ? nous souhaitons d'être aimés immensément, avec un dévouement absolu ? Aimés ! et jusqu'à la *mort,* s'il le faut, jusqu'à la *mort sanglante!* Non-seulement cela, mais nous souhaitons que l'être qui nous aime nous élève autant que possible, nous élève au *rang suprême;* s'il est souverain, qu'il nous fasse souverains. Aimer, sauver, faire rois, voilà le sublime sommaire de l'amour réalisé par Jésus.

« A *Celui* qui *nous a aimés* et qui nous a *lavés par son sang* et nous a faits *rois* et *sacrificateurs*, à Dieu son Père.... Ah ! oui, à Lui soient la louange, l'honneur et la gloire. Amen !

*
* *

Pau, 7 octobre 1868.

St-Paul disait : « *Afin que je gagne Christ.* »

Gagner Christ ! c'est gagner tout. Et en ce monde, tout conspire pour nous le faire perdre, ou, si nous sommes à Lui, à nous en priver.

* *

Pau, mardi, 9 novembre 1858.

Ce matin, à peine éveillée, je pense à la résurrection ; elle me semble incompréhensible, car je me dis : « Et ceux dont on a jeté les cendres au vent ? » — Mais aussitôt cette parole de Dieu revient à ma mémoire :

— « La mer rendit les morts qui étaient en elle. La mort et le sépulcre rendirent aussi les morts qui étaient en eux. » (1). Ce mot embrasse tout, « la mort » ; tout ce qui est mort reparaît donc ? — Je me rappelle ces vers de Mᵐᵉ Amable Tastu :

Seigneur ! Seigneur ! Se peut-il que l'on meure ?
Laissez enfin votre étroite demeure,
    Venez à nous.
Christ, Fils de Dieu, né du sein d'une femme,
Qu'attend le Ciel, que la terre réclame,
    Réveillez-vous ! (2).

(1) Apoc., XX, 13.
(2) Extrait du chant de l'Ange de la Résurrection.

Ce vers me frappe : « Se peut-il que l'on meure ? » chantent les Anges. Oh ! oui ; s'ils peuvent voir les scènes de la terre, ils sont étonnés, les bienheureux !

Je pense longtemps à ces vers, à la résurrection. Je me lève, m'habille... et à huit heures et demie j'apprends la mort de celle qui m'aimait tant ! (1).

Ainsi Dieu, souvent, veut amortir les coups douloureux en venant présenter des aperçus... et sa main paternelle atténue la douleur.

*
* *

Même date.

Le soleil va se coucher, et je viens, avant que ce triste jour s'achève, essayer ici de décharger un peu mon cœur ; mais comment exprimer tout ce qu'il a ressenti depuis ce matin ? J'espérais nous voir réunies. Et cet espoir était une chimère ! Il faut donc se résoudre à croire que tant de doux espoirs ne sont pas plus fondés que ne l'était celui, si chéri, de l'avoir auprès de nous, de lui rendre un peu des soins et de la tendresse qu'elle a jetés à grands flots sur nous ! Oh !

(1) Une vieille amie qui l'avait élevée comme une seconde mère.

avoir perdu tant d'amour dans un monde où l'amour est si rare ! Qui m'aimera jamais comme elle m'aimait ? Et de ces êtres précieux que je possédais sur la terre et me chérissent, un est parti et les autres sont mortels, fragiles comme elle. Il y a tout à craindre dans un pareil monde.

Quand je me répétais ces belles paroles du cantique :

« Tu veillas au berceau de ma fragile vie. »

je pensais : Oui, Seigneur, tu as veillé, et dans ton amour tu as posé près de moi des réservoirs d'amour sur la terre, dans ces tendres parents dévoués au-delà de toute expression, et dans cette seconde mère en soins et en tendresse (que je pleure, hélas ! aujourd'hui), dans cette sœur si aimante, dans toute cette famille où l'on me chérissait à l'envi ; et j'ai grandi ainsi à l'ombre de tant d'amour. J'ai essayé de t'en bénir et tu m'as conservé ces êtres chéris. Oh ! que je les aime pour toi et en toi ! Après la mort d'un père que je perdis si jeune que je ne pouvais croire qu'il m'eût été ravi, et l'attendais toujours ! après la mort de ce père, je me voyais depuis de longues années entourée d'affection. Ma mère ! la tendresse, le dévouement personnifiés. Ma sœur, précieuse et sûre amie. Oh ! quelle tendresse j'ai encore.

Puis, cette grand'mère, cette tante, me chérissant, me choyant... Et j'avais là-bas (1), cette seconde mère, cette tendre et précieuse amie. Oh ! que de trésors dans ses lettres, ses chères lettres, où elle répandait sa résignation, sa confiance en Dieu, l'amour de sa volonté, et pour nous, oh ! tant d'amour ! N'étions-nous pas ses enfants ? Elle ne nous avait pas donné la vie ni allaitées, mais tout ce que la mère la plus tendre peut faire après cela, elle l'avait fait. Ah ! je ne serais pas, à l'heure qu'il est, forte comme je le suis, si sa tendresse n'avait été placée par Dieu auprès de moi. Faible et débile créature, ne marchant pas encore, accablée de maladies, ma mère qui s'exténuait à me nourrir, à me soigner nuit et jour, ma mère chérie se brise la jambe. Ma grand'mère était retenue auprès de ma tante, maladive ; ma sœur était trop enfant pour pouvoir me soigner, malgré sa naïve tendresse ; mon père était surchargé d'affaires ; que serais-je devenue, livrée à des soins mercenaires ? Ma pauvre mère clouée sur son lit ! Je serais morte ou j'aurais langui misérablement, et je serais peut-être maintenant comme tant d'êtres faibles et souffreteux. Mais *elle* était là, et ma mère pouvait se reposer en sécurité ; elle avait un second elle-même, en tendresse, en pré-

(1) En Bretagne.

voyance, en dévouement, que Dieu nous donnait dans son amour.... Quel délicieux séjour en 1855,... je couchais dans une chambre, entre ma mère et *elle*. Quel ravissement ! Quel bonheur ! Je disais que j'étais entre mes deux mères. Je répandis sur elle mon amour, ma reconnaissance, mes caresses.... Quand je la conduisis à la voiture, oh ! je croyais bien la revoir, et je ne l'ai jamais revue ! Mais nous nous sommes aimées. Mon Dieu ! sois-en béni !

Pau, 7 octobre 1869.

Le Psaume L.

Le souffle évangélique enfle les voiles de ce psaume glorieux, tout rempli d'espoir.

Les paroles qui l'ouvrent sont empreintes d'une majestueuse simplicité. C'est bien là le langage du Souverain :

« Le Dieu fort, le Dieu, l'Eternel a parlé, et Il a appelé toute la terre, depuis le soleil levant jusqu'au soleil couchant. »

Au verset 2 : « Sion parfaite en beauté. » De quelle beauté ? De la beauté dont Jésus-Christ fait resplendir son Eglise, de cette

beauté qui, dans le Cantique, lui donne
d'appeler sa bien-aimée : « Ma Colombe, ma
parfaite, » « le fin lin blanc et pur, » « la
justice des saints. » Voilà les beautés dont
Christ revêt les siens ; aussi est-il écrit :
« Dieu nous a rendus agréables dans le
bien-aimé. »

Au verset 3 : « Notre Dieu viendra et ne
demeurera plus dans le silence. »

Que la simplicité de cette promesse fait de
bien et la rend plus saisissable ! Voir Dieu,
entendre enfin sa voix ! — Mais écoutez :
« Il y aura un feu dévorant devant Lui. »

Malheur à celui qui ne sera pas trouvé
dans le Sauveur. Comment résistera-t-il au
feu dévorant ?

Pécheurs, courez à la source ouverte en
Israël pour le péché et la souillure ; mettez-
vous sous la croix, afin que vous ayez part
à l'aspersion du sang qui purifie, et que
vous puissiez subsister devant le Dieu trois
fois saint.

Et vous qui portez le nom d'enfants de
Dieu, de membres du corps mystique de
Christ, réveillez-vous, implorez l'amour, la
ferveur, la charité. Le jour approche où notre
Dieu va paraître.

« Que celui qui est juste devienne encore plus juste, et que celui qui est saint se sanctifie encore davantage. » — Que votre cœur, votre bouche, votre vie tout entière crie au Seigneur : « *Oui, Seigneur Jésus, viens !* »

Verset 5. Heureux ainsi *les bien-aimés qui auront traité alliance avec Dieu sur le sacrifice.*

De même que les Israélites qui, selon le commandement de Dieu, avaient mis le sang de l'agneau pascal sur les linteaux de leurs portes, furent préservés de la mort quand l'Ange exterminateur passa sur le pays d'Egypte, parce qu'il *vit le sang,* de même celui-là ne périra pas qui aura traité alliance avec Dieu sur le *sacrifice* de son Fils, seul expiatoire, préfiguré par les sacrifices de la loi mosaïque. Il n'est point dit : « Mes bien-aimés qui ont fait des sacrifices pour moi. » Non. — « Mes bien-aimés qui ont traité alliance avec moi sur le sacrifice. »

Verset 7. C'est moi qui suis Dieu et *ton* Dieu. — Quelle beauté, quelle tendresse en ces paroles !

Du 9me au 15me versets, quel paternel enseignement ; n'est-ce pas tout l'Evangile ?

Ah ! louange, amour, confiance, voilà ce que Dieu demande, et non sacrifices, macérations, privations du cœur et du corps ! Ce passage fait penser à ces paroles si profondes de Jésus-Christ : « Si vous saviez ce que signifient ces paroles : Je veux la miséricorde et non pas le sacrifice »... Oui, « Dieu est amour ». Il a pourvu au salut de ses créatures perdues et Il ne prend nul plaisir à les voir se torturer inutilement.

Versets 16 à 22. Exhortation pressante à celui qui parle de Dieu comme un chrétien, mais qui vit comme l'enfant du Diable. — Et verset 23, promesse douce et solennelle pour le croyant.

*
* *

Pau, 15 novembre 1869.

C'est sur cette terre que nous devons glorifier Dieu dans la souffrance, puisque c'est sur cette terre, dans la consommation des siècles, que le Créateur des mondes, l'Eternel, Jéhovah Jésus, est venu mourir pour sauver.

*
* *

Pau, hiver de 1870.

Après une grave maladie.

Dans ma faiblesse extrême, je fixais mes yeux sur Jésus et j'étais en paix. Comme Il est tout, Il me suffisait. Il n'était pas pour moi, sans doute, à cause de mon état physique, comme une lumière éclatante, mais ce que le phare est pour les matelots au milieu de la tempête, ce qu'est la lampe de la maison paternelle pour le voyageur égaré dans la forêt. C'était le refuge assuré, l'amour sans borne, immérité et durable comme l'Eternité.

Oh ! si je n'avais pas déjà connu Jésus !

*
* *

Pau, 12 mars 1870.

Oh ! que les affligés qui, éperdus, se croient abandonnés de tout, comme la pauvre Agar dans le désert, revoient aussi, comme elle, jaillir le puits aux eaux rafraîchissantes, le « Puits du Vivant qui me voit », et reconnaissent, païens modernes, ainsi que la jeune païenne des anciens jours, qu'une oreille divine était attentive à leur cri, qu'un regard d'amour ineffable les suivait, quand ils croyaient que leurs voix se perdaient dans le vide, que nul être ne s'inquiétait des désolés.

Pau, 13 avril 1870.

Comme le profond bonheur, le grand malheur demande l'ombre et le silence ; c'est parce que la généralité des humains ne possède pas le premier et n'est pas assez noble pour comprendre le second, qu'il se fait tant de bruit, qu'il y a tant de fêtes brillantes et vides. On va riant, le cœur serré, dans une navrante médiocrité, composée de douleur, d'un peu de résignation, d'un peu d'égoïsme, d'un peu de légèreté, d'un peu d'espoir et d'un peu d'indifférence, cette sorte de pétrification du cœur qui dégrade l'humanité.

En haut nos yeux et nos cœurs ! Puisons à longs traits à la source de vie, de courage et d'impérissable amour.

Pau, 21 avril 1870.
(Jeudi matin.)

Pendant la semaine dernière, qui était la semaine sainte, les scènes de la Passion se présentent d'une manière saisissante à mon esprit ; j'étais effrayée en pensant à la mort de Jésus-Christ, gigantesque, épouvantable complément, suprême expression du péché de l'humanité, et j'avais de la peine à comprendre que cette mort qui devait, semblait-il, entraîner la condamnation sans appel, fût, au contraire, devenue la réconciliation ; que de cet abîme insondable, Dieu eût fait jaillir l'expiation, le pardon, le salut, la vie, d'où naissent le bonheur, la reconnaissance et l'amour.

Mais « les pensées de Dieu ne sont pas nos pensées ».

Et tout l'enchaînement du plan de Dieu envers l'humanité, concorde d'une manière admirable avec le sacrifice du Calvaire. — Jésus a été mis à mort ; mais Il a été une *victime volontaire*, s'offrant Lui-même à Dieu, sans nulle tache, pour ses frères, pour sa postérité, « second Adam » sublime ! Il a dit en parlant de sa vie : « Personne ne me l'ôte. J'ai le pouvoir de la quitter et le pouvoir de la reprendre. » — Le crime de l'humanité n'est ainsi en rien diminué ; mais l'expiation devient alors compréhensible.

*
* *

Pau, 24 avril 1870.

Si nous ne sommes pas fidèles, qu'au lieu de prier, au lieu d'élever, au commencement du jour, notre âme à Dieu, nous nous mettions à autre chose, à écrire par exemple, Dieu nous châtie en nous abandonnant à des pensées amères, douloureuses, à des soupçons, à des craintes, dont sa grâce seule peut ensuite nous délivrer. Oh! soyons fidèles. Comprenons combien le péché est odieux, combien la moindre déviation est grave, le moindre nuage dangereux, entre le soleil de justice et nous, pauvres fleurs terrestres. Que le Seigneur nous fasse la grâce, comme Enoch, *de marcher avec Dieu.*

*
* *

Pau, 27 avril 1870.

N'est-il pas affreux de penser que sur cette terre où le Père Céleste a placé ses enfants, l'organisation sociale est telle que respirer le parfum des fleurs naissantes, la brise printanière, être inondé d'air pur, de gais rayons de soleil; avoir le cœur, l'esprit, l'âme, rafraîchis, réjouis, ravis par des aspects enchanteurs, sublimes; pouvoir pleurer, prier, méditer en liberté, dans le silence et l'ombre, est un luxe, un luxe rare, dont un tout petit nombre d'êtres peut jouir, car pour en jouir, il faut de l'argent, du loisir, il faut n'être pas astreint au travail tyrannique, présenté à l'homme avec le cri sinistre : « Le travail ou la faim ; le travail ou la misère et la mort. »

*
* *

Pau, avril 1870.

O mon Dieu ! nous qui sentons, qui savons que bientôt nos pauvres corps vont aller s'engloutir dans l'Océan de poussière, mon Dieu ! nous nous confions en Toi. Mon Dieu ! nous nous jetons dans tes bras. Oh ! n'est-ce pas ? tu ne nous laisseras pas perdre, tu ne nous laisseras pas anéantir ? Non, tu ne tromperas pas notre attente, à nous, pauvres pécheurs mortels, qui espérons en Toi. Ah ! cet espoir seul m'est un garant de sa réalisation. Car cet espoir que tu as mis au cœur de l'homme, est un souvenir de son origine divine ; et dans l'âme éclairée, instruite, nourrie du St-Esprit, c'est un espoir appuyé sur les promesses de Celui qui créa le monde. La résurrection de Christ est là pour assurer la résurrection des corps.

Mais son corps n'avait pas disparu, et les corps disparaissent aux yeux humains. Toutefois, un corps venant d'être touché par la mort, bien que conservant forme et beauté, est cependant tout aussi détruit que celui où l'œuvre de mort est consommée ; et Celui qui a bien su former, créer des corps, ne peut-Il pas, de ces germes, invisibles peut-être, faire surgir des corps spirituels, doués magnifiquement, capables de supporter « le poids d'une gloire souverainement excellente » ?

« Les choses qui ont été créées n'ont pas été faites de choses qui parussent. » (Héb. XI.)

* *
*

Pau, 28 juin 1870.

(Mardi matin.)

« Ce que nous serons n'a pas encore été manifesté. »

Non, pas encore manifesté en ce monde, mais l'idéal de chaque être brille au Ciel, aux yeux de Dieu. Là, Il voit ce qu'il peut être, ce qu'il devrait être, ce qu'il sera.

Cette auréole de noblesse, de sainteté, de beauté, resplendit dès cette terre sur certains êtres et donne à entrevoir ce qu'ils seront un jour, lorsque, nés de nouveau, plongés dans le fleuve de vie, ils en sortiront remplis du feu sacré de l'amour divin auquel ils aspirent.

Qu'il est magnifique ce rayonnement sur un beau front jeune et pur !

Et qu'il est consolant de commencer à discerner le reflet de la future créature parfaite, le saint rayonnement dans le regard de douleur et de repentir, de la plus misérable, de la plus tombée des créatures, qui, nouveau péager, n'ose lever les yeux au Ciel, mais qui se frappe la poitrine et murmure : — « O Dieu ! sois apaisé envers moi qui suis pécheur. »

L'espoir, la demande de l'apaisement, est l'aurore du salut, entrevue au milieu de l'obscurité et de la tempête.

Courage ! commençons à être ce que nous devons être.

*
* *

Pau, 22 juillet 1870.

(Vendredi matin.)

Certaines circonstances facilitent d'être bon, gracieux, bienfaisant, charmant, comme une bonne plume permet à l'écriture de paraître belle. Au contraire, des circonstances fâcheuses entravent l'essor généreux d'un cœur, comme une mauvaise plume rend laide une belle écriture. La main fait un beau mouvement qui produirait un beau trait si la plume n'était détestable. Au lieu d'un beau trait, il n'y a que lettres contractées ou grossières ; alors, le découragement, le dépit s'emparent du scribe ; il ne soigne plus autant les mouvements de sa main ; il griffonne, griffonne, et une page d'affreuse écriture est le résultat de tout cela. Ainsi en est-il pour l'élan du bien, du beau refoulé.

O heureux ! ô paisibles ! qui vous croyez bons, doux et généreux, ne vous glorifiez pas, car, placés dans des circonstances contraires, entravantes, flétrissantes, fatales, qu'eussiez-vous été ? qu'eussiez-vous fait ?

Biarritz, janvier 1871.

Que de fluctuations de sentiments se pressent au renouvellement de l'année, quand 1870, qui a brisé tant de cœurs, tant de vies, tant d'avenirs, qui a vu couler tant de larmes, sombre dans le sang, le feu, la désolation, la

ruine, et qu'une jeune année, blanche, innocente encore, apparaît inconnue à nos yeux
humains, comme une enfant ouvrant les
yeux à la lumière ! Hélas ! son berceau, sa
robe candide, ont déjà été couverts, maculés
de sang ; que dis-je ? pendant ces heures
solennelles où une année s'achève, où l'âme
qui veille en prière, compte, palpitante, les
derniers instants de l'an qui finit, comme la
main tremblante compte les dernières pulsa-
tions de la vie, où l'on voudrait ressaisir le
passé, pour vivre, vivre... la tuerie organisée
continuait, implacable, farouche, enivrée de
sang ; les âmes étaient emportées dans
l'Eternité, avec les dernières minutes de
l'année, et l'année nouvelle commençait au
milieu des cris de guerre, des gémissements
et du râle des mourants. Oh ! pauvre humanité !

*
* *

Lettre à M. le Pasteur XXX.

Pau, 30 juin 1872.

(Dimanche matin.)

Cher Monsieur et Pasteur,

J'aurais voulu répondre plus tôt à votre
affectueuse lettre, mais je n'en ai pas eu le
courage.

Ma sœur n'écrit à personne, et moi je commence à peine à remercier les amis qui, de loin, se sont associés à notre douleur et nous ont exprimé tant d'affection, de sympathie et surtout de regrets pour la perte qu'ils sentent faire eux-mêmes en ma Mère, exceptionnelle par sa bonté, son dévouement, la tendresse et l'élévation de son cœur.

Tant d'autres ne vivent que pour eux et leurs familles, et ma Mère, en nous comblant de l'amour maternel le plus extrême, avait des trésors d'affection, de charité, qu'elle répandait autour d'elle, et particulièrement sur les délaissés de ce monde, pour lesquels elle avait cette sorte de prédilection que leur donnent les âmes généreuses. Sa souffrance était de ne pouvoir ôter toute souffrance du chemin de ceux qu'elle voyait travaillés et chargés. Oh ! si chez elle le pouvoir eût été aussi étendu que le vouloir, que l'ardent désir, Dieu seul sait tout ce qu'elle eût fait.

Et si elle était ainsi pour les étrangers, qu'était-elle donc pour les siens ? Délicieuse de bonté, de tendresse, de mansuétude. Oh ! quel trésor nous avons perdu. Quel écroulement ! N'était-elle pas, après Dieu, le but, la couronne de notre vie ? Que faire après ? A quoi s'intéresser réellement ? On est bien malheureux de survivre à l'être que l'on chérit le plus au monde, de voir ce que j'ai vu. Oh ! j'avais tant désiré, tant espéré partir avec elle ! Tout enfant, c'était ma prière. J'entendais si souvent parler d'épidémies, d'accidents de voyage, enlevant des familles entières, que j'avais longtemps espéré ne pas voir les jours que j'ai vus. C'est parfois à ne pas avoir le courage d'exister.

Mais Dieu soit béni ! Nous ne gémissons pas, nous ne pleurons pas, comme ceux qui sont sans espérance. Jésus est là. Il transforme tout, même la mort en vie glorieuse. Il éclaire nos ténèbres. Il nous la montre heureuse dans son sein, nous attendant là, dans ce foyer d'amour divin, pour la réunion éternelle et bienheureuse.

Que devenir sans un Sauveur tel que Jésus !

Et comment assez le bénir de nous avoir donné la délivrance, même au prix de sa vie ! Il jouira du travail de son âme. Oh ! puissions-nous dès ici-bas et du milieu de nos douleurs poignantes, l'en faire jouir par notre reconnaissance. S'Il ne fût pas venu sur la terre, quel serait notre avenir ? Lui seul donne un lendemain, et quel lendemain ! à notre existence voilée de deuil.

. . . .

*
* *

Pau, été de 1872.

Fragment d'une lettre.

... Merci, oh! merci, Madame, du tribut exquis de regrets que vous donnez à notre bien-aimée. Hélas! vous n'avez fait que l'entrevoir, mais pour les âmes d'élite, un moment suffit, ce moment ineffable où elles comprennent leur mutuelle beauté, où elles s'unissent, où elles fusionnent et se lient l'une à l'autre pour l'Eternité, parfois même sans qu'un mot soit proféré, tel que Jonathan aimant David comme son âme, pendant qu'il parlait à son père.

Ainsi, quand nous rencontrons sur notre route un de ces doux reflets des Cieux, tout notre cœur s'élance et aime. Ainsi, Madame, vous avez entrevu ma Mère, vous l'avez admirée, vous avez compris le rayonnement de ce noble et doux visage, rayonnement de mansuétude, de sublime résignation, de bonté, de dévouement, de tendresse inexprimable, de céleste espérance, et vous l'avez aimée pour toujours.

Oh! vous sondez, n'est-ce pas, l'abîme creusé par ce départ? Mon Dieu, quel écroulement! En un jour, un seul jour, voir disparaître la joie, la vie, la gloire de la maison!

Et devoir continuer l'existence, après que celle pour laquelle, après Dieu, nous vivions, nous aimions, nous craignions, nous espérions, n'est plus là pour nous réchauffer sur son cœur ! Perdre une Mère, et une Mère telle que la nôtre ! Oh ! je plaignais tant ceux qui perdaient leur Mère, et ce malheur est mon partage. La perdre, c'est perdre la retraite douce et chérie où le cœur se réfugie dans la joie ou la tristesse. Je me sens parfois comme dépouillée de tout, exposée sur un rocher, aux vents et aux flots.

Après une telle perte, on devient, au fond, indifférent à une foule de choses ; souvent, l'on vit avec le cœur mort ; on ne se retrouve plus soi-même et l'on perd pour ainsi dire son identité ; car nous vivons dans (et par) ce que nous aimons ; tout le reste de ce qu'on appelle vie n'est qu'accessoires ou apparences de vie.

Le plus souvent, je ne puis réaliser mon malheur ; ma chérie vit tellement dans mon cœur, qu'elle m'est présente, que je la sens et que son amour alimente encore et toujours le mien. Est-ce illusion ? N'est-ce pas bien plutôt une céleste réalité ? Les âmes ne demeurent-elles pas unies jusqu'au moment du grand revoir en Dieu ? de l'éternelle réunion en Lui ? Oh ! c'est la perspective de cette éternité en Christ, où toutes les larmes seront essuyées, tous les regrets effacés, c'est cette perspective qui nous soutient et nous préserve de sombrer.

·

' Pau, 29 juillet 1872.

Bien souvent, les morts sont ceux dont on parle le moins et auxquels on pense le plus. Le cœur est rempli de tels sentiments, que la bouche ne peut les exprimer.

·

Pau, 5 août 1872.

(Lundi matin.)

La journée commence, cette journée qu'un *savant* a désignée à l'humanité comme devant être la dernière....

L'émotion causée par ce bruit étrange a été grande, générale, dans les campagnes particulièrement, à ce point que bien des personnes ont été tellement impressionnées, que leur santé s'en ressent fâcheusement.

Une Comète, *dit le savant*, doit rencontrer la terre et la consumer.

Il se peut, il est vrai, qu'un de ces astres
errants, à la course indéterminée, qui suivent
dans les espaces une route incommensu-
rable, où se perd l'esprit humain, il se peut
qu'une comète s'approche à cette heure de
notre terre, avec une vitesse bien des milliers
de fois plus grande que celle d'un boulet
Krupp. Il se peut qu'après les jours pluvieux
et froids que nous venons de traverser, nous
ressentions bientôt, sous son influence, une
chaleur de plus en plus forte, et que la
comète, devenue visible aux regards des
plus simples mortels, s'approchant toujours,
la terre soit embrasée... si Dieu, n'ayant pas
accompli tous ses desseins sur cette planète
déicide, ne détourne l'astre errant, épargnant
encore la terre « à cause des élus ».

Il se peut... il se peut... *Ce qui demeure
vrai* est ceci : c'est que l'apôtre Pierre déclare
« que le ciel et la terre d'à-présent sont réser-
vés pour le feu et la destruction des hommes
impies » ; qu'ainsi *l'embrasement de la terre*,
soit par les feux souterrains qui grondent
en elle, soit par le choc d'un corps aérien,
doit avoir lieu, mais... (voilà le point important), « nul ne sait ni le jour ni l'heure » en
laquelle cette terre si belle, mais souillée
par le péché de ses habitants, « sera brûlée
avec tout ce qu'elle contient ». — Fixer un
jour pour la destruction de la terre est bien

téméraire, mais il est conforme à la vérité
de déclarer que la terre est réservée pour le
feu et de répéter aussi, avec l'apôtre Pierre,
ces solennelles et douces paroles : « Puis
donc que toutes ces choses doivent se dis-
soudre, quels ne devez-vous pas être par une
sainte conduite et par des œuvres de piété,
en attendant et en vous hâtant pour la venue
du jour de Dieu, auxquels les cieux enflam-
més seront dissous et les éléments embrasés
se fondront ! Or, nous attendons, selon sa
promesse, de nouveaux cieux et une nouvelle
terre, où la justice habite. C'est pourquoi,
bien-aimés, en attendant ces choses, faites
tous vos efforts afin qu'Il vous trouve sans
tache et sans reproche, dans la paix, et croyez
que la longue patience de notre Seigneur
est pour votre salut ».

L'étrange nouvelle, répandue dans les
villes et dans les hameaux les plus reculés,
aura ceci pour résultat : c'est qu'elle manifestera l'état d'âme de chacun.

L'homme de foi dira ce que nous disait
hier soir une humble chrétienne, femme du
bas peuple, mais depuis longtemps nourrie
de l'Esprit de Dieu : — Ce bruit ne m'a point
émue, car c'est un bruit qui vient des hommes,
et ce n'est pas là le cri qui vient du Ciel. —
Oui, comme elle, l'homme de foi demeurera

dans une paix profonde en face de ce bruit et en face de bien d'autres plus alarmants.

Le superstitieux se jettera éperdu dans toutes sortes de chemins absurdes, pour trouver la paix de son âme angoissée, au lieu d'aller franchement et simplement à Celui qui fait mourir et qui fait vivre, qui sauve à plein celui qui se donne à Lui.

Le fanfaron débitera toutes sortes de bravades, bien que son cœur soit peut-être plus qu'ému.

Le matérialiste abruti dira, en riant avec stupidité : « Mangeons et buvons, car demain nous mourrons. »

Chacun ne devrait-il pas se dire : Si cela était vrai cependant? Ou bien si, *tout simplement*, je devais mourir le 5 août, le 6, le 7, le 10.... où irais-je? (Car, pour chaque être qui expire, la fin du monde est arrivée.) — Oui, doit-on se demander : — Où irais-je? Suis-je réconcilié avec Dieu par les souffrances et le sacrifice expiatoire de Jésus-Christ, son Fils? Suis-je ainsi en état de « rencontrer mon Dieu », comme s'exprime le prophète? Est-ce que je ne garde point volontairement, sciemment, en moi, du péché et un péché spécial, un *interdit*? Si tout-à-coup j'étais mis en présence du Dieu trois

fois saint, me trouverait-Il enveloppé dans
la justice de son Fils, qui, seule, peut subsister devant Lui, Dieu d'amour, mais Feu
consumant? Me trouverait-Il *sincère,* franc,
dépouillé du mal par amour pour Lui, sans
haine, sans envie, sans orgueil, sans égoïsme,
sans légèreté, me donnant à Lui qui s'est
donné pour moi?

Où en suis-je? Le vaisseau vogue à toute
vapeur ; déjà, les rives du monde futur
s'esquissent, toujours plus distinctes ; bientôt,
dans peu d'instants, nous aborderons...
Suis-je en état d'être reçu par le Roi de
gloire?

Ou bien, est-ce que je veux décidément
me priver de l'amour et de la paix de mon
Père Céleste?.....

*
* *

Pau, 6 mars 1873.

(Jeudi soir.)

N'oublions pas nos morts ; ne permettons
pas à l'Ennemi d'occuper nos esprits ailleurs,
de les détourner vers d'autres objets ; qu'ils
vivent en nous ; que leur présence mystique
contribue à nous sanctifier.

*
* *

14 janvier 1874.

Etre tant chéri ! Donner tant de bonheur
et disparaître comme une lumière brillante
qui laisse après elle l'obscurité plus profonde !

Quoi ! tant de bonheur en si peu de temps,
et puis, après, la vie longue et désolée, sans
verdure, sans espoir pour la terre !

*
**

Même date, 11 h. du soir.

Comme deux arbres laissés par le bûche-
ron dans une forêt dévastée, regardent tristement les débris et les tiges brisées de ceux
avec lesquels ils émergeaient si heureux au
soleil et se balançaient au vent matinal,
ainsi ma sœur et moi nous regardons,
terrifiées et navrées, la solitude faite autour
de nous par le départ de tant d'êtres bons et
charmants, emportés de nos demeures sous
nos yeux mêmes, froids et glacés, hélas !

*
**

Pau, 17 février 1874.

Il y a un an, ô mon bien-aimé, tu nous étais rendu. Tu revenais de la lointaine Afrique. La mer était franchie ; tous ces dangers que notre affection appréhendait pour toi, tu les avais laissés bien loin en arrière. Tu revenais pour ne plus nous quitter.

Nous ne t'attendions pas ce jour-là. Nous te savions débarqué en France, roulant vers nous ; mais nous te croyions loin encore, lorsque retentit dans le vestibule le bruit de tes bottes éperonnées. Ta douce voix envoya un affectueux bonjour à la première domestique que tu rencontras, et qui s'arrêta stupéfaite à ta vue. Plus de doute, c'était bien toi. Oh ! quel moment de bonheur ! après avoir tant souffert, avoir enduré tant d'inquiétudes, tant d'heures angoissées ! Et tu arrivais avec l'apparence de la santé. Et si heureux, si heureux ! Tu nous offrais de charmants cadeaux ; des flacons d'essence de rose exquise, et tu joignais pour moi à ce don parfumé un charmant porte-feuille de velours violet et or .. Je bénissais Dieu d'un tel retour.

Dans l'après-midi, au salon, pendant quelques courts instants où nous nous trouvâmes seuls, tu m'offris ton bras et tu me reparlas de mariage. En marchant ainsi, nous arrivâmes sous le portrait de ma Mère chérie, de *notre* mère, et là je te renouvelai ma promesse. Je te dis alors : « O mon frère ! mon affection pour vous n'a fait que s'accroître pendant votre absence, par tout ce que j'ai souffert en craintes de toutes sortes. Je ne retrouvais espoir et paix qu'aux pieds du Seigneur. »

O moments rapides de doux bonheur ! Ils compteront parmi les plus délicieux de ma vie.

Que la soirée fut douce et remplie d'ineffables émotions !

Après le dîner, réunis dans le grand salon, nous nous levâmes tous deux, toi et moi, et chantâmes ce duo, tant chanté les années précédentes, mais qui, à cette heure sacrée du revoir, prenait un sens solennel, émouvant :

EXIL ET RETOUR.

Vers les rives de France,
Voguons en chantant,
Voguons doucement ;
    Pour nous,
Les vents sont si doux !
Pays notre espérance,
Rivage béni,
Vers ton port chéri,
Un Dieu d'amour nous conduit.

Loin de toi, Patrie,
Mère bien chérie,
D'un exil amer,
Nous avons souffert.

Dans un jour d'alarmes,
Il fallut, en larmes,
Dire un triste adieu
A ton beau ciel bleu.

Là-has une grève !
Ce n'est point un rêve
Pour nos yeux ravis,
Non ; c'est le pays.

Voilà, voilà la France !
Voguons en chantant,
Voguons doucement ;
    Pour nous,
Les vents sont si doux.
Pays notre espérance,
Rivage béni,
A ton port chéri,
Le Ciel nous rend aujourd'hui.

Votre voix déjà bien tremblante faiblissait. Nous fondions tous en larmes à ces dernières paroles, larmes de reconnaissance et de profonde joie.

O 17 février ! oui tu resteras, malgré tout, jour de bonheur, jour de revoir, jour d'espoir réalisé.

Si chaque jour je me sens plus malheureuse, plus dépouillée, plus accablée, je sens aussi que le temps qui me reste à passer sur cette terre doit être employé à m'unir étroitement à mon Dieu et Sauveur, à l'aimer, le servir *sans partage*, à me donner entièrement à Lui, jusqu'à ce jour, que notre Seigneur *seul* connaît, où Il m'appellera dans le monde invisible des esprits, dans sa sainte présence, cette présence ravissante de l'Eternel, dont parle avec adoration le psalmiste. Là, nous reverrons nos bien-aimés tant pleurés, nos bien-aimés dont le départ a plongé nos vies dans l'accablement et la douleur.

Ce sera un **17 février** de revoir, de bonheur, de réunion ineffables, et qui n'aura pas un lendemain de larmes !

Mais « ce ne sera plus lui qui reviendra vers nous (comme s'écriait David), c'est nous qui irons vers lui ». Et ce bonheur, ce revoir, cette réunion, ne seront *jamais* suivis de douleur et de séparation, car nous serons pour toujours unis *en Dieu*.

*
* *

Pau, 20 février 1874.

Il n'est plus là ! Il n'est plus là ! Je ne le vois plus ; sa chambre est vide, silencieuse. Si je ne savais qu'il vit en Dieu, le désespoir me saisirait. Je vois son lit morne et vide ; je vois tous ses meubles qui sont là, intacts et tranquilles ; les glaces qui reflétaient son doux visage, plus pâle chaque jour, hélas !

Je vois ses habits, qui semblent attendre qu'il s'en revête. Je vois la pendule qui marquait ses heures, dont la plupart, hélas ! furent des heures de souffrance depuis des mois. Je vois la chaise longue où je passai les nuits en le veillant. Je vois les fleurs qu'il arrangea peu de jours avant notre mariage, dans la belle éperne de cristal, apportée d'Angleterre avec tant de soin et de réussite par Maria, et dont la colonne fut brisée au moment même où mon bien-aimé disposait les fleurs pour l'orner.

Image de ma vie !

Je vois tout, tout, excepté lui !

Mais mon cœur le voit, nous contemplant de son regard profond et tendre. Et je vois notre Bible de mariage, toute neuve encore, et les livres où nous lisions tous trois ensemble chaque matin et qui nous parlaient de ce Ciel où il est maintenant, de ce Sauveur, notre espérance. Alors, je cherche à m'élever où est monté mon bien-aimé, si, peu après ma Mère ; mais, ô mon Dieu, élève-moi Toi-même « *sur le rocher trop élevé pour moi* » si je suis seule, et que je pourrai gravir avec Toi.

*
* *

Pau, 7 mars 1874.

O silence de cette chambre chérie, avec quelle puissance, hélas ! tu me parles. Ici, dans ce chaud réduit, inondé de soleil ou très éclairé pendant la nuit, ici nous concentrions nos vies autour de lui. Tout convergeait vers lui. — Esprits, temps, pensées, travaux, soins, sollicitudes, tout, tout, tout ! Notre amour chéri était l'aimant qui nous attirait. O mon bien-aimé ! que de souffrances et de bonheurs réunis ! Tandis que je me sentais si extraordinairement favorisée d'être l'épouse d'un être tel que toi, je voyais le mal progresser. A mesure que mon bonheur devenait plus grand, je le sentais devenir plus fragile.

Mais je préfère avoir eu un tel bonheur, quelque rapide qu'il ait été, que de posséder pendant de longues années ce que d'autres femmes appellent le bonheur, ou ce que le vulgaire se charge peut-être, à leur place, d'appeler ainsi pour elles.

*
* *

Pau, 10 mars 1874.

L'assurance du bonheur de nos bien-aimés, voilà ce qui nous fortifie quand la vie a perdu ses joies, ses fleurs, ses espoirs si doux et ses ineffables tendresses.

Ma mère chérie ! Jean !

Quelle union heureuse serait la nôtre ! La maladie avait sanctifié, élevé, développé de plus en plus notre affection et la rendait plus profonde. Notre amour s'accroissait par les soins donnés et reçus avec amour. Ah ! je souffrais alors, et cependant, que je regrette ce temps qui me paraît heureux auprès de notre vie dénudée ; car il était là : ses grands yeux bleus suivaient avec sollicitude chacun de nos mouvements. Et à présent ? Mais il ne souffre plus !

Mais qu'est notre vie ici-bas sans lui,
parti après Maman ! — Cette demeure choisie
par lui, toute disposée pour lui, qu'est-elle
maintenant ? cage sans oiseau, parfumée de
son souvenir.

Pau, 20 mars 1874.

Notre foyer s'est dépeuplé des visages
chéris, objets de notre vénération ; et maintenant, voilà celui qui était le rayon de soleil
dans notre ciel si sombre, la dernière fleur
croissant sur des ruines, l'oiseau chanteur
de la maison attristée, qui meurt dans nos
bras. Et nos yeux sont assez malheureux
pour avoir vu s'éteindre cette chère lumière,
pour avoir vu ce qu'ils ont vu.

A nous, l'invisible seul reste pour vie du
cœur. Les êtres qui étaient le plaisir de nos
yeux et où tendaient les désirs de nos cœurs
ont disparu. Des païens ou des *incroyants*
n'auraient point deux partis à prendre ; ils
chercheraient à sortir au plus vite et par
n'importe quelle issue, d'un monde vide pour
eux, et où des choses si affreuses sont *possi-
bles*. Criminels et pauvres insensés, fermant
les yeux à ce que Dieu réclame, ne sentant

qu'une chose, qu'il est fatigant et cruel de vivre sans vie et d'être menacé, ou de volatiliser le cœur, ou de s'abaisser à ses propres yeux, en se rattachant à l'existence par ses petits côtés, ses petites aspirations, ses petits intérêts. Le cri de la nature, son ardent désir, est de ne pas survivre à ceux que l'on aime, et si l'on ne meurt pas de douleur une heure après, de s'élancer à leur poursuite, sur leurs traces chéries, dans le monde invisible.

Voilà ce qui est rationnel pour le cœur sans foi, aimant et brisé.

Mais pour le croyant, tout est transformé. Il sent avec force que si son Dieu ne lui a pas accordé le privilège de partir avec les âmes qu'il aimait, c'est parce qu'il n'était pas prêt, ou qu'il lui reste à faire quelque chose ici-bas pour la gloire de son Sauveur.

Car Dieu ne nous a pas créés pour les créatures, mais *pour Lui*. La foi en son amour et l'amour que nous lui donnons en retour, doivent être notre vie.

Voilà donc pourquoi nous restons ici-bas, tandis que nos chers aimés partent si vite.

Nous n'étions pas prêts. Le sommes-nous ? Prêts à dire adieu sans retour à tout ce qui est visible et à nous élancer dans l'invisible !

Ah! il nous faut dans le cœur le grand
amour de Christ pour être en paix au
moment de franchir la dernière porte. Il faut
être attaché au Ciel pour se détacher de la
terre, et c'est en n'espérant que dans le
sacrifice de Jésus-Christ et nous abandonnant
à Lui, que nous pouvons voir se rompre les
derniers liens terrestres.

Lorsque nous sentons que Dieu nous
demande de vivre pour accomplir telle ou
telle mission, et par dessus tout pour faire
l'œuvre des œuvres, croire en Lui et l'aimer
avant de le voir face à face, ah! que tout
est changé, et que ce temps, peut-être si
court, de la vie, nous paraît rapide et précieux
pour faire *tout* ce qui reste à faire avant de
partir pour ne plus revenir, avant d'entrer
au pays du repos, où il ne sera plus possible
de glorifier Dieu par la résignation, la
patience, où il n'y aura plus d'affligés à
consoler, de pauvres à délivrer, à soutenir,
d'ignorants à instruire, de pécheurs à conduire au Sauveur.

Tout cela sera fini. Il n'y aura plus que
paix et bonheur, amour et joie sans fin.

L'heure présente est celle de la « foi
opérante par la charité ».

*
* *

Pau, 3 avril 1874.

(Vendredi-Saint.)

L'humanité me semble comme en angoisse, en ces jours qui ont décidé de l'Eternité, en ces jours d'humiliation inexprimable, où la créature a porté sa main meurtrière sur son Dieu, voilé, méconnu, devenu par amour homme de douleur.

Ah ! l'on a cru mettre à mort un pauvre homme, un humble charpentier de Nazareth... et... le soleil cache sa lumière, la terre tremble, s'entr'ouvre, et des trépassés sortent de leurs tombeaux.

Tout semble mortellement triste et lugubre en un tel jour. De vagues et sombres appréhensions flottent dans l'air ; on sent qu'il se passe quelque chose de terrible. L'humanité se souvient du crime sans nom qu'elle a commis il y a 1874 ans..... Mais la victime s'est donnée volontairement, et cette mort sera la vie des rebelles qui se réfugieront vers Lui.

De sa mort sortira la Vie ! De ses meurtrissures la guérison ! De son angoisse, la paix ! De sa douleur, le bonheur !

Tout est rapide, court, instantané, dans cette vie présente si courte ; mais les conséquences sont éternelles. Un jour, Jésus meurt, et l'Eternité est transformée pour les croyants. Un instant suffit pour l'introduction d'un être au monde. Un instant tranche la vie. Un instant, un regard de foi, et l'âme est sauvée pour l'éternité.

*
* *

Pau, 7 avril 1874.

(Mardi.)

Vous croyez faire souffrir un être inconnu, perdu dans l'immensité de la Création ; vous croyez que ce que vous faites restera ignoré ; vous croyez que vous pouvez même le jeter par dessus bord ? Oh ! si vous saviez que toutes les paroles dont vous le meurtrissez sont écrites en caractères de feu, dans une sphère où se prépare le mystérieux monument que chaque être verra un jour, fait par Dieu avec ses larmes, ses souffrances, ses accablements ! Oh ! si vous saviez quelles fibres vous froissez en le froissant, si vous saviez comme tout se tient !

« *Qui vous touche touche la prunelle de mon œil,* » dit l'Eternel.

Ah ! si vous saviez, vous frémiriez, vous vous jetteriez à genoux en criant : Grâce ! grâce ! et vous prieriez ardemment Celui qui change les cœurs et promet son Esprit *à qui le demande*, pour faire *le bien* et fuir *le mal*.

Oh ! si vous saviez ! si vous saviez ! Mais vous ne savez pas !.....

« Et les livres furent ouverts, et les morts furent jugés par ce qui y était écrit, selon leurs œuvres. »

Ah ! vous savez cela, mais vous l'oubliez, abusant de la grâce, en vous reposant sur la grâce dans une fausse sécurité.

Oui, les morts sont jugés par leurs œuvres, preuves de leur foi vivante, ou de leur foi morte, ou de leur incrédulité. « L'arbre se connait par ses fruits. »

*
* *

Pau, printemps de 1874.

S'il est poignant, terrible, sans nom, le moment où l'être chéri disparait, où l'eau s'entr'ouvre et que l'on entend ce que l'on a le plus aimé tomber dans les abimes de la mort, cependant je trouve plus désolés encore ces moments sans nombre qui suivent peu à peu la catastrophe. Quand l'eau est agitée, là où il a disparu, l'être charmant et aimé, c'est encore une trace de lui, quelque chose causé par lui, que ce mouvement de l'eau, que cette agitation. Mais lorsque l'eau est redevenue calme, même parfaitement calme, que les pêcheurs passent en chantant, là où j'ai tant souffert, que peu à peu disparaissent les empreintes de ce qu'a fait mon bien-aimé, que peu des choses matérielles conservent ses traces, que l'on parle de toutes sortes de choses, importun bourdonnement qui irrite la douleur, alors, désolée, je me lève et m'écrie : Quoi ! Ai-je donc rêvé ? N'est-il donc pas vrai que j'ai possédé un tel bonheur ? N'est-il donc pas vrai qu'il y a peu de temps, je possédais un mari tel que le cœur d'une femme peut le souhaiter ? un mari affectueux, bon, pieux, tendre, et si charmant, si gai, si aimable !

*
* *

Pau, avril 1874.

J'aurais dû me souvenir qu'il arrivait toujours le premier sur les sommets !....

A la belle journée de Lentécade, à l'ascension du mont d'Arin, tandis que nous gravissions encore des pentes abruptes, des pelouses desséchées, sans vue, sans air, sous un soleil ardent, *lui*, en apercevant le terme de la course, saisi de cet enivrement, de cet enthousiasme sacrés qui s'emparent du voyageur à l'approche du but de ses efforts et des beautés ineffables qui vont apparaître, haletant et joyeux, il précipitait sa course, il bondissait, il semblait voler, il *découvrait* toujours le chemin *le plus court*, et bientôt nous voyions sa gracieuse silhouette, là-haut, là-haut, à la pointe du sommet, se détachant sur le ciel bleu.

Assis sur un roc, appuyé paisible, sur son bâton de voyage, goûtant les douceurs du repos après une marche pénible, jouissant des magnificences qui partout se déroulaient à ses pieds, il nous suivait de l'œil, tandis que, brisés de fatigue, épuisés, nous gravissions les derniers plateaux. L'air enivrant des altitudes caressait son visage, et il anticipait sur le doux moment où nous serions tous réunis, bien haut, bien haut !...

Et parfois, nous nous arrêtions, croyant entendre sa voix, nous prêtions l'oreille..... oui ! c'était bien quelques accents de sa chère et douce voix, nous encourageant à persévérer, que le vent nous apportait des hauteurs !....

Encore quelques efforts, quelques gouttes de sueur à nos fronts, quelques soupirs d'accablement, et *nous aussi* nous atteignions le sommet.....

Nos mains se sont serrées, nos regards se sont rencontrés avec allégresse, et ensemble nous avons chanté l'hymne de la victoire !...

Oui ! Vous souvenez-vous, à Lentécade, ô Sophie, ma sœur ! ô mes amies ! et votre tendre Mère ?

Vous souvenez-vous, au mont d'Arin, ô Sophie ! ô XXX ?

Le voyez-vous vers le Ciel bleu ?

Encore quelques efforts, quelques gouttes de sueur à nos fronts, quelques soupirs d'accablement, et *nous aussi* nous atteindrons le sommet glorieux.

Pau, printemps de 1874.

...... Et vous me laisserez seul (1) .....

(1) Jean, XVI, 32.

Seul !

Seul pour souffrir !

Seul pour mourir !

Hélas ! nous ne sommes pas unis par la vie, la santé, la destinée entière, à ceux qui sont étroitement et indissolublement unis avec nous par l'amour, par le cœur !

Ah ! quand nous les serrons dans nos bras, quand nous sentons leur cœur battre près de notre cœur, nous croyons être un ! Nous croyons que rien ne peut nous séparer, que la même vie coule dans nos veines, et qu'à l'heure où elle s'arrêterait, ensemble nous devrions mourir.

Et le temps passe.

Et il vient un jour où nous, palpitants de vie, nous serrons éperdus de douleur ce corps chéri, froid, muet, sans vie !

Et il nous faut continuer à vivre !

Vivre, vivre après !

Oh ! quand j'avais le bonheur d'être avec ma Mère, que j'appuyais ma tête sur son sein, asile le plus sûr et le plus doux, quelles ineffables délices ! Tout chagrin s'endort là ! On est inondé de quiétude, de bonheur, de bien-être. On ne désire rien de plus. On est délicieusement *chez soi*. On est dans le chez soi du corps, de l'âme et du cœur, dans la retraite vénérée, chérie, où l'on peut tout braver. La douce chaleur de ce sein qui nous allaita, la respiration de cette bouche qui nous couvrit de baisers, nous pénètrent ; nous ne sentons qu'une vie ; et si la crainte horrible de la mort se glisse terrifiante et glacée dans cette félicité, nous la repoussons violemment et comme une impossibilité ; car nous ne pouvons croire que cette vie, source et délices de la nôtre, puisse s'évanouir sans que notre vie s'arrête aussi. Et cette vie s'évanouit..... et la nôtre continue. Voilà ce qui me pétrifiera d'étonnement jusqu'à la réunion en Dieu.

Et cet époux dont les yeux bleus sont pleins de tendresse, de sourire, de douceur, je le contemple et je me dis :

Comment la lumière de ces beaux yeux pourrait-elle s'éteindre, moi le voir....... et vivre ?

... Et je vis ! Si toutefois c'est vivre ! Et je doute de cette vie qui continue pour nous ici-bas, après le départ des êtres qui étaient la moitié de notre vie ; et j'en douterai jusqu'à ce que Dieu me réunisse à eux encore.

Et ma Mère si tendre et si chérie est restée seule..., seule avec Dieu..., mais seule par rapport à nous !

Et mon bien-aimé est parti seul...... avec son Sauveur ; mais parti sans nous, seul !

Et je souffrirai seule !

Et je mourrai seule !

Et seule j'entrerai dans le monde invisible, dans l'inexprimable éternité !

O mon Dieu !

Oui, sans Toi, nous serions seuls, un à un, dans le sombre et si étroit passage !

Béni sois-tu !

Tu as pouvoir et amour, Toi !... Même quand je marcherais par la vallée de l'ombre de la mort, je ne craindrais rien, car tu es avec moi ; c'est ton bâton et ta houlette qui me consolent ! (1)

Et quand, seule, ma Mère est partie, quand il nous était impossible de la suivre, tu étais là ! Et maintenant que notre cher ange vient de défaillir sous nos baisers et sous nos larmes, *Toi,* tu étais là, avec son âme qui s'envolait.

_____

(1) Psaume XXIII, 4.

Mon Dieu !

Tout le reste, qu'est-il ?

Toi seul nous restes, quand tout nous abandonne. *Toi* seul t'enlèves avec notre âme, quand les derniers liens terrestres venant de se rompre, elle s'enlève par sa propre nature, comme la nacelle de l'aérostat, plus léger que l'air et les régions de l'atmosphère terrestre.

Et parfois je me dis :

Qui sait si avant la réunion avec tous les élus, avec les âmes particulièrement chéries sur terre, je ne devrai pas passer un temps très long (en ce lieu où il n'y a plus de temps), des siècles peut-être, seule avec Dieu ! C'est là une pierre de touche de notre amour pour Lui. *Nous suffirait-il ?* Pourrions-nous dire, pouvons-nous dire : Quel autre ai-je au Ciel que *Toi ?* Je n'ai pris plaisir sur la terre qu'en Toi seul ! Mon âme soupire après Toi. Mon âme a soif de Dieu, du Dieu fort et vivant. *« Oh ! quand entrerai-je et me présenterai-je devant la face de Dieu ? »*

Oui, il est bon pour chacun de nous de supposer cette destinée après la mort, bien que je croie que les âmes sont réunies aussitôt leur entrée dans la vie auprès de Dieu.

Cette supposition n'a rien d'impossible pour certaines âmes. Dieu peut vouloir en *attirer dans le désert* (la solitude) *pour leur parler selon son cœur.* Quel autre ai-je au Ciel que Toi? — Le Ciel vide de tout autre que notre Dieu Sauveur!..... Mais avec Toi, ô Seigneur qui nous as aimés et qui nous aimes plus qu'aucun être sur terre ne peut nous aimer, avec Toi est le bonheur. Ah! je le sais bien par expérience. Je sais bien qu'un regard de Toi, une étincelle du foyer de ton amour, suffisent pour combler l'âme de la plus inexprimable félicité.

*
* *

Pau, mai 1874.

Après avoir lu la description de la fête splendide donnée à Londres par le duc de L. B., ambassadeur des Français.

Tous les grands, tous les puissants seigneurs des îles Britanniques étaient là, et avec eux la plus haute noblesse de divers pays de l'Europe. Que de noms illustres, que de femmes ruisselantes de diamants !

Mais attendez quelques années, quelques mois, peut-être quelques semaines, et vous entendrez dire : — Le duc de XXX est dan-

gereusement malade. — La comtesse de X
ne laisse que peu d'espoir. — Et peu à peu,
un à un, *seul à seul*, disparaîtront tous ces
brillants convives.

Seul à seul ? Oui ! On est un. On est la
foule brillante, mais cette sorte d'unité est
composée de personnalités indépendantes
les unes des autres. Et il est seul, le duc XXX,
étreint par le mal qui le terrasse, le tue. Il
meurt, disparaît, et seul, tombe dans l'Eternité. — Elle est seule, la belle comtesse que
tous admiraient, que beaucoup enviaient ;
elle est seule, mourante. Et nul ne peut rien
pour elle. Seule, elle meurt. Quelques paroles
autour de son cercueil, et puis plus rien.

Et un à un, elle disparaîtra ainsi, la société
du duc de L. B.

Voyez ces enfants, frères et sœurs, qui
jouent. L'un tombe malade, on l'isole ; les
autres continuent à jouer, parlant de lui parfois ; il meurt, on ne le revoit plus ; son
souvenir vit quelque temps et peu à peu
s'efface...., Ah ! Dieu seul reste. « .... Car tu
es avec moi. »

Pau, 8 mai 1874.

Si l'on savait ce qu'il faut de foi, de résignation, de force, pour produire un sourire chez un être qu'une incurable douleur fait souffrir constamment, alors surtout qu'un poignant souvenir, qu'une impression particuliérement navrante vient de lui donner au cœur un coup tranchant...

*
* *

Pau, 11 mai 1874.

Pourquoi orne-t-on si soigneusement les tombeaux de fleurs ? — Ne serait-ce pas pour faire oublier aux morts aimés les épines qui ont encombré trop souvent leur sentier pendant leur vie en ce pauvre monde ? Hélas ! ils ne respirent point les suaves parfums et ne voient point les couleurs variées, enchanteresses, des roses et de leurs compagnes, tandis qu'ils ont marché souvent saignants et déchirés ici-bas !

Hélas ! !

*
* *

Pau, 11 mai 1874.

En ce monde, tout est grave, tout est important, tout a son contre-coup dans l'éternité.

Mais l'humanité est *si enfant*, si légère, j'allais dire si faible, qu'elle accomplit ou voit accomplir des actes suprêmes, sans en comprendre, sans en sonder toute la solennité.

Deux êtres se marient.

Amour, jeunesse, beauté, noblesse, devoir, fortune, qualités du cœur, qualités de l'esprit, voilà parmi *les plus sages* d'entre les hommes ce qui occupe, ce dont on parle, à quoi l'on pense.

Mais combien peu comprennent tout ce qu'a de mystérieux, de grandiose, de suave, et... peut-être pour quelques-uns, de...... redoutable, ce mot insondable : *mariage!*

Ineffable ou terrible pour un petit nombre.

Mariage! Institution divine qui lie deux êtres irrévocablement, fonde une nouvelle famille, va lancer dans ce monde des êtres immortels, qui seront heureux ou malheureux pendant l'Éternité.

Voici la jeune femme. Elle va devenir mère. En présence de quels mystères sommes-nous? L'enfant naît! Il se développe, grandit, devient homme et père à son tour, tandis que son père et sa mère déclinent.

Quels mystères! oh! quels mystères! Et ceux qui en sont les auteurs ou les fruits s'arrêtent à peine pour les sonder!

Et la Mort! Le gouffre qui ne dit jamais : « C'est assez! » Ah! quand on voit mourir, que la douleur accable, qu'on est encore loin de sonder le mystère qui s'accomplit sous vos yeux!

*
* *

Pau, 12 mai 1874.

Que la vie humaine est courte !

Courte, non-seulement par le nombre des années, mais par la manière dont elle est composée. — Le sommeil en prend une large part. — Une foule de choses insignifiantes où l'on ne vit réellement pas, en prend aussi une grande part. Et, en réalité, on ne commence à vivre que vers quatorze ou quinze ans; jusque-là, on continue et l'on finit de naître; — puis, l'on commence de bien bonne heure à mourir !

C'est selon les forces, la santé, les aptitudes de chaque individu, bien plus que selon l'âge ; car tel est vieux à trente ans, et tel autre est encore dans la pleine possession de la vie, de la jeunesse et de la fraîcheur de l'esprit, à soixante-dix, à quatre-vingts ans. Témoins MM. Thiers, Berryer, Guizot, etc.

Et Waldeck-Rousseau, qui peint encore d'une main ferme à cent neuf ans !

Mais qu'est cela même en face de l'Eternité infinie ? Et pour ce vieil arbre laissé seul là où la forêt a disparu, que de centaines, de millions de frais arbrisseaux emportés par l'orage, dès l'aube !

Pau, 16 mai 1874 (soir).

Cher être ! Il me sera, il m'est déjà une bénédiction en m'appelant, en m'attirant par de nouveaux liens vers le monde invisible.

Pau, 16 mai 1874.

(Samedi soir).

Tant de beautés et de grâces réunies sur une seule tête ! Elle paraît, charme, inspire

l'amour profond...., et puis, soudain, frappée
en mystère, elle penche, languit, s'étiole,
meurt et disparaît...

Tant de beautés, de grâces pour si peu de
temps !...

Avant-goût du Ciel !

*
* *

Pau, 28 mai 1874, jeudi (1 heure).

Quand mon cœur est trop agité et souffrant, je ne peux pas même lire les plus
beaux, les plus doux de nos cantiques,
chantés aux jours de bonheur et de paix.
J'ouvre et lis ces vers :

Jérusalem, ville de l'alliance, etc.

Hélas ! c'est trop doux. Je referme le livre.
Je rouvre. Mon regard tombe sur ces vers
poignants et sublimes ; ce sont ceux-là qu'il
me faut ; ils répondent à l'état de mon cœur,
et je ne les ai jamais chantés avec des voix
muettes à présent.

La terre de ton sang baignée,
Seigneur ! n'est-elle pas à toi ?
—Parais, victime dédaignée,
Parais ! et lui montre son Roi !
Son roi, son frère, son refuge,
Et dans la vie, et dans la mort !
Son Maître ici ; là-haut, son Juge,
Au jour terrible du Dieu-Fort.

. . . .

Et je puis pleurer en lisant ces mots si
touchants et *si précieux :*

Son roi, son frère, *son refuge.*

O refuge béni ! que devenir sans Toi !

*
* *

Même date, une demi-heure après.

O Eternel ! notre Refuge ! que d'espoirs
nous mettons en Toi !

Ah ! c'est te glorifier, Seigneur, n'est-ce
pas ? du sein des désolations, que d'élever à
Toi nos mains, nos cœurs, nos cris, d'espé-
rer en ta justice, d'espérer en Toi, divin
« Réparateur des brèches », en Toi, la
Résurrection et la Vie.

Seigneur, accorde-nous de nous réfugier sous ton abri paternel, quand la pluie et le vent nous assaillent, quand la grêle tombe et que nous sommes tout meurtris.

O mon Dieu ! accorde-nous avec la foi,.la confiance en Toi, la charité supérieure encore à la foi, car lorsque nous la posséderions jusqu'au point de transporter les montagnes (et tous les jours nous en transportons des montagnes de déceptions, de douleurs, pour les apporter à tes pieds et les voir se fondre sous ton regard compatissant), oui, quand nous aurions la foi la plus victorieuse, nous ne serions rien sans cette charité qui supporte tout !

Oh ! que nous la recevions de ta main !

« *Et ce personnage sera comme un lieu où l'on se met à couvert du vent, comme un abri contre la tempête.* »

**
* **

Pau, 31 mai 1874.

(Dimanche soir.)

Notre malheur est si grand, si terrible, que souvent je n'ose le sonder. Et cependant, ce soir, je cherche, en tremblant, à me contempler, à contempler mon passé.

Il y a ce soir deux ans, c'était mon dernier jour de bonheur ! Oui, heureuse entre ma Mère chérie et mon frère bien-aimé, devenu depuis trois semaines mon fiancé, attendant ma sœur dans peu de jours, malgré bien des pertes cruelles qui avaient déchiré mon cœur, je me berçais d'espérances délicieuses.

La tendresse d'une Mère est une source inépuisable de bonheurs, de consolations, d'espoirs toujours renaissants. Et que dire de la tendresse d'une mère comme Maman !

Maman ! nom enfantin et délicieux ! Que dirai-je de cette créature toute composée de noblesse, de bonté, de mansuétude, de beauté austère et douce, d'humble et fervente piété, de foi inébranlable et de charité, que tous admiraient, vénéraient, et dont on a pu dire dans toute une ville : « Elle ne dit jamais de mal de personne. Elle ne fit jamais de peine à personne. »

Elle ne froissa jamais un être pauvre et petit.

Elle n'avait rien de la femme du monde, pâlie, flétrie aux feux des bals enivrants, qui s'est fait un masque de gaîté et qui sourit toujours, jusqu'à ce qu'elle tombe et meure.

Non ! son noble et délicieux visage avait je ne sais quoi de naïf, d'innocent ; je ne sais quelle candeur rayonnait sous ses cheveux blanchissants. Je ne sais quel reflet céleste et doux l'illuminait. Je ne sais quelle royauté était empreinte sur ce front. Tous en étaient frappés. C'était une douce souveraine qui ne régnait que sur les cœurs. Mes amies lui donnaient le nom chéri de Mère.

Il y a deux ans ce soir, j'étais entre cette Mère et mon fiancé, pour elle un fils. Hélas ! et avec le mois de mai finissait mon bonheur.

Joyeuse le 31 mai, je déposais, croyant le reprendre le lendemain, mon costume maïs et brun, mon chapeau de velours noir, orné d'une rose, que ma Mère aimait à me voir porter. Et le 1er juin la foudre grondait sur ma tête ; et ma Mère m'était ravie comme par un tourbillon ; avec elle s'en allaient sécurité, bonheur.

Il y a un an ce soir, mariée avec mon cher fiancé depuis trente-cinq jours, nous jetions avec tristesse et douleur nos regards sur l'année précédente, pensant à celle que nous chérissions tant et qui nous chérissait tant ! Et Jean me disait :

Prends courage, bien-aimée. Notre chère Maman est si heureuse ! Et puis, dans peu de temps, nous serons réunis.

Et aujourd'hui, deux ans après mon dernier jour de bonheur, un an après ce jour de consolation, seules toutes deux, nous pleurons et prions. Mais nous sommes deux !

*
* *

Pau, 13 juin 1874.

(Vendredi matin, 5 h. 1/2.)

Un jour se lève...

Un jour nouveau. — Pour nous, c'est un jour... comme il y en a eu tant, expression vulgaire qui voile l'immensité et la solennité.

Pour nous, c'est un vendredi, treizième jour de ce mois de juin, et puis l'on n'y pense plus.

Mais qu'est-ce aux yeux de Dieu ? Ce vaste espace de temps qui s'ouvre inconnu sur la moitié du globe, sur tant d'êtres aux jours si rapides, tandis que l'autre moitié du globe baigne dans la sombre nuit ? Est-ce un jour ? N'est-ce point peut-être mille ans ? Car aux yeux de l'Eternel « un jour est comme mille ans et mille ans comme un jour. » (1)

Le sort éternel d'une foule d'âmes va être décidé aujourd'hui à leur sortie de ce monde, à l'entrée du lieu où le temps n'existe plus. Et le sort éternel d'une foule d'âmes va se décider à l'avance aujourd'hui.

Aujourd'hui, combien d'âmes (Dieu le sait, je ne sais) vont faire le dernier pas fatal et décidément prendre la route de l'enfer.

Aujourd'hui, combien d'âmes (Dieu le sait, je ne sais), vont dire avec une sainte énergie : « Arrière de moi, Satan », et s'élancer vers Christ...

Combien vont commencer leur ruine terrestre par une entreprise? vont aller au-devant d'un accident qui les fera longtemps souffrir? Combien vont tuer leur prochain en secret ou publiquement? Combien vont se servir de leur langue pour tuer, meurtrir, faire souffrir? Combien vont mourir? Combien vont naître? Combien vont voir le malheur apparaître? Combien vont voir le bonheur éclore? — Dieu le sait, je ne sais.

Infini connu de Dieu seul! sur la terre, aux Cieux, en enfer!

(1) II Pierre, III, 8.

Et que se passe-t-il dans ces myriades de planètes resplendissantes ? — Dieu le sait.

Et qu'est-ce que ce lieu où le temps n'existe plus, où le jour éternel s'épand à l'infini ?

Nous sommes enfants de ce jour-là !

Courage, amour, sainteté !

* *

Pau, 13 juin 1874.

(Vendredi matin, 5 h. 1/2.)

J'allais sortir de la chambre sacrée et chérie... J'étais remplie de découragement et de douleur en considérant ma vie brisée, mon bonheur évanoui, l'être aimé qui était notre joie sur la terre, envolé si vite vers sa patrie céleste, nous laissant comme des corps sans âmes après lui.

En passant auprès du petit bureau, je vois notre Bible de mariage ouverte.

Non, je ne sortirai pas sans lire aussi en elle, après diverses lectures pieuses que je viens de faire. J'ouvre sans chercher et mes regards tombent sur ces mots que Dieu lui-même m'envoie, au verset 4 du chapitre 35me d'Esaïe.

« Dites à ceux qui ont le cœur troublé :
Prenez courage, ne craignez plus. Voici
votre Dieu, la vengeance viendra, la rétribu-
tion de votre Dieu ; il viendra lui-même et il
vous délivrera. » — O précieuses paroles !
Mon Père céleste *lui-même* m'envoyant dire
(à ceux qui ont le cœur troublé), oh ! c'était
tellement bien le mot de la situation : —
« Prenez courage, ne craignez plus ; voici
votre Dieu. »

Ah ! c'est Toi-même qu'il nous faut, Seigneur, surtout dans nos détresses, Toi, oui,
Toi-même.

*
* *

L'Hymouillette, 24 juillet 1874.

Je suis dans ta demeure, chère X ! à l'anniversaire de ce jour, de ce 24 juillet 1862,
où tu quittas ce monde pour aller vers ton
Dieu ! — Il y a douze ans de cela sur notre
terre ; mais toi, tu es au pays où les heures
et les jours ne sont plus comptés comme
nous les comptons ici-bas !

Ton souvenir, ta gracieuse image, rem-
plissent cette maison, ces jardins, ces bois,
dont tu étais l'âme, et la tristesse nous saisit
en pensant que nous ne t'y verrons plus !

que nous ne te verrons plus auprès de ta
tendre Mère, l'entourant de ta sollicitude de
tous les instants, et elle, ravie, te suivant
partout des yeux! — cœurs loyaux et aimants,
qui semblaient mutuellement se refléter —
que nous ne te verrons plus, accourant
joyeuse à notre rencontre et nous comblant
de mille témoignages de ton amitié si fidèle !
Hélas! tout cela est fini pour ce monde !

Mais depuis douze ans, tu vis en Dieu et
tu n'as pas vu les exactions, les cruautés,
les tromperies, les indignités, les péchés de
toute sorte commis ici-bas. Depuis douze
ans, tu n'as pas péché, tu n'as pas souffert.
Tu es dans la pure lumière ! Vous êtes tous
dans la lumière et la joie glorieuses des
enfants de Dieu, des rachetés de Christ, ô
mes bien-aimés, et vous voyez s'ouvrir
devant vous les perspectives ravissantes de
l'Eternité, où ceux que vous aimiez tant sur
la terre et dont votre départ a brisé les
cœurs, seront enfin réunis à vous, à jamais!

O félicité éternelle en Jésus! que ta vue
nous fasse reprendre courage, tandis que
nous gravissons encore les rudes sentiers
de la montagne, rejoignant ceux qui nous
ont devancés.

*
* *

L'Hymouillette (été de 1874).

Je ne me sens revivre que lorsqu'une voix fervente et fidèle proclame avec force le triomphe de Jésus-Christ sur le péché, la mort, l'enfer,. les ténèbres.

Béni soit M. le pasteur Calas, entr'autres, pour les paroles de *vie* qu'il a fait entendre avec un élan, une joie incomparables, à de pauvres âmes affaissées, qu'elles ont rele-vées, comme la pluie douce ranime les fleurs desséchées.

Pourquoi toujours marcher si piteusement, avec tant de soupirs, dans le chemin de Dieu, quand Il nous ouvre ses trésors ? Pourquoi ne pas s'en emparer ? « Comment un fils de roi mènerait-il deuil tout le jour? » — Ah! que cette parole est vraie : « La joie *de l'Eternel* est votre force. »

La joie *de l'Eternel,* bien entendu, et non celle du monde.

Oh! oui, c'est cette joie de l'Eternel qui entraîne les cœurs et les fait s'élancer à la conquête, gravir les pentes les plus ardues, et arriver triomphantes et heureuses au sommet, pour déployer l'étendard victorieux du Bien-Aimé, l'Etendard d'amour !

Pour délaisser le monde et les choses visibles, il faut avoir dans l'âme une grande force. Qui donnera cette force si ce n'est l'amour, la joie, l'espérance ?

***

L'Hymouillette, août 1874.

Heureux celui dont la harpe n'est suspendue qu'aux saules de la rive étrangère et non aux lugubres cyprès du champ des morts !

***

L'Hymouillette, 26 août 1874.

(Mercredi matin, 5 h. 1/2.)

Il y a aujourd'hui seize mois, ô mon bien-aimé Jean, que notre mariage fut célébré, que nous fumes unis. Ah ! qui m'eût dit alors que seize mois après j'écrirais ceci, ne t'ayant possédé que huit mois et quatorze jours ! que j'écrirais ceci veuve, oui, revêtue de ce sinistre nom de veuve, depuis sept mois et demi ! que j'écrirais ceci loin, bien loin de la belle vallée où nous fumes unis, au pied des Pyrénées, auprès du Gave transparent et rapide ; que j'écrirais ceci dans mon pays natal, dans cette vieille demeure endormie sous les bois, où j'avais tant rêvé de te conduire ! Pour nous, le bonheur n'a fait que luire et s'est évanoui, n'a fait que s'entr'ouvrir, comme une fraîche fleur au matin, et s'effeuiller comme elle.

Mais tout refleurit, tout resplendit dans la grâce de Jésus !

O mon bien-aimé, pourquoi n'est-tu pas là ! Vois, je me promène seule, triste, à pas lents, sous les ombrages profonds ! Ton rêve (et mon rêve) se réaliserait ; ton rêve, que tu m'exprimais l'automne dernier, hélas ! quand tu ajoutais avec ta douce résignation : « Si je guérissais ! » « Nous nous lèverions de bonne heure, me disais-tu, et nous irions ensemble, le matin, dans la campagne, lire la Bible aux paysans. »

O mon ami ! que n'es-tu là, dans ce pays où l'on nous aime tant, où sous l'égide et enveloppés du nom de mon père, de ma mère, nous voyons les campagnards s'élancer vers nous, avec la reconnaissance religieusement conservée dans leurs cœurs fidèles, avec une confiance, un respect, une affection, qui me touchent jusqu'aux larmes et qui est un baume bien doux à notre souf-

france. — Aimé d'avance à cause de mes
parents et de nous, tu n'aurais eu qu'à
paraître avec ton visage souriant, noble,
bienveillant, avec tes manières prévenantes,
tes cordiales poignées de main et tes bonnes
paroles, pour te faire chérir de ces cultivateurs qui entourèrent mon berceau, comme
tu t'es fait tant chérir de ces Béarnais des
bords du Gave, auxquels tu étais inconnu,
et qui t'aimèrent, te vénérèrent, t'admirèrent
tant, et dont j'ai vu vieillards et enfants
porter ta photographie à leurs lèvres avec
respect et avec larmes. Oui, nous eussions
fait du bien ici, je le crois, et nous en eussions
recueilli. Pourquoi donc tout s'est-il brisé si
vite ? Je n'étais pas digne d'un tel bonheur,
voilà pourquoi je suis seule ici, et toi, ô mon
frère, ô mon Ange, tu es avec les Anges de
Dieu !

*
* *

Septembre 1874. (L'Hymouillette.)

Je suis comme ces tombeaux de marbre,
d'or et de fleurs, qui, au premier coup d'œil,
éveillent des pensées de bonheur et de vie,
et qui renferment la mort dans leurs profondeurs.

*
* *

3 novembre 1874.

(Mardi matin, 7 heures.)

Je me réveille accablée. Je reste longtemps immobile, navrée devant la réalité. Je me lève enfin. Le soleil ne brille pas encore. Le ciel est pur ; quelques vapeurs rosées flottent dans l'atmosphère. Je me recouche, mais pour lire en paix dans ces livres où Dieu nous parle.

J'ouvre d'abord mon petit Pain-Quotidien, au 3 novembre, et je lis ces paternelles paroles qui viennent du Ciel : « Consolez, consolez mon peuple, dira votre Dieu. »

Oh ! merci, mon Dieu ! Oui, tu consoleras ton peuple. Car, enfin, nous mettons tant d'espoirs en Toi que nous sommes bien *ton* peuple. Tu sais bien, ô Éternel ! que si nous n'espérions pas en Toi, je ne me serais point résignée à vivre après avoir vu mourir, après avoir vu pâles, immobiles, muets, glacés, ceux que j'aimais, ceux qui étaient le plaisir de mes yeux, les délices de mon cœur. Tu sais bien comme j'ai souhaité ardemment de partir, par quelque chemin que ce fût, par quelque maladie, même la plus terrible qui s'offrit à moi ! Tu sais bien que j'ai commencé dès lors à mourir à chaque instant, à chaque

objet que je touchais, à chaque parfum que
je respirais ; combien tout s'est flétri, combien tout est mort au-dedans de moi, sous
l'apparence de vie de mon être, en sorte
qu'ainsi que je l'écrivais, je ressemble à ces
tombeaux de marbre, d'or et de fleurs qui
recèlent la mort.

Oui, tu consoleras ton peuple ! ton peuple
qui espère contre espérance, qui croit quand
les autres doutent, qui se résigne quand les
autres murmurent ou frondent tes décrets ;
qui a l'énergie de sourire au sein de la
détresse, quand les autres foulent aux pieds,
sans amour et sans reconnaissance, des
bonheurs si grands, si multiples, qu'une
miette de ces bonheurs nourrirait plus d'un
cœur dépouillé. Ton peuple, qui dans les
privations vit de la foi aux biens invisibles ;
dans les humiliations venant de son dévouement, se réfugie vers Toi ; tandis que les
autres, gorgés, repus, comblés, saturés de
jouissances de toute sorte, ne disent jamais
« c'est assez », ne sont jamais assouvis !

« Lève sur nous la clarté de ta face, ô
Eternel ! » Que nous t'aimions Toi, oui, Toi,
par dessus tout, avant tout. Que nous parve-
nions même, dans un certain sens, à nous
écrier du fond de l'âme :

« Quel autre ai-je au Ciel que Toi ? »

Plus tard, je lis ce passage, du 3 novembre aussi, dans le « Souvenir chrétien » :

« Mon âme, pourquoi t'abats-tu et pourquoi frémis-tu au dedans de moi? Attends-toi à Dieu, car je te célébrerai encore. Il est ma délivrance et mon Dieu. » (Ps. XI, III, 3.) O Seigneur, merci !

Je me répète ces belles paroles d'un cantique :

Il meurt, et son heure suprême
Est sa paisible entrée au port.

*
* *

Pau, 5 mars 1875.

(Vendredi.)

Comment peut-on dire que la douleur soit salutaire? — Sans la force de Dieu, qui l'apaise, l'élève, la transforme, la douleur physique et morale, morale surtout, peut faire de l'homme un véritable démon. La *douleur seule* irrite, exaspère, tue les bons sentiments, exalte les mauvais, glace l'élan. Cela s'est vu, cela se voit chaque jour. — Ah ! si vous me parlez de la douleur du joueur qui perd une somme énorme et qui se sent repris dans sa conscience ; de la douleur d'un enfant prodigue qui est par elle arrêté dans la route pécheresse qu'il suit, loin d'un tendre père délaissé ; de la douleur de la femme mondaine et futile qui, ruinée, voit combien elle a dépensé sa vie, son or, ses pensées pour néant ; de la douleur d'un ambitieux et orgueilleux négociant, qui se confiait dans ses richesses comme dans « une forte tour » et se voit ruiné, délaissé. Oui, je comprends que vous disiez que ces douleurs, arrêtant la créature sur une voie de péché, sont des douleurs salutaires. Mais lorsque le cœur perd des êtres chéris qu'il lui faisait tant de bien d'aimer, et dont l'amour lui faisait tant de bien, pour lesquels il se dévouait, s'oubliait, se sacrifiait et découvrait en lui des trésors inconnus de tendresse et d'abnégation, comment dire *qu'il fasse du bien* de les perdre et de retomber mornes sur le sol nu ?

Se voir ravir les mets qui excitent la gourmandise, les liqueurs enivrantes, fait du bien ; mais être sans pain et mourir de faim, est-ce bon ?

Ah ! Dieu accourt alors, calme, console. Il aime et vivifie.

*
* *

Pau, 16 avril 1875.

(Vendredi soir.)

Ce matin, vers onze heures, tandis que mille senteurs printanières montaient des prés et des jardins, que dans l'air circulait un souffle puissant de résurrection, que partout, en bas dans la vallée et là-haut sur les collines, s'épanouissaient une foule d'arbres, aussi blancs que la neige mollement étendue sur les montagnes, je regardais s'élever vers le ciel limpide un cerf-volant, couleur pourpre, que quelque enfant venait sans doute de lancer en courant dans les vergers.

Je pense qu'il faut avoir en soi de l'idéal et de la poésie (au moins en quelque mesure) pour aimer ce jeu vraiment charmant, et je crois que lorsqu'on l'aime, on doit l'aimer avec passion. Il doit, ce me semble, être salutaire à l'esprit, car il fait regarder en haut, vers le ciel visible; et tout ce qui élève nos regards au-dessus de cette terre, n'est-ce pas un bienfait?

Tandis que je me livrais à ces réflexions, le cerf-volant s'élevait toujours, et je me plaisais à le voir se détacher sur l'azur sans nuage. Mais il s'arrêta subitement. En vain, une brise favorable cherchait-elle à l'enlever plus haut, vers le zénith, une force invisible lui imprimait des mouvements contraires ; il restait balloté, agité et finalement stationnaire.

Je fus alors saisie par cette pensée : — Oui, il monterait ; oui, il quitterait les régions terrestres sous l'influence du souffle puissant qui le soulève et l'entraîne ; mais un lien inaperçu le retient et l'attire vers les bas-fonds. On sent que deux forces agissent là ; deux forces que mon œil ne perçoit pas, mais dont il perçoit les effets ; et puisqu'il y a des effets, il y a donc une cause.

Ah ! n'en est-il pas de même pour l'âme qui n'a pas définitivement rompu avec la terre ? L'Esprit de Dieu l'enlève doucement vers les régions pures ; les parfums du Ciel parviennent déjà jusqu'à elle, et déjà aussi elle croit ouïr les harmonies du chœur des séraphins. Mais tout-à-coup, elle s'arrête ; elle ne descend pas, mais elle ne monte plus ! Et dans la vie, hélas ! qui ne monte plus est bien près de descendre..... Bientôt, c'est en vain que l'Esprit céleste l'enlève ; elle retombe plus bas. Qui arrête donc ainsi cet essor rapide ?

Au premier coup d'œil, on ne peut rien découvrir, mais il faut, oui, il faut qu'il y ait

un lien quelconque qui la retienne à la terre ;
car sans cela elle serait montée si haut qu'on
ne la discernerait déjà plus, tandis qu'on la
voit misérablement ballotée par des secousses saccadées.

Ah ! c'est que, de même que le joli cerf-
volant, couleur pourpre, cette âme qui vous
semblait monter si glorieusement, avait
conservé des liens invisibles avec la terre ;
que dis-je ? des liens ! un seul, et si mince,
si ténu, qu'il ne peut se voir ; mais un seul
lien suffit, quelque invisible qu'il soit, pour
rendre captive l'âme, cette fille des cieux
volant vers sa Patrie.

Là est le moment décisif. Qui remportera
la victoire ? le souffle puissant de l'Esprit, ou
la misérable attache terrestre ? Dieu ne veut
pas être servi par des esclaves. Il demande
l'amour et le don volontaire de soi-même, à
chaque être, Lui qui aima jusqu'à naître
homme et à mourir pour nous.

Heureuse l'âme qui, de même que le navi-
gateur aérien, jette alors le cri suprême, le
solennel : « Lâchez tout ! » Comme une
flèche, elle s'élancera vers les sphères éternelles et pénétrera dans la lumière incréée,
au pays de l'amour sans bornes, du bonheur
sans fin, de la vie sans limites, elle arrivera
jusqu'à Dieu.

Et tandis que je méditais ainsi sur l'éternel avenir, j'avais perdu de vue le cerf-volant; je le cherchai, se détachant comme tout-à-l'heure sur le ciel d'azur; ce fut en vain. J'espérais au moins le voir flotter au-dessus des arbres des jardins; mais là non plus je ne le vis pas. Ce lien que je n'avais pas discerné avait été plus fort que le vent; l'enfant l'avait attiré à lui, et peut-être à présent il traînait dans la poussière et la fange, le joli cerf-volant, couleur pourpre, qui naguère planait si haut.

Pau, 17 avril 1875.

Puisque Dieu nous accorde, sur cette terre, des joies et des bonheurs si doux, si grands, que notre cœur en est inondé, submergé; puisqu'il sait si bien offrir à l'œil la beauté, à l'oreille l'harmonie; puisqu'il sait si bien adapter nos félicités à nos aspirations et répondre aux unes par les autres, comment ne devons-nous pas croire que dans le Ciel, auprès de Lui, les bonheurs s'offriront à nos facultés, à nos aspirations agrandies, renouvelées, répondant à tous nos souhaits, que dis-je? les comblant au-delà de toute pensée!

Le Psalmiste s'écriait : — « Ta face est un rassasiement de joie. Il y a des plaisirs à ta droite pour jamais. » Et ailleurs : « Ma portion m'est échue dans des lieux agréables, et un très bel héritage m'est échu. » « L'Eternel, mon berger, me fait reposer dans des parcs herbeux, et me conduit le long des eaux tranquilles. »

Au fond de tout cœur non éclairé par le St-Esprit, il y a une crainte secrète, mais enracinée, de s'ennuyer dans le Ciel. C'est effrayant à dire, mais cela est.

Quelques-uns disent qu'ils désirent le Ciel, dans des moments de désespoir, de découragement ; en réalité, ce qu'ils souhaitent sous cette forme, ce n'est que la cessation de la souffrance qui les ronge. — Oui, voyons les choses telles qu'elles sont. Il y a dans les cœurs non renouvelés une crainte de l'ennui au Ciel.

Pour se plaire dans un lieu, il faut aimer celui qu'on va y trouver ; et si l'amour de Dieu n'a pas été compris et n'est pas en quelque mesure payé de retour, il n'y a aucune joie à l'idée de voir ce Dieu vague, inconnu, perdu dans l'éther.

Et puis, la religion si belle, si rayonnante, si active, si féconde, qui recueille les souf-

frants et défend les opprimés, est trop souvent
représentée par une foule de gens, sous des
formes languissantes, mornes, accablantes.
— Sombres lieux où l'on récite de monotones
litanies ; discours abstraits, regards langou-
reux, soupirs étouffés, costumes tristes,
aspects consternants. Mais, voyez un beau
matin : la nature resplendit sous un brillant
soleil dans ses variétés infinies ; l'activité, la
vie, sont partout répandues. — Voilà une
image du Ciel. — Otez le mal qui vous
révolte, l'injustice qui vous exaspère, l'im-
pureté qui vous répugne, la souffrance qui
vous navre, la douleur qui vous déchire ;
répandez à grands flots l'espérance et le
saint bonheur, et vous aurez le Ciel.

Et dès ici-bas, qui recueille les enfants sans
mères et les mères sans enfants dans leur
blanche vieillesse ? Qui brise les chaînes de
l'esclave ? Qui va porter la lumière et la civi-
lisation dans les déserts d'Afrique et dans les
îles perdues des Océans ? Qui va consoler,
évangéliser, dans la mansarde glacée de
l'infortuné gisant sur son grabat ? Qui donc,
si ce n'est l'enfant de la vraie religion du
cœur, qui, sous des noms différents, peut-
être, amène tous ceux qu'elle anime à se
rencontrer dans la poursuite du même but.

* \
* *

Pau, 18 avril 1875.

(Dimanche matin.)

Dévouement absolu de Ittaï, Guittien, envers David, fuyant devant Absalon, son fils.

LE ROI DAVID :

Tu ne fais que de venir ; et te ferais-je aller errant, çà et là, avec nous ? Car, quant à moi, je m'en vais où je pourrai ; retourne-t-en et ramène tes frères. Que la miséricorde et la vérité soient avec toi.

Mais Ittaï répondit au roi, disant :

ITTAÏ :

« L'Eternel est vivant, et le roi mon Seigneur, vit ; qu'en quelque lieu où le roi mon. Seigneur sera, soit à la mort, soit à la vie, ton serviteur y sera aussi. »

David donc dit à Ittaï :

— Viens et marche.

Alors Ittaï, Guittien, marcha avec tous ses gens et tous les petits enfants qui étaient avec lui.

Et tout le pays pleurait et jetait de grands cris.

Quelle consolation ce dût être pour David dans ce moment si cruel, si amer, de voir ce fils des Guittiens se dévouer à lui sans réserve. Ah ! c'est bien, ici l'abandon total que rien n'entrave. Le don du cœur qui entraine tout le reste ! Ittaï ne se laisse point arrêter en pensant aux siens qu'il va exposer à mille dangers et à mille fatigues ; il ne pense point à « tous les petits enfants qui étaient avec lui ». Non, il l'a dit du fond de l'âme : « Soit à la mort, soit à la vie », il sera là.

Et David, qui n'avait point voulu d'abord entraîner ce jeune homme dans son malheur, ce jeune homme « qui ne faisait que de venir », qui n'avait par conséquent bénéficié d'aucun avantage de la cour florissante de Jérusalem, avant d'être plongé dans sa déroute désolée, David comprend qu'il se trouve en face d'une de ces consécrations qu'on doit accepter et, roi fugitif, il lui adresse cette simple, douloureuse et solennelle parole:

— Viens et marche.

Alors Ittaï, Guittien, marcha avec tous les gens et tous les petits enfants qui étaient avec lui.

Il devait être souverainement aimable, ce David qui avait su inspirer des affections si grandes, si abnégatives, à des cœurs nobles, élevés, tels que Jonathan, tels qu'Ittaï.

« Le véritable ami naît comme un frère dans la détresse », est-il dit au livre des Proverbes, et c'est à l'heure où David, jeune berger, fugitif devant un puissant roi, erre dans les montagnes d'Israël, que Jonathan lui donne tout son cœur, oublie tout pour lui, se sacrifie pour lui.

Et c'est lorsque, dans sa vieillesse, David fuit encore, et cette fois, hélas ! devant un fils ingrat, qu'Ittaï apparaît, prêt à se sacrifier aussi pour lui.

Ah ! si ce jeune Guittien se consacrait ainsi à son roi, prêt à le suivre jusque dans la mort, combien plus devons-nous nous consacrer à notre Roi glorieux !

David était un homme qui avait commis de grands, d'immenses péchés, tandis que notre Roi est parfait ; tout en Lui est aimable. Il n'y a aucun péché en Lui. Mais en Lui, nous découvrons constamment des perfections nouvelles, des trésors de bonté, de grâce, d'amour. « Le sceptre de son règne est un sceptre d'équité. » « Il aime la justice et hait la méchanceté. »

David n'avait rien sacrifié pour Ittaï ; il n'avait point quitté son trône, il ne s'était pas condamné à une vie misérable pour lui. Il ne s'était point livré à la souffrance pour le sauver.

Tandis que notre Roi, *Lui*, a laissé son trône de gloire, les louanges et les adorations des séraphins, le séjour de la pureté, de la paix et du bonheur, les délices de l'amour de son Père, pour devenir un homme pauvre et souffrant, marchant fatigué sur les routes poudreuses de la Palestine, un homme poursuivi par la mort dès sa naissance, un homme de douleurs, sachant ce que c'est que la langueur et finissant par mourir entre deux brigands par amour pour nous.

David ne fut point oublieux du dévouement d'Ittaï, car lorsqu'il remonta sur son trône, à Jérusalem, nous voyons qu'il donna un très important commandement d'armée à Ittaï.

Combien plus Jésus couronnera-t-Il de gloire et de joie ses biens-aimés qui auront tout sacrifié pour Le suivre !

« *Celui qui aura perdu sa vie pour l'amour de moi, la retrouvera.*

Pau, 19 avril 1875.

Certaines gens disent que Dieu ne pénétre pas dans les petits détails de l'existence des enfants des hommes, qu'Il est trop grand, trop élevé pour cela. Quelle folie ! Sa vraie grandeur est en ceci : que simultanément Il sonde les abîmes de la terre et des mers, dirige les mondes dans l'espace, guide les oiseaux dans leurs migrations, veille sur l'insecte et sur les milliards d'êtres invisibles qui fourmillent dans les eaux et dans les airs. — La Bible est remplie de la preuve de cette vérité splendide. A côté des descriptions les plus grandioses des prophètes, nous trouvons des détails minutieux ayant trait à une foule de choses. — A l'instant, je viens de lire le magnifique appel de Dieu à Gédéon. Au milieu de ces scènes imposantes, je suis frappée de voir que l'Eternel dit au jeune Abihezerite : — « Prends un jeune taureau d'entre les taureaux qui sont à ton père, savoir le second taureau, âgé de sept ans, et démolis l'autel de Bahal (25), et au verset suivant : — « Tu prendras ce second taureau et tu l'offriras en holocauste avec les arbres du bocage que tu couperas. » L'Eternel savait quel était le nombre des taureaux qu'on nourrissait dans la possession de Joas, père de Gédéon, et que le second taureau avait sept ans.

Et Jésus n'a-t-Il pas dit : — « Les cheveux de votre tête sont tous comptés. »

Ah ! bien des gens voudraient éloigner la pensée de cette oreille, de cet œil de Dieu, nous suivant toujours. Hélas ! nous n'y croyons pas quand nous péchons. Ah ! pardonne-nous, Seigneur-Dieu !

Augmente-nous la foi à ta présence continuelle au milieu de nous.

*
* *

L'Hymouillette, 25 juin 1875.

(Vendredi matin, 6 h. 1/2.)

Seigneur ! un rayon de ton amour dans une âme, et elle se sent vivre de cette vie nouvelle que ton amour forme en nous. Ah ! qu'ils semblent rares et courts les instants où nous goûtons de telles délices ! Et que je m'écrie avec le prophète :

« Seigneur ! qui es l'attente d'Israël et son Libérateur au temps de la détresse, pourquoi serais-tu dans le pays comme un étranger et comme un voyageur, qui se détourne pour passer la nuit ? »

Ah! que nous te cherchions pendant les nuits! Tu n'es pas loin, oh! non, tu es « un Dieu de près. » Donne-nous soif de toi! ô Dieu fort et *vivant!*

.***.

L'Hymouillette, 8 juillet 1875.

(Jeudi matin.)

Chaque être avec lequel nous avons des rapports, nous réserve des bonheurs inconnus jusqu'alors, ou des douleurs, des amertumes inconnues. — Que ne seront pas les bonheurs que Dieu nous réserve, quand rien ne troublera plus notre union avec Lui? — Que ne seraient pas les douleurs, les amertumes sans nom que nous réserverait Satan, le jour où nous tomberions sous sa puissance absolue, où Dieu ne lutterait plus contre lui, où nous serions à la merci de ce cruel ennemi, envieux, jaloux de notre paix et de notre bonheur, et qui nous flatte pour nous perdre! Quels abîmes de malheurs que nous ne pouvons même entrevoir!

.***.

23 novembre 1875.

Je n'ai connu le mariage que par ses joies les plus douces, ses bonheurs les plus idéals, et par ses plus amers instants, ses plus navrantes émotions. Rien d'ordinaire, de médiocre, de moyen. Non, rien. Rien que des extrêmes en bonheurs ou en douleurs. La félicité heurtant subitement le malheur. A l'heure où le cœur s'épanouissait, passait un vent de désolation. Quels chocs, mon Dieu, pour un cœur humain, que dis-je ? un cœur de femme !

Mais quelle vie du cœur ! Quelle vie ! Puis, quelles luttes, hélas ! luttes acharnées contre le mal grandissant et enserrant l'être chéri ! Que l'amour mutuel grandissait, s'élevait, s'épurait, se sanctifiait dans ce creuset !

Oh ! s'il se fût rétabli, quelle vie eût été la nôtre ! Que de bonheur, de ferveur et d'amour ! Quelle union intime de nos âmes ! Mais voir se briser le bonheur, alors qu'il est à son apogée, le voir disparaître comme le météore brillant, après lequel la nuit paraît plus profonde !

Alors, la foi donne au cœur désolé ses ailes puissantes, et il suit dans l'invisible celui qui a disparu de notre hémisphère terrestre et va vivre avec lui et les autres chers disparus !

Quand je vois ce qu'est le mariage pour une foule de femmes (et je parle des heureuses), j'en demeure confondue.

Une installation, plus ou moins confortable ou brillante, selon la situation, où les intérêts sont en commun, où il y a une certaine affection, beaucoup de confiance, où les soins matériels absorbent la plus grande partie du temps et des conversations ; où il n'y a pas d'idéal, pas de bonheur, pas de malheur, pas de catastrophes ; et cela dure, dure, toujours avec la même tranquillité, la même monotonie ; mais paix, confort matériel et moral, sécurité. Et quels maris !

Enfin, on ne peut juger pour autrui.

Ou bien des êtres bons et charmants, et des femmes qui les font souffrir.

Ah ! que notre vieil ami Eugène Devéria disait vrai lorsqu'il s'écriait :

— Qu'il y a donc peu de vies bien faites !

Ah ! qu'il faut l'aide de Dieu !

Biarritz, 12 décembre 1875.

Cher et magnifique Biarritz où nous avons
passé ensemble des mois de bonheur si
doux, je te revois et je sens combien je
t'aime! Tu es tout parfumé de la présence
de ma Mère chérie et de mon bien-aimé Jean.
Il me semble que je vais les voir au détour
de quelque rocher, qu'ils vont m'apparaître à
quelque promontoire, se détachant sur la
mer si bleue!

Nous ne serions pas du tout étonnées,
Sophie et moi, de voir ces deux êtres chéris
sur cette côte des Basques, éblouissante,
splendide, où nous avons passé tant d'heures
ineffables, nous enivrant d'air pur, de
vagues écumantes et de lumière! C'est leur
absence qui nous étonne. Mais ils ne sont
pas loin; ils vont nous rejoindre dans quelques instants. Impossible en ce lieu de croire
à la réalité actuelle. Biarritz, c'est eux; ils y
sont; nous les y voyons partout.

Biarritz, malgré tout, parle un langage
d'espoir et de bonheur. La terre disparaît.
On est là, suspendu sur une pointe de rocher
entre le Ciel et la mer, ces deux infinis qui
reflètent Dieu! Les *mesquineries* de la vie
terrestre, les basses préoccupations s'en-
fuient; l'amour et la puissance de l'Éternel,

du Sauveur, vous saisissent, vous entraînent, vous subjuguent ; la coupe de la céleste
joie déborde, et l'on espère tout de Lui ! Oui,
tout !

*
* *

Gélos, décembre 1875.

Extraits d'une lettre à Mmes H. et F.

...... Lorsqu'on s'est une fois compris,
aimé, c'est pour toujours, quelles que soient
les circonstances. On ne regrette qu'une
chose alors, c'est de ne pas s'être rencontré
plus tôt dans la vie ; ce sont les années qui
eussent pu être ainsi embellies par cette
affection que l'on savoure maintenant à longs
traits. Mais ne l'avez-vous pas éprouvé ? Il
semble que l'on ait toujours connu ses vrais
et intimes amis. On ne peut croire, et c'est
ce que j'ai ressenti à votre égard, et Sophie
aussi (nous nous le disons), on ne peut
croire qu'une amitié date de si peu d'années,
lorsqu'on la sent si vraie, si complète, si
enracinée. Dans l'ordre immatériel, il est si
vrai qu' « un jour est comme mille ans et
mille ans comme un jour »! Et l'absence !.
N'en triomphe-t-on pas au point de beaucoup
plus vivre avec des absents aimés, qu'avec

des êtres présents qui sont indifférents ! C'est vous dire combien nous sommes avec nos chers amis de la villa des Tamaris, depuis que nous les avons quittés ; c'est vous dire combien notre cœur franchit continuellement la distance qui nous sépare, pour revivre de cette si douce vie de famille, goûtée au milieu de vous tous, petits et grands.

Nos causeries du soir, après le dîner, ou le matin sur la terrasse au bord de la mer, ou dans le jardin, tandis que les petits chiens roulaient rapidement aux cris de joie des enfants sautant autour de leur oncle ; gentilles et fraîches scènes dont j'aime à me souvenir.

*
* *

Châlet de Gélos, 29 janvier 1876.

(Samedi matin.)

« Ne reconnaissez-vous pas vous-mêmes que Jésus-Christ est en vous ? à moins que peut-être vous ne fussiez réprouvés. » (2 Cor., XIII, 5.)

Ces paroles sont d'une effrayante simplicité.

Qui parlera ensuite d'exagération dans les sermons ou les discours? Voilà St-Paul qui pose la question sans menaces ni mots retentissants, et qui dit *simplement* ceci :

Si Jésus-Christ n'est pas en vous, vous êtes réprouvés.

C'est épouvantable. Réprouvés! Le monde appelle réprouvés les êtres couverts de tous les crimes, au milieu des flammes éternelles. Mais là, dans ce passage, St-Paul parle d'être réprouvé comme d'un malheur très supposable...., « à moins que peut-être vous ne soyez réprouvés ». — Peut-être bien est-on dans cette situation malgré une vie honnête, une réputation intacte, les louanges dont on est entouré. « Examinez-vous vous-mêmes pour reconnaître si Jésus-Christ est en vous. »

Ecoutons tous cette cloche d'alarme. Examinons-nous à la lumière de Dieu, car c'est question de vie ou de mort. Et il y a remède, puisque vous respirez encore, si vous reconnaissez avec effroi que Jésus-Christ n'est pas en vous, oui, car Il a dit : « Je ne mettrai nullement dehors celui qui viendra à moi. » Il en est temps encore, mais bien juste temps ; le moindre retard peut compromettre tout, non-seulement parce que la mort est là, toujours prête à tomber sur chacun de nous, mais aussi parce que si on repousse l'appel de

Dieu, le cœur devient sourd, n'entend qu'indistinctement et ensuite n'entend plus, jusqu'au jour où les sourds spirituels entendront la voix formidable de la Toute-Puissance, s'écrier : « Allez, maudits, au feu éternel ! »

Pourquoi nous priver du bonheur, de la vie ? Ah ! reconnaître que Jésus est en soi, ou seulement sentir qu'Il naît dans l'âme, Noël ineffable, ah ! quel avant-goût des Cieux ! N'est-il pas dit que « si Christ est en vous, le corps est bien mort à cause du péché, mais l'esprit est vivant à cause de la justice ; si donc l'esprit de Celui qui a ressuscité Christ d'entre les morts habite en vous, Il rendra la vie à vos corps mortels par son Esprit qui habite en vous ». (Rom., VIII, 11.) N'est-il pas dit aussi : « Christ est en vous, Lui qui est l'espérance de la gloire ! » L'espérance de la gloire ! Oui, te posséder, Jésus, c'est posséder la gloire, la lumière, la paix, le bonheur et l'amour. Ah ! surtout l'amour infini ! Mais si nous le possédons, le laissons-nous paraître ? Voit-on sa présence en nos cœurs, en nos vies ?

*
* *

Gélos, 14 février 1876.

(Lundi soir.)

Quand nous apprenons la mort d'une personne que nous avons connue, quelle question se pose aussitôt devant notre conscience ?
Quel bien lui ai-je fait ? Quelles paroles,
quels exemples a-t-elle reçus de moi, qui
aient pu la porter à se donner à Dieu, si elle
ne le connaissait pas encore comme son
Sauveur et Rédempteur, ou à Le chercher
davantage, si elle lui appartenait ? Lui ai-je
donné l'exemple de ne pas penser aux choses
qui sont sur la terre et de penser aux choses
qui sont en haut ? Lui ai-je donné l'exemple
de la douceur, de la bienveillance, de la
charité envers tous ? Lui ai-je donné l'exemple du renoncement, de l'élan, du dévouement ? Lui ai-je donné l'exemple de la sainteté
des discours, des lectures ? Lui ai-je donné
l'exemple de la prudence, de l'ordre, du
travail, de l'économie; de la générosité, du
soin des pauvres, des délaissés ? Ah ! « Seigneur, à nous la confusion de face ! » « Sur
mille articles, nous ne saurions répondre à
un seul », oui, à un seul !

Et cependant, quand un ami meurt, et
combien plus un membre de nos familles,
une seule question importante se dresse

devant nous. Qu'ai-je été pour lui, pour elle ?
Ai-je été un sujet d'édification ou de chute
et de souffrances ? Lui ai-je fait du bien ou
lui ai-je fait du mal ? Ai-je contribué à sa
sanctification, à sa joie ? Je ne puis plus rien
pour cette âme, mais pendant que je le pouvais encore, ai-je travaillé à son bien ? Mon
Dieu, prends pitié de nous, change-nous !
Ah ! que toutes nos relations s'ennobliraient,
si ce but était toujours devant nos yeux !
Nous sommes confiés les uns aux autres.
« Qu'as-tu fait de ton frère ? » s'adresse à
chacun de nous. Ne répondons pas : « Suis-je
le gardien de mon frère, moi ? »

*
* *

LE ROSSIGNOL DU CHALET DE GÉLOS.

Printemps de 1876.

Sa petite aile au vol puissant avait franchi
les terres et les mers (espaces immenses !),
Dieu sait à travers quels dangers, quels
obstacles !...

Mystérieux voyageur, le souffle de l'Eternel
Créateur l'avait dirigé vers notre riante
région aux collines boisées, aux ruisseaux
d'eaux courantes, aux ombrages profonds.

Mille retraites charmantes s'offraient à lui, dans ces vallées qu'arrosent les gaves en descendant des Pyrénées; mais laissant à ses frères les forêts des coteaux, les massifs pleins de sécurité de la rivière, les jardins de l'élégante cité et le Parc royal, il choisit le jardin de notre villa, où des arbres de diverses essences donnent de frais ombrages.

— Pourquoi nous choisis-tu, cher « Barde ailé » ? Je ne sais, mais tu vins. Et par les belles nuits étoilées, tu nous jetas dans d'ineffables ravissements, tu nous fis entrevoir l'idéal par tes chants, dont souvent les accents ne sont pas de ce monde...

Ah ! tu avais pressenti qu'il y avait là des cœurs souffrants, parfois découragés, et tu venais verser le baume sur leurs blessures et les élever vers cette région dont tu émanes, dont tu es l'écho, cette région

« Qui n'est qu'amour et pureté ».

Et nous oubliions le temps à t'écouter. Que de fois, accoudée, solitaire, à mon balcon, je ne pouvais m'en détacher, subjuguée par tes accents tendres et profonds, qui semblaient s'échapper d'un cœur débordant d'amour et de félicité ! J'écoutais, j'écoutais encore, j'écoutais toujours, tandis que mes regards erraient sur les arbres et les pelouses du jardin, les bois des collines, les pics neigeux de Bigorre, et que mille senteurs montaient des bosquets.

Toutefois, une crainte cruelle, horrible, venait nous faire tressaillir fréquemment, quand nous voyions errer sur les gazons le chat noir du voisin, qui semblait chercher une proie.

Oh! qui décrira ce chat, noir comme l'ébène, soyeux et brillant comme le satin, avec des yeux verts, horribles, effrayants, sataniques, qui font qu'on se demande tout bas : « D'où pareil être sort-il? » Ce regard donne le vertige et fait entrevoir l'enfer. Il erre comme un réprouvé par le jardin, avec sa démarche sournoise, cauteleuse, qui, à elle seule, répugne, effraie.

Nous frémissions pour notre ami ailé. Nous eussions voulu l'avertir..... hélas !

Plusieurs soirs de suite, nous attendîmes le concert chéri..., mais rien, rien que le silence autour de nous et au loin le bruit du Gave écumeux...

« Les chants avaient cessé. »

Etait-il parti prématurément, reviendrait-il au printemps de l'année suivante? Nous voulûmes l'espérer, mais un affreux pressentiment nous avait saisis...

Cette année, à mesure que les arbres se couvraient de verdure et de fleurs, et que les oiseaux du pays commençaient leurs joyeux refrains, nous attendîmes le voyageur d'Orient. Peut-être des pluies torrentielles ont-elles retardé son retour, nous disions-nous parfois ; mais, hélas ! le printemps avançait ; dans tous les jardins, les rossignols faisaient ouïr leurs chants sonores ; les massifs des bords du Gave étaient remplis de voyageurs célébrant leur heureux retour ; seul, notre jardin restait silencieux pendant les plus belles nuits...

Nous nous enquîmes pleins d'angoisse ; on nous fit des réponses évasives ou absurdes. Ces jours derniers, enfin, nous avons appris l'horrible vérité...

Oui ! la petite aile au vol puissant qui avait franchi les terres et les mers, le gosier harmonieux et sublime qui nous parlait d'idéal, avaient été broyés par les dents du chat noir aux yeux verts.....

Gélos, 26 avril 1876.

(Mercredi.)

Il y a trois ans !!

Trois ans seulement !

Pour moi trois siècles !

Oui, il y a trois ans en ce jour, j'unissais ma vie à la tienne, ô mon bien-aimé Jean !

Nous étions là, tous deux, agenouillés dans la chapelle, pendant que les cantiques montaient pour nous vers le Ciel.

. . . .

Et tu n'étais déjà plus là, lorsque douze mois à peine avaient passé, pour retourner dans ces lieux avec moi, et avec moi te prosterner devant Dieu !

Ah ! d'autres, à ce premier anniversaire, reviennent, appuyées sur le bras de leur mari bien-aimé, et un bel enfant sur leur sein. Mais hélas ! pour moi, tout avait déjà disparu......

Tu n'étais plus là ! Et voilà un an ! Et voilà deux ans ! Et voilà trois ans ! Sans toi ! Sans toi que j'attends, que je cherche, qui remplis ma solitude. Parfois, tu me sembles là, si près ! Parfois, hélas ! si loin ! Mais loin ?...... Peut-être ! Ne pas te voir, et cependant tu existes ! Et Maman existe ! Et je ne vous vois pas ! O mon Dieu ! que de mystères !

Oh ! que sommes-nous ? Que suis-je ? Ces autres moi-même disparus et moi ici, vivant, mais pour combien de temps ?

Je lis ces mots qui me raniment :

« Voici, je viens bientôt. »

Oui, bientôt ! Car, peut-être, ce qui nous semble long doit l'être si peu, et l'est toujours si peu, en réalité, aux yeux de Dieu.

Etre prêts... Tout est là !!!

. . . .

J'ai été passer à N. le premier anniversaire de notre mariage. J'ai voulu revoir tous ces lieux aimés, tous ces lieux empreints et parfumés de ton sourire, de ton regard et de ta voix. Celle qui t'aimait tant m'accompagnait, en larmes, et voilée de deuil comme moi. Je lui montrais le sentier que nous avions suivi, la place où tu t'étais assis, le lieu charmant où nous avions chanté. Et dans chacune de ces stations nous cueillions quelques fleurs.

Et quand je revins le soir dans ma chambre, je trouvai déposé par la main amie de Mme D., sur mon lit, deux camélias blancs avec quelques lignes émues, me disant qu'elle m'offrait cette douce image de notre courte union.

Oh ! ces nobles et chastes fleurs ne s'effeuilleront jamais dans mon âme ; comme l'immortelle, elles y demeureront fraîches et belles à toujours, avec la pensée qui me les fit offrir par cette sainte et noble femme au cœur rempli des plus exquises délicatesses.

. . . .

Cette année je me suis armée de courage ; je me suis dit : Ce jour est un jour de fête, puisque c'est celui où je me suis unie à lui, où j'ai pris son nom, où nos deux vies ont fusionné. J'ai écrit ce qui précède. Je me suis habillée soigneusement. Je ne comptais voir personne ; mais je suis cependant descendue au salon pour recevoir les adieux d'une jeune amie, frêle, malade de la poitrine.

Après son départ, on est sorti ; je me suis trouvée seule à la maison ; j'ai cueilli quelques pervenches et quelques blanches et délicates branches de fleurs.

Puis, j'ai voulu rouvrir mon piano, muet depuis des années, et lui faire dire quelques

airs aimés à l'heure où nous avions été unis,
à quatre heures. Et tout d'abord j'ai joué l'air
favori de Jean, celui qu'il jouait si gracieuse-
ment ; puis l'air favori de ma Mère chérie, la
mélodie : « Pensée fugitive », mais je l'avais
oubliée. J'ai voulu jouer la Marche militaire
de Bucharest ; impossible ; les chagrins
emportent la mémoire ; je ne pouvais produire
un seul accord et ma musique est serrée je
ne sais où. Je puis appeler cette marche la
marche de notre mariage, car, par une
coïncidence remarquable et charmante, au
moment où les voitures de ma noce défilaient
sur la Haute-Plante, la musique militaire du
Comice agricole, qui se terminait par la
distribution des récompenses, jouait à ravir
cette marche tant aimée de Maman, de Jean,
de nous tous, et pendant bien des années
jouée par moi seulement dans cette ville, où
jamais je ne l'avais entendue exécuter par
la musique militaire ; et elle jouait justement
le passage préféré, ce délicieux trio qui nous
a tous ravis. Et ces accords venaient nous
charmer à cette heure solennelle et douce.
Ah ! comment tout a-t-il ainsi changé !

Je remontai dans ma chambre.

Il était tard quand je sortis, emportant les
fleurs que j'avais cueillies. Je croisai S. et
P., qui m'apprirent la mort de la jeune Loïs,

âgée de dix-sept ans. On parlait de la mort prochaine de sa sœur aînée, Marie, mourante depuis six mois.

J'entrai au cimetière. Toutes ces vies finies là pour ce monde! Devoir venir en ce lieu pour retrouver des êtres si chéris, bien que, eux spirituels, ne soient pas là! O douleur! venir se briser devant le marbre! Dans l'espace de quelques pas, tant d'amour, de bonheur et d'espoir! Je m'élance alors vers leur vrai séjour, car c'est à perdre la tête si l'on regarde ici-bas!...

Je cherchais à porter vers le Ciel les regards de mon âme, et je vis que Sophie avait déposé dans la coupe de fer ciselé un beau, un charmant bouquet de fleurs délicieuses; j'y joignis les pervenches, mes autres fleurs, des branches de lilas. Il y avait quelque chose de si doux, de si jeune dans ce bouquet, que j'en fus attendrie, que ma souffrance en fut adoucie.

Je m'agenouillai. Oh! quels moments que ceux passés LA. Retrouver en ce lieu le nom qui était notre joie, la gaieté de notre vie! Oh! ce monde! Puissions-nous le considérer comme un lieu de passage, le lieu de prépation, le lieu décisif, et être sérieux, attentifs, tandis que nous le traversons.

Je m'éloignai de quelques pas et m'appuyai sur la balustrade de fer de la sépulture en face (où plus d'une fois, hélas! je vins, défaillante, chercher un appui), et de là, je contemplai ce berceau d'immortalité qui était là, sous mes yeux. Je souffrais. J'aimais. Je me souvenais, et j'espérais. Soudain s'élève dans les airs la voix suave et pénétrante du rossignol jetant des myriades de notes cristallines. C'est le premier que j'entends cette année. Et dans quel lieu! Ces accents aériens me semblent ta voix chérie, ô mon bien-aimé, venant me parler d'espoir et de vie. Ces dernières années, je l'avais parfois entendue en ce lieu cette voix ineffable, et toujours il me semblait que c'était toi qui me parlais ce langage mystérieux et tendre que le cœur comprend.

Le soleil baissait à l'horizon; il me fallait songer à partir, lorsqu'en passant devant la tombe de notre noble ami, Eugène Devéria, je vis toutes fanées les fleurs qui remplissaient la coupe en fer ciselé, pareille à la nôtre, que nous avons donnée à son tombeau. Cette vue m'affligea, et malgré l'heure avancée, je voulus aussi pour lui former un bouquet. Je m'enfonçai donc dans le cimetière, et j'aperçus dans une partie très délaissée et remplie de hautes herbes un magnifique arbuste blanc. Je m'avançai avec précaution et j'allais cueillir quelques branches, lorsque je vis qu'il abritait une croix de fer très travaillée, mais sans inscription. J'écartai avec mon ombrelle les longues herbes qui cachaient le socle de la croix, et je lus : A. F. Je ne pus retenir un léger cri à la vue de ce nom, apparaissant tout-à-coup, sous l'ombre profonde, à cette heure tardive, en ce lieu ! Je m'éloignai frissonnante, me parlant à voix basse sur ce contraste avec la cérémonie (1) du lendemain, me disant : Leur nom ! Et eux aussi bientôt peut-être. Que leur âme soit à toi, Seigneur !

Je cueillis quelques branches de lilas, je les réunis aux rameaux couverts de fleurs blanches et à beaucoup de verdure ; j'allai en orner la tombe de notre vieil et pieux ami. Le soleil venait de se coucher.

* * *

(1) Le lendemain, une jeune personne de cette famille, Mlle M. de F., épousait le comte A. de C., accompagnée des prières et de la sympathie de Marie. A peine un an après, la charmante et vertueuse mariée reposait dans la tombe.

Gélos, 31 mai 1876.

(Mercredi.)

Il est mauvais de s'habituer à l'asservis-
sement ; il est mauvais de s'habituer à la
pauvreté de cœur ; il est mauvais de s'habituer à la laideur des pays, des climats, des
villes. Oui, car cet *oubli* du beau et du bon
éteint en nous les aspirations intenses vers
ce qui élève et nourrit l'âme et le cœur, et
c'est le dernier comble de notre misère
morale. Oh ! ne prenons pas surtout notre
parti de l'indigence de cœur ! Ce serait tomber
dans le piège tendu sous les pas de ceux qui
ont perdu des êtres chéris ; voir diminuer
ses facultés aimantes et la vitalité aimante,
en proportion de ce qu'on a perdu ; en sorte
que le cœur diminue, se rapetisse, s'atrophie.
Continuons à aimer grandement, royalement,
par le souvenir et par l'espérance que fait
luire la foi.

O Dieu ! viens à notre aide ; que nous
t'aimions, toi, avant tout, par dessus tout, et
que nous aimions en Toi et toujours !

**

13 juin 1876, mardi matin.

(Grande avenue de La Sauzaie.)

Me voilà donc de retour, depuis hier, dans cette solitude, sous ces grands ombrages, tout remplis de silence et de fraîcheur. Je sens mon âme se détendre, s'émouvoir, au sein de ce calme profond, et, bien que je sois *matériellement* éloignée D'EUX, je m'en sens plus près ici.

Oh! oui, ici j'entends son âme. Il me semble qu'il se plaît au fond des bois, et qu'il aime à venir y retrouver ses pauvres et bien-aimées amies, qui le cherchent en tous lieux et vont, souffrant constamment de la même douleur, en tous pays, en face de l'irréparable.

Et toi, toi, ma Mère chérie, toi, l'être le plus aimé de mon âme, trésor inépuisable de tendresse et d'amour, refuge ineffable de mon cœur, ne vis-tu pas dans cet air que je respire, dans ce pays où tu m'enfantas, me nourris de ton lait et de ta sollicitude, où tu répandis, comme un parfum immortel, ta bonté, ta candeur, ta noblesse et ta charité?

Et toi, mon père, homme à l'âme chevale-resque et remplie d'élan, toi qui étais si bon, si paternel pour les paysans, ton nom, en ce pays, est bien vénéré. Ils sont peu nombreux les souvenirs que j'ai de toi, mais comme ils se sont imprimés les premiers dans mon esprit, ils y sont gravés pour jamais. Je me souviens parfaitement de ton noble visage et de ta belle démarche, de tes jeux avec moi, de tes caresses et de la douce voix dont tu m'appelais : « Ma tendre enfant. » Et je me souviens, comme si c'était la semaine passée, de l'attaque qui te frappa, du dernier baiser que je te donnai, et de ta mort si subite ; de la douleur de ma mère et de ma sœur ; de tes funérailles, suivies par une foule immense, consternée, remplie de regrets, d'amour et de respect.

Et toi, amie de mon enfance, seconde mère, que nous appelions *Tante*, bien que tu ne nous fusses pas parente. Ton amour, ta tendre sollicitude, étaient pour nous une parenté.

Et toi, chère aïeule, qui nous aimais tant !

Et toi, chère tante si dévouée, quels trésors d'amour, de tendresse, nous possédions en vous, dans ce pays, pendant notre heureuse enfance ! L'air que nous respirons nous en semble tout embaumé. Les oiseaux qui chantent dans les bois me semblent répéter

vos noms chéris et se raconter les uns aux
autres vos bontés, vos nobles dévouements.

*
* *

Gélos, jeudi, 10 mai 1877.

(Jour de l'Ascension.)

Après de fraîches ondées, le temps est
devenu calme et serein. Un profond silence
s'étend sur la campagne où tous les travaux
ont cessé en ce jour de grande et douce fête.
Seule, dans le lointain, une cloche fait
entendre des sons aériens, suaves, qui jettent
l'âme dans d'ineffables pensées. Ils semblent
la voix de ce jour, le cri des cœurs qui
laissent la terre pour monter avec leur Sauveur dans les Cieux. Rien de terrestre,
semble-t-il, dans ce tintement de cloche de
village. En effet, que l'action humaine joue
là un petit rôle ! Un ébranlement, et le métal
va frapper un autre métal, et de ce choc naît
un bruit harmonieux, solennel.

Continue de tinter, cloche rustique, et redis
à l'âme attentive tout ce que cet anniversaire
renferme de consolant, de sanctifiant. Comme
le disait ce sauvage africain : « Il y a main-

tenant un homme dans le Ciel. » (Mot cité par le Major M.) Oui, un fils d'Adam, un être portant un corps semblable au sien, un être qui a foulé la terre, un être qui a connu ses travaux et ses souffrances, ses fatigues et ses luttes, un être extérieurement pareil aux autres hommes est entré dans le Ciel. Il comparaît pour nous devant la face de Dieu, Lui, notre représentant, Lui, la Tête de l'Eglise! Et puisqu'Il est entré dans le Ciel, elle y entrera aussi!

> Avec Lui, nous entrerons,
> Avec Lui, nous régnerons
> Dans cette gloire éternelle.

nous écrions-nous tous dans de saints transports. O feu divin, consume en nous l'iniquité et fais-nous vivre de foi et d'amour!

Extrait d'une lettre à Mme de B.

Biarritz, 25 octobre 1877.

...... Je suis retenue au lit depuis dix jours par un rhumatisme articulaire. J'ai horriblement souffert, mais à présent les douleurs ont disparu; toutefois, la fièvre persiste; mais je suis contente parce que je ne souffre plus, et que j'espère de la grâce de Dieu que tout sera bientôt fini.

...... La souffrance est une rude école où l'on apprend beaucoup sur son néant et sur notre seul refuge, notre Dieu Sauveur. A la pensée que sans Lui nous souffririons à toujours dans cette vie et dans l'autre, oh! combien il nous apparaît précieux, adorable, et quel bonheur de savoir que Celui qui nous aime tant, qui nous a sauvés à si grand prix résume en Lui tout ce qu'il y a de bon, de beau, de saint, d'aimable, de doux! En sorte que, sans parler même du salut qu'Il nous a acquis par son sang, Jésus possède tout ce qui peut ravir nos âmes, qui, dans leur soif, souvent, ne savent pas que c'est vers Lui qu'elles aspirent, vers Lui qui peut seul donner cette eau qui désaltère à jamais!

Extrait d'une lettre à Mme de B.

Biarritz, novembre 1877.

Chère Madame et amie,

...... Combien nous serions heureuses de vous revoir, de reprendre avec vous nos causeries et nos lectures poétiques! Je vous écris assise au coin du feu, sur une chaise

longue, mon buvard sur mes genoux, avec
une migraine qui m'angoisse ; aussi excusez
cette lourde écriture et ce style plus lourd
encore. En outre, une partie de ladite épître
a été écrite à nuit tombante, et même *tombée*.

Je suis parfois bien découragée. Sophie se
désole, comme vous le supposez bien. Oh !
que ce mot de Mme de Sévigné, que vous
citez si à propos et si affectueusement, en
parlant de l'identification de ma sœur avec
mes souffrances, que ce mot est vrai, et que
pendant la maladie de mon bien-aimé mari
« *j'avais mal à sa* chère *poitrine* ». J'étais
arrivée à sentir pour lui et à prévoir les moindres choses qui pouvaient le faire souffrir.
Quel bonheur dans la douleur ! Comme on
s'oublie ! Comme le cœur vit ! Après, l'on
devient indifférent à tout. Oh ! que le découragement ferait descendre bas si Dieu ne
parlait, ne nous relevait, ne nous vivifiait.
J'ai été souvent effrayée de me chercher et
de ne plus me trouver moi-même ; car les
malheurs irréparables sont comme les pluies
torrentielles qui emportent la terre végétale
et ne laissent plus que le rocher nu ; aussi,
après avoir pleuré les siens, on arrive à se
pleurer soi-même.

* * *

Extraits d'une lettre à Mme de B.

Biarritz, novembre 1877.

...... Le bonheur vrai rend sérieux et recueilli, souvent silencieux. On savoure mystérieusement sa félicité, on en respire tous les arômes, sans bruit, comme celui qui erre seul, par une belle nuit d'été, dans un jardin embaumé, et retient ses pas et son haleine, ainsi qu'en un sanctuaire.

Le malheur, au contraire, accable, écrase, et puis soudain, par une réaction violente, les natures primitivement très gaies, d'un bond, ressaisissent leurs anciennes *habitudes* et se livrent à de véritables *accès*.

Je continue cette lettre ce matin, mardi, car hier j'ai passé une si mauvaise journée que je n'ai pu commencer à écrire que vers quatre heures, et la nuit est venue vite, précédée par un merveilleux coucher de soleil sur la montagne de St-Sébastien. C'était une véritable gloire. Je disais à Sophie : C'est le mont Sinaï ! Et je cherchais Moïse dans ces nuages d'or.

Je suis heureuse, chère amie, de voir que vous comprenez ainsi ma sœur ; c'est, en effet, une âme austère, profonde..........

..... A présent, hélas ! sa tâche de garde-malade absorbe son temps et ses facultés.

Il faut pourtant bien que je me décide à vous parler de moi. Je ne suis point bien. La fièvre m'a reprise depuis quatre jours ; tous les soirs j'ai un accès pénible. Je suis faible et très maigre, mais j'ai un teint excellent.

Mon bon docteur était tout navré hier soir, je l'ai bien vu ; il ne peut point dissimuler ; mais cela fait plaisir que votre médecin s'intéresse tant à vous.

La température, si longtemps belle, a tourné en tempête et pluie ; je crois aussi que cela m'éprouve beaucoup.

Lundi, il y a eu hier huit jours, me trouvant beaucoup mieux, très bien même, nous avons invité quelques amis à fêter ma *descente au salon*, autour d'un raisin phénoménal, semblant arriver en droite ligne de la terre promise ; auquel raisin nous avions ajouté, bien entendu, quelques *douceurs*. L'aimable Mme de R. m'arriva, tenant à la main un ravissant bouquet de roses thé et de violettes de l'aspect le plus mélancolique, une *poésie parfumée* dont elle me fit présent.

Lettre à M. et à Mme V.

Châlet de Gélos, 27 juillet 1878.

(Samedi.)

Nous menons ici, chers amis, la vie la plus calme, la plus libre que vous puissiez vous figurer, dans ce châlet idéal et charmant, qui semble rêvé par l'imagination d'un poëte, avec ses élégantes colonnettes sculptées, soutenant une large galerie circulaire et auxquelles s'enroulent des chèvre-feuilles et une admirable vigne de Virginie, qui forme mille festons simples et gracieux, et vient entièrement tapisser la vérandah.

Des myriades de moineaux nichent dans ce délicieux fouillis, dans les sculptures, et viennent prendre leurs ébats sur le balcon, d'où nous assistons à de mignonnes scènes de famille.

Des fauvettes chantent à ravir dans le jardin vaste, ombragé, où se sont succédé mille fleurs. Lilas, cythis, roses variées, azaréros, œillets blancs, pervenches, épines-roses, catalpas, que sais-je encore ? En ce moment, magnolias, dahlias, rosiers, hortensias, émaillent la verdure.

Du côté nord, Pau nous offre un magnifique panorama, avec son Parc royal, son Château flanqué de tourelles, et de la majestueuse tour Gaston-Phœbus ; puis, ses plus beaux monuments, ses luxueux hôtels, ses aristocratiques villas de la rue du Lycée, au milieu de leurs jardins qui descendent à la rivière et que termine le Parc Beaumont, que la ville vient d'acquérir pour huit cent mille francs et va encore embellir.

C'est vraiment ravissant, cette longue colline ainsi couronnée et le soir si brillamment illuminée.

Nous n'allons guère à la ville que le dimanche, pour le culte, et nous y visitons alors quelques amis ; puis nous venons nous replonger dans les paisibles flots de verdure de Gélos.

Quel nid pour l'amour et le bonheur, que ce châlet ! Quelles heures, quels jours de félicité j'eusse passé là avec mon bien-aimé !

Et puis, il me semble entendre de joyeux cris d'enfants sous la vérandah, se mêlant aux chants des oiseaux...... Oh ! penser que certains êtres possèdent réellement de tels bonheurs....

Je vis de souvenirs ; je l'y vois ; il se mêle à toute notre existence. C'est encore une

grande richesse que de purs souvenirs,
quand on peut les rattacher à de célestes
espérances.

Cette possession immatérielle, éthérée,
spirituelle, mais réelle et profonde, d'un être
chéri, bien que mélangée de douleurs et de
défaillances que Dieu seul connaît, est mille
fois préférable à certaines possessions d'êtres
vivants, où l'âme, loin de s'élever, s'abaisse
dans la jouissance de bonheurs uniquement
terrestres, qui, en disparaissant, emportent
tout....

Le vrai, le pur bonheur dans l'amour est
rare, presque introuvable en ce monde ; et,
lorsqu'il est atteint de certains êtres privilégiés, dans toute sa plénitude, lorsque devant
eux tout s'est aplani, lorsque tout fleurit, tout
rayonne..... alors..... passe un souffle glacé,
alors..... une aile invisible effleure le front
de l'un des deux, et l'on voit ce beau front
pâlir, se pencher, et bientôt la mort le couvrir
de ses ombres funèbres. Tout s'écroule,
s'anéantit.

Oui, le bonheur ne nous apparait, hélas !
voyageur radieux et rapide, que pour nous
faire comprendre, *entrevoir* ce qu'il est, nous
donner d'aspirer à sa possession éternelle et
réelle en Dieu, puis s'évanouir dans les
nuages d'or où notre pauvre cœur le suit, le

cherche et croit le revoir à toute heure. Non,
il n'est point un leurre, une illusion, une
chimère, mais un céleste guide pour nous
conduire à Celui qui est l'Amour, le Bonheur
mêmes, dont ils émanent, pour se répandre
en parfums enivrants et fugitifs sur la terre...

*
* *

Extrait d'une lettre à Mme de B.

Gélos, automne de 1878.

... Nous allons nous revoir à Biarritz.

Je suis émue à la pensée de me retrouver
dans ce lieu où j'ai tant et si longtemps
souffert, mais où il m'a été témoigné tant de
sympathie, tant d'affection, où le Dieu Sauveur *fidèle* a marché près de moi dans la
fournaise de l'affliction, me faisant entendre
toutes les leçons austères, ténébreuses et
lumineuses à la fois, de *l'épreuve* ici-bas !...
Ma santé continue à se maintenir..........

*
* *

Fragment de lettre.

.....Te dire les suaves parfums qui montaient jusqu'à nous, en ces tièdes soirées printanières. Le soir, je trouvais ma chambre embaumée. Les arbres fruitiers, couverts de leurs neiges, répandaient dans l'atmosphère mille senteurs indéfinies, mais qui faisaient penser au miel que bientôt l'abeille allait puiser dans leurs calices.

Tout est donc fleurs, verdure autour de nous, et chants d'oiseaux, et murmures d'insectes, et nos Pyrénées recouvertes d'un épais et splendide manteau de neige, de la base au sommet. — Ce contraste est admirable et atteint l'idéal.

Oh ! que de jouissances et de bonheur dans la vue de ces mille beautés, qu'un Dieu riche en magnificence répand à grands flots autour de nous ! Que cela élève l'âme ; que cela la grandit ; que cela réjouit et adoucit le cœur comme l'imagination !

Comment se fait-il qu'au milieu de toutes ces douces splendeurs de la nature, l'être humain, que l'Eternel appelle à une suprême grandeur, s'abaisse, se rapetisse, s'amoindrisse jusqu'à se concentrer sur de mesquines préoccupations qui absorbent tant d'heures de la courte vie humaine. Qu'il est répugnant, ici par exemple, de voir tant de femmes tout à admirer leur ridicule costume, qui les fait ressembler à des Japonaises, tout aux vains propos du bal de la veille, jeter à peine un coup d'œil sur les nobles et douces montagnes aux reflets rosés, sur les riantes collines toutes parées de candeur ! — Oh ! oui ; que cela est triste, que cela est petit, de voir des âmes immortelles livrées à toutes les excitations de la vanité, de l'inutile, du factice, se détourner de leur bonheur temporel et éternel ! — Les Anges en pleurent. Satan s'en réjouit ; et la folle humanité ne s'en inquiète pas.

Mais on voit bien qu'il n'est pas encore sept heures et que je pense avoir toute la journée pour causer avec toi.

*
* *

FRAGMENTS

La *familiarité* avec laquelle les gens du monde traitent les chrétiens, doit nous affliger, car elle montre clairement qu'ils ne sont pas assez distincts du monde, qu'ils font peu de choses extraordinaires.

Voyons, au contraire, dans l'Ancien Testament, quel respect, quelle sainte frayeur inspirait un homme de Dieu. Je sais qu'ils accomplissaient de grands miracles qui frappaient les esprits ; mais avec plus de foi, les chrétiens du XIXme siècle n'en accompliraient-ils pas aussi ? Voyons au livre des Actes ; nous y lisons :

« Et tout le monde avait de la crainte, et personne *n'osait se joindre à eux*. »

Ah ! je suis sûre, cher lecteur chrétien, que vous avez poussé un soupir de douloureuse humiliation en lisant ces lignes inspirées

que je viens de vous rappeler. Vous avez fait
un retour sur ce qui se passe aujourd'hui.
Vous avez vu les enfants du monde enva-
hissant les enfants de Dieu, les prenant par
la main, leur disant : Nous sommes frères ;
à peine y a-t-il quelques nuances entre nous.
Egayons-nous ensemble ; unissons-nous.
Prenez part à nos fêtes et nous plierons les
genoux avec vous, et nous chanterons, pleins
d'une douce quiétude, avec vous :

Du rocher de Jacob toute l'œuvre est parfaite ;
Ce que sa bouche a dit, sa main l'accomplira.
Alleluiah ! Alleluiah !
Car Il est notre Dieu, notre haute retraite.

Et puis, courons à nos toilettes, mettons
les guirlandes de fleurs sur nos têtes ; déjà
la musique du bal se fait entendre ; courons
à la danse jusqu'au matin.

L'enfant de Dieu a retiré sa main ; il n'ac-
cepte pas l'offre de l'enfant du monde ; il est
révolté ; mais il se dit avec amertume : Qui
suis-je donc pour qu'on ose me faire semblable proposition ? je suis donc bien infidèle ;
on voit donc bien peu en moi le reflet de la
sainteté de Dieu ?

Et il pleure amèrement, l'enfant de Dieu,
et tout en voulant, comme les apôtres,

s'efforcer de se rendre « agréable à tout le peuple » par sa douceur et sa bonté, il souhaite ardemment d'inspirer cette crainte, ce saint respect de l'enfant de Dieu, à être entouré de l'auréole de l'enfant de lumière, non pour être admiré, non pour être exalté, mais pour glorifier Celui qui l'a appelé des ténèbres à la lumière, et l'a fait passer du royaume de Satan au royaume de son fils bien-aimé. Et il pense à ces heureuses contrées (1) où, à cette heure, l'Esprit saint, versé à flots, accomplit des merveilles, où les enfants de Dieu chantent de la joie qu'ils ont au cœur, à l'Eternel leur Dieu, qui les a rachetés, où des centaines et des centaines prient et sont remplis de ferveur, où les enfants du monde, tremblants, angoissés, sont terrassés par la main paternelle de Dieu et viennent à la vie.

...... Et tandis qu'en disant : « *C'est moi*, n'ayez point de peur », il rassurait ses tremblants disciples sur la mer de Tibériade, en disant : « *C'est moi* », aux envoyés du traître,

---

(1) Allusion évidente au grand réveil des Etats-Unis qui précéda l'abolition de l'esclavage.

il les faisait tomber comme foudroyés par sa divinité, à Lui, qu'ils venaient saisir.

Oh ! l'incarnation de Jésus-Christ ! quoi de plus beau et de plus inespéré ! L'humanité arrache et foule aux pieds la propre couronne de sa tête, quand elle la rejette. L'homme fuyait Dieu. Adam s'était caché après la chute parmi les arbres du jardin, et tous ses descendants, de même, fuient Dieu. Dieu se fait trouver pour sauver l'homme ; l'homme, ravi, s'écrie aux dernières lignes de la Bible : « Oui, Seigneur Jésus, viens. » Triomphe de Dieu ! Non seulement réconciliation, mais union délicieuse dans l'amour. — « Nous l'aimons, s'écrie St-Jean, parce qu'Il nous a aimés le premier. » Pauvre âme, battue de la tempête, destituée de consolation, joie indicible d'être serré dans les bras du Père !

Réveille-toi, réveille-toi ; songe à quelle vocation tu es appelé. Y songes-tu bien, toi, toi, appelé par le Tout-Puissant à habiter le Ciel dans une lumière inaccessible ? Tu oublies cet héritage éternel pour ramper sur la terre. Et tandis que tu te nourris délicatement, abondamment, tu laisses ton âme mourir de faim. Ton corps, qui va dans quelques jours être jeté dans la terre, est couvert de somptueux vêtements, tandis que ta pauvre âme marche nue et languissante, privée de la nourriture de la parole de Dieu.

Tiens, veux-tu que je te dise ce qui te manque ? c'est l'amour. Si tu aimais le Ciel et songeais avec ravissement à la prochaine perspective d'y habiter pour toujours, tu commencerais dès ici-bas à avoir le même genre de vie dont tu supposerais jouir pendant l'éternité.

Mais le Ciel, quoique tu y penses quelquefois, t'apparaît comme une abstraction, une vague monotonie. Ah ! si tu aimais Celui qui fait le bonheur du Ciel, tu aspirerais à sa douce présence. Ton cri serait toujours : Viens, viens, mon bien-aimé, je languis loin de Toi ; prends-moi pour toujours dans ton sein ; remplis-moi de ton amour, ton amour qui t'a porté à souffrir et à mourir pour moi, toi, le Prince de la Vie, l'Eternel des armées. Est-il possible, moi, vermisseau attaché à la terre, que je sois aimé par le Fils du Roi du Ciel ? par le Chef des armées du Ciel. Mais les oreilles sont blasées sur des mots aussi brûlants. Le Ciel, la Rédemption, ne sont pas une réalité pour nos cœurs charnels ; nous oublions tout cela ; mais notre toilette est fort soignée, nos habitations sont confortables, notre éducation raffinée. Oh ! aveuglement, folie, quel triomphe pour Satan !

———

Que celui qui se croit capable de quelque chose par lui-même, lise le chapitre VI de l'Evangile selon St-Luc, 20 à 49, et, s'il n'est pas fou, il se jettera aux pieds de Dieu en lui criant :

Seigneur ! Seigneur ! je ne puis pas ! Rend-moi toi-même capable d'accomplir tous ces commandements parfaits, admirables, mais que je vois par conséquent tellement contraires à ma nature, que, je le sens, ô Dieu ! c'est toi seul qui peux me les faire pratiquer.

———

Dieu, dans sa bonté, nous fait pénétrer, par la lecture des Psaumes, dans toute cette vie d'amour, de consécration, de ravissement, des hommes des anciens jours, de ces esprits immortels qui, éclairés d'en haut, ont aspiré vers Dieu, tandis qu'ils marchaient sur la terre, et qui, maintenant, depuis des siècles, s'égaient en son amour, étant entrés vers le Dieu de leur joie et de leur ravissement, et le célébrant sur leurs harpes.

Ah ! puissions-nous nous élancer au milieu de cet amour que « beaucoup d'eau ne pourrait point éteindre », en être pénétrés, subjugués, et nous joindre à ces heureuses phalanges, recrutées dans tous les siècles, pour chanter avec elles l'alleluiah éternel.

Oh ! si l'on nous disait : Autrefois, on mourait. Oui, il a été un temps où vous admiriez la vigueur et l'agilité d'un beau jeune homme, domptant un cheval fougueux, franchissant d'une course rapide de grandes distances, faisant retentir les airs d'une voix forte, sonore, harmonieuse. Quelque temps se passe, et un jour vous voyez, à l'ombre de grands arbres, un homme, un père, au visage doux et grave, empreint d'une douloureuse sollicitude, sur le bras duquel s'appuie un frêle jeune homme au pâle visage, aux membres amaigris, et dont les yeux semblent, seuls · de tout son être, avoir

conservé quelque vie, car ils reflètent le feu
de la jeunesse, de cet espoir d'avenir terrestre
dont le cœur était plein. La respiration est
courte, saccadée, la poitrine haletante, les
pas chancelants. Le jeune homme promène
ses regards sur la plaine fertile, les blanches
maisons, les collines boisées, le ciel si bleu ;
mais un accès de toux vient déchirer la poitrine et fait entendre son glas funèbre ; les
lèvres laissent échapper du sang, et une
voix dit au mourant : « Fais tes adieux à
tout cela ; ferme les yeux à ce monde ;
ouvre-les sur le monde invisible ; jette-toi
dans les bras de Jésus le Sauveur, la Résurrection et la vie. » Et le père soupire profondément ; il dévore des larmes brûlantes ; il
monte ainsi à pas lents la montagne de
Morija ; heureux est-il s'il possède la foi
d'Abraham. — Encore quelque temps et vous
voyez des groupes vêtus de noir se dirigeant
vers un enclos où de blanches colonnes
s'élancent auprès des cyprès. A vos yeux,
soudain se présente un cercueil, et à sa
suite, qui voyez-vous ? Le cœur se fond en y
pensant. Le père, le père qui a bu la coupe
jusqu'à la lie, qui, après avoir assisté, mourant lui-même, à l'agonie de son fils, va voir
déposer dans la terre humide la joie de son
cœur, va entendre les mottes de terre
retombant sur le cercueil. Quoi ! diriez-vous,
des choses semblables se passaient ? Ah !

l'on ne devait guère aimer la terre, on devait bien aspirer au monde où l'on ne meurt plus ; on devait frémir en embrassant ses enfants.

Et c'est encore ce qui a lieu maintenant.

La voix qui dit : « La mort est engloutie pour toujours », ne s'est pas encore fait entendre (1).

———

Qu'il est saisissant le chapitre 23 des Prophéties de Jérémie. Pensons aux versets 39 et 40. Etre oublié entièrement de Dieu ! rejeté de sa présence et couvert d'un opprobre éternel, d'une confusion éternelle, qui ne sera jamais oubliée. — Oh ! bénissons Dieu de ce qu'Il daigne nous éprouver, qu'Il ne nous oublie point. — Job.

———

(1) Ces fragments, sans date, sont d'une écriture dénotant l'adolescence ; ils furent vraisemblablement rédigés peu après l'arrivée à Pau.

Les autres pensées sans date sont, au contraire, d'une écriture montrant qu'elles sont dues aux années suivantes.

Que de fois, dans la vie, on peut dire, quand une nouvelle génération est ingrate envers des bienfaiteurs ou des parents aimés : — « Mais il y eut un nouveau Pharaon, qui n'avait point connu Joseph. »

———

Rien n'est beau comme l'amour de Christ. Les hommes auraient-ils jamais espéré rien de si admirable ? A peine les anciens ont-ils rêvé les apparitions fugitives de dieux sur la terre ; mais la merveille des merveilles a eu lieu. *Cette Parole, qui était Dieu, s'est faite chair et a habité parmi nous, pleine de grâce et de vérité, et nous avons contemplé sa gloire, qui est telle que celle du Fils unique venu du Père.*

Emmanuel, Dieu avec nous ! Oui. Il est venu homme de douleur, sur la terre, répandant à flots les miracles bienfaisants, voilant sa divinité sous la plus humble apparence et calmant la mer aux accents de sa voix, ressuscitant les morts, et, sur la croix, répondant au malfaiteur qui lui disait : « *Seigneur, souviens-toi de moi quand tu seras entré dans ton règne* », « je te dis en vérité que tu seras aujourd'hui avec moi dans le paradis. »

LE TRANSFERT.

Oui, voilà ce qu'il faut que nous saisissions de toute notre âme par le St-Esprit., Le transfert.

Croire que tous nos péchés, et non-seulement nos péchés, mais notre nature péché, tout en nous enfin, a été transféré de nous à Christ, Dieu fait homme. Croire, alors qu'Il a fléchi sous un tel poids, que la Justice s'est précipitée sur Lui avec ses foudres vengeresses et a tellement assouvi son saint courroux sur Lui, victime innocente, souffrant par amour, qu'Il en est mort !

Notre cœur pervers est porté à ne pas vouloir saisir Christ comme *parfait* Sauveur, à ne pas voir combien le salut est *parfait*, à ne pas voir tous les péchés et toute la nature péché sur Lui, afin de se permettre certains péchés (soi-disant petits), certaines habitudes, auxquels ils faut absolument donner le coup de mort, quand on a vu par la foi Christ mourant sous leur poids. Ainsi, que le transfert soit lumineux devant nos yeux, le transfert parfait des péchés de l'âme sur Christ, et que par l'Esprit nous éprouvions que c'est bien notre âme, à nous, qui est sauvée ; que ce sont nos péchés, notre nature péché, qui ont fait souffrir Christ, et qu'Il est *notre* Sauveur. La religion seule vraie, la vie, tout est là.

———

Saisir la vie éternelle, c'est le tout de l'homme. Car enfin, il faut être fou, léger ou abruti, pour ne pas comprendre que l'existence a un autre but que le seul voir et jouir. Pourquoi donc toutes ces jeunes vies sitôt terminées ici-bas, sans être arrivées à rien ? La vie est le moment plus ou moins long, où Dieu « se tient à la porte et frappe », où Il dit : « Mon fils, donne-moi ton cœur. » — Heureuse l'âme qui ouvre au Sauveur rayonnant d'amour, qui se donne à Celui qui s'est donné pour elle.

———

Pau.

Que nous soyons comme une lampe dont le verre net et sans cesse lavé, laisse briller la lumière de l'Eternel.

———

Penser que nous pourrons dire un jour comme le Sauveur Lui-même : « J'ai été mort ; mais maintenant je suis vivant aux siècles des siècles. »

———

Dieu n'est-il pas le grand Esprit bienfaisant, luttant sans cesse contre le mal, empiétant toujours plus sur lui, et devant finir par en triompher complètement ?

———

Tous les Anges n'ont pas des ailes et tous les esprits malins des pieds fourchus.

———

Nous voudrions être heureux dans un monde où le péché règne, nous pécheurs, et nos instincts naturels nous porteraient à souhaiter d'être, il est vrai, délivrés du péché, mais en restant sur cette terre si

chérie de nos cœurs, au milieu de ces choses
visibles qui ont tant de pouvoir sur eux.
Nous aimons à être avec Dieu, mais Dieu
habitant ici, avec nous. Notre cœur rêve
trois tentes, une pour le Seigneur, il est
vrai. Mais nous oublions que nous sommes
un peuple céleste. — « Levez-vous et mar-
chez, car ce pays ne vous est point un lieū
de repos ; même il vous détruira d'une
prompte destruction. » — Ah ! pensons
plutôt à la bonté de ce Jésus, de ce frère
compatissant, qui a quitté son beau royaume
pour venir souffrir ici parmi nous et pour
nous.

Pau, 29 juin.

(Mercredi matin.)

Le psaume CI devrait être plus souvent
médité par les gens de caractères doux,
aimables, conciliants, amis de la paix, mais
qui, par cela même (n'a-t-on pas toujours
les défauts de ses *qualités ?*), sont portés à
faire de fâcheuses, d'infidèles concessions, à
s'unir avec les indifférents, les incrédules,
les mondains, les orgueilleux, les médisants,
les pécheurs. Il faut comparer, avec le

psaume CI, les quatre derniers versets du
psaume 139 ; — trait de lumière que le
verset 22. — Etre tellement uni à son Dieu,
l'aimer, faire tellement de sa cause, de sa
satisfaction, sa propre cause, sa propre
satisfaction, que *l'on tient pour ses ennemis*
ceux du Seigneur trois fois saint.

Eh bien ! comment agit un homme pieux
envers ses ennemis ? Certes, il ne leur fera
pas de mal, et au contraire, selon le précepte,
il leur donnera à manger quand ils auront faim
et à boire quand ils auront soif. (Rom. XII.)
Mais il ne se réjouira pas avec eux, s'unissant à eux de cœur et d'action. Ainsi faut-il
faire quant aux ennemis de Dieu, le Père
Céleste, le Sauveur, l'Ami éternel. A cause
de l'amour, de l'adoration qu'on lui voue, on
doit en quelque sorte et dans un sens que le
cœur délicat comprend, on doit haïr les
ennemis de son Dieu Sauveur.

Rempli de l'amour qu'on lui donne, on ne
doit pas hésiter quand la fidélité parle, on ne
doit pas tenir comme précieux ses ennemis
à Lui, tendre et divin Ami, auquel on doit
tout, ses ennemis qui rejettent son amour,
ses appels, les méprisent, les dédaignent,
n'y songent pas et demeurent sous la bannière de l'adversaire de Jésus, de Satan, dont
Goliath est un des types, que le doux berger

de Bethléem vainquit, rempli de l'amour de
la gloire de Dieu, dont le géant insultait les
armées. Les ennemis de Dieu ! Y songeons-
nous bien ? Oh ! que c'est effrayant ! Des
esprits immortels au service du Prince des
ténèbres, accomplissant ses désirs impies,
sans vie de Dieu ! Oh ! quel aveuglement
nous possède souvent et nous empêche de
voir toute l'étendue et l'horreur du mal qui
les consume, parce qu'il est voilé sous des
formes gracieuses, douces, séduisantes. Oh !
c'est en les haïssant d'une certaine manière,
de cette « parfaite haine » qui naît de l'amour
même pour Dieu, que l'on sera fidèle, et que
ne pactisant pas avec eux, on leur fera réellement du bien, on les aimera d'une manière
salutaire. Que notre moi pécheur, mondain
encore, ne s'unisse point à eux ; mais que le
nouvel homme créé par Dieu prie pour eux,
les avertisse, les supplie au lieu de les flatter,
de les abuser dans leurs iniquités et leurs
périls.

Sur la terre, il n'est mort qu'un seul innocent, Jésus, mort, Lui Juste, pour..... pour,
voilà la grande question.

Que ceux qui peuvent dire *pour nous injustes*, et cela en le croyant du fond de l'âme, montrent et disent hautement, pleins d'allégresse, qu'ils sont passés de la mort à la vie, et que l'amour soit leur vie.

Que d'assassins qui n'ont pas versé une goutte de sang, ni fait goûter de suc vénéneux ! Que d'assassins à la bouche riante, à la main finement gantée, au chapeau de tulle et de fleurs !

Tuer en tuant le cœur, le comprend-on ?

« Tu ne tueras point ! »

Etes-vous un meurtrier ?

St-Paul dit : « Nous vous supplions, pour l'amour de Christ, que vous soyez réconciliés avec Dieu. » (1) *(Vous, Lui* est réconcilié.) CAR Il a fait Celui qui n'avait pas connu le péché, être péché pour nous, afin que nous devinsions *justice* DE *Dieu* en Lui.

(1) 2, Cor., V, 20.

« Car Il a fait. » Tout est fait. « Christ est notre sanctification. » Il produira en nous, qui nous confions entièrement en Lui, qui ne Lui apportons rien, qui attendons tout de Lui, Il produira des fruits pour sa gloire.

———

Que d'êtres s'aiment dans le sens le plus élevé, le plus doux, le plus saint de ce mot; que d'êtres profondément unis par les suaves et invisibles liens du cœur, sans que leur bouche ait prononcé une parole, et qui ne s'unissent jamais en ce monde, mais sentent qu'ils brilleront comme des étoiles sœurs bien loin de la terre, dans ces régions d'ineffable paix, où Jésus sera leur allégresse éternelle! Et cet amour est si élevé qu'il peut être multiple. Jusqu'à lui ne parviennent point les souffles de la terre, nés de l'égoïsme, de la passion, et ses blanches ailes planent au-dessus des bienfaisantes enceintes qu'exige l'état actuel de l'humanité; il est si haut! l'atmosphère où il réside est si lumineuse qu'il ne les voit même pas, qu'il n'y songe pas; il est entré dans la grande vie d'amour, dont la source est en Dieu.

L'amour! O vie de la vie, on profane ton saint nom, en le donnant à tes ennemis.

Loups dévorants, ils prennent ta blanche toison, ton doux nom, pour dévaster, dessécher, désoler. Mais toi, sentiment ineffable, suave harmonie, parfum du cœur, aussi insaisissable, aussi indéfinissable et que le parfum et que l'harmonie, tu rayonnes dans l'azur, tandis que l'on se méprend sur ton nom dans les basses régions. Le calme du cœur, le front serein, le regard limpide sont avec toi. S'il y a trouble, c'est qu'on te laisse envoler, c'est que la main fiévreuse de la passion, ta plus perfide, ta plus violente ennemie, vient te disputer la place. Tu procèdes du Ciel et tu y demeures ; lorsque le cœur cherche à t'abaisser vers la terre, alors il ressent du trouble, car il ne sait comment concilier ce qui n'est plus toi (car toi, tu ne descends jamais, tu fais monter vers toi) ; il ne sait comment concilier des sentiments terrestres, personnels, exclusifs, avec d'autres sentiments terrestres, personnels, exclusifs, inconciliables, en effet, et alors il y a trouble, lutte, souffrance. Fatale méprise du cœur qui combat contre les délétères vapeurs montées de la terre. Qu'il regarde en haut et il te verra, calme, pur, serein, bienfaisant, sainte étoile.

Tu es un don de Dieu, une grâce ; oh ! implorons-la !

Je parle de perles ; les lapidaires me comprennent ; je les voile aux animaux immondes,
aux profanes, qui voient tout à travers leur
œil souillé, qui rampent toujours sur la terre,
qui ne savent pas monter là où il n'y a plus
de nuages, là où l'homme naturel ne peut
vivre, là où la vie est toute céleste.

Oui, la vie est toute céleste. C'est pourquoi
les âmes restent unies dans l'amour, puisé
en cet amour plus fort que la mort ; oui,
restent unies malgré les orages, les tempêtes
et les brouillards (plus dangereux peut-être,
parce qu'ils sont silencieux) qui se succèdent
sur la terre. L'union des âmes ! Jésus, Sauveur plein d'amour, par amour, est le centre,
la source, le foyer de l'amour, et les âmes,
inondées de joie en Lui, se perdent dans des
délices infinies.

Amour, ciel du ciel ! vie, ô vie ! bonheur,
gloire, lumière, vous découlez de la source
unique de toute perfection, de l'*amour*.

« Evite l'homme hérétique, après l'avoir
averti une première et une seconde fois,
sachant qu'un tel homme est perverti, et
qu'il pêche, étant condamné par sa propre
conscience. »

Puis :

« Les paroles des profanes rongent comme la gangrène. »

Oui, sourdement, elles restent dans la mémoire, et puis, au mauvais jour, l'Ennemi vient les souffler, les dire, les redire avec force et audace.

————

Dieu veut chasser le mal d'un cœur en le faisant envahir par le bien, en y entrant Lui-même.

————

On ne fait jamais plus de bien sur la terre que lorsqu'on descend des Cieux.

————

On n'est jamais dans le vrai quand on n'est pas dans l'amour.

————

L'amour que Jésus-Christ a inspiré et les attaques qu'Il a suscitées, me disent qu'Il est l'amour du Ciel et la haine des Enfers.

———

L'orgueil fait qu'on se raidit. L'amour laisse pleurer dans la sainte douleur.

———

Que de Publius (1) seraient restés et resteraient inconnus de la postérité, s'ils ne donnaient l'hospitalité, « avec beaucoup de bonté », à des Luc, à des Paul, malheureux naufragés, à de fidèles serviteurs de Dieu, riches de son amour et de son esprit, pauvres de biens terrestres, qui rendent leurs noms célèbres en les unissant à jamais aux leurs. Il y a aussi une effrayante célébrité que les chrétiens donnent aux persécuteurs.

———

(1) Actes, XXVIII, 7, 8.

Si, pour bien des souvenirs, on souhaite-
rait de se plonger dans le fleuve de l'oubli,
quelles souffrances n'y a-t-il pas souvent à
ne pouvoir se souvenir de tant de belles et
douces choses ouïes ou vues ! On presse son
front ; on s'interroge, et il n'arrive plus à la
pensée qu'un écho lointain, une lueur fugitive. Et pourtant, on avait été frappé de ces
choses, profondément impressionné. Eh
quoi ! plus rien qu'une vague impression,
quintessence de ce qu'on ressentit alors. Ah !
preuve nouvelle, nouveau résultat de l'infirmité morale !

Job s'écrie : « Oh ! je voudrais que mes
paroles fussent gravées au burin sur la
pierre. » Son souhait fut dépassé immensément. La pierre se fut brisée, tandis qu'elles
sont à jamais gravées dans ce Livre dont il
est dit « que le Ciel et la terre passeront,
mais que les paroles n'en passeront point. »

Nous avons éprouvé le désir de conserver
dans notre pensée, des sentiments intimes
et chers, des incidents agréables.

Mais de ces faits sans nombre
Qu'enfanta le passé,
A peine luit dans l'ombre
Un reflet effacé.

... L'oubli sombre et voilé,
Incessamment dévore
Chaque jour écoulé.

Qu'est-ce donc qui demeurera ?

Le contre-coup dans l'éternité de ce qui a été fait pour Dieu.

Le reflet qu'aura projeté la lumière de l'action faite dans l'amour reconnaissant de l'âme sauvée gratuitement par Christ.

« Celui qui sème pour l'Esprit, moissonne de l'Esprit la vie éternelle. »

Les moindres choses prennent, à ce point de vue divin, de la valeur et de la douceur.

Je ne me souviens plus de ce que j'ai dit, pensé. Mais je l'avais dit pour Dieu, pensé en Lui et pour Lui. Je ne me souviens pas de ce que j'ai lu, des sermons que j'ai ouïs. Mais j'avais lu, écouté pour Dieu, et il m'en a fait garder la quintessence, sinon les mots, la lettre, l'esprit. Consolons-nous ; un jour, nous connaîtrons comme nous avons été connus.

Le silence, un visage sérieux, *sincèrement* attristé quand on dit devant vous des paroles qui ne sont pas selon Dieu, peuvent faire rentrer en eux-mêmes ceux qui ne veillent pas sur leur langue, ceux qui n'ont pas « la

loi de bonté sur les lèvres. » « Dans la
multitude des paroles, il ne peut manquer
d'y avoir du péché. » Déclaration sérieuse
et qu'il serait bon de faire inscrire sur les
murs de bien des salons. — J'ai vu plus
d'une fois, lorsque je gardais le silence, les
médisants se taire, se troubler, se reprendre,
chercher à atténuer ce qu'ils avaient dit.
Puis, ils peuvent emporter une impression
sérieuse qui germera en son temps. Bien des
fois, une parole n'a agi sur moi que des
heures, des jours, des mois, que dis-je? des
années après l'avoir ouïe !

Pau, mardi, 20 août.

L'obéissance à la loi est une manifestation
de l'harmonie rétablie entre Dieu et le cœur
de l'homme ; c'est pourquoi les œuvres sont
agréables au Seigneur comme preuve du
changement de cœur. Les œuvres les plus
éclatantes qui ne sont pas faites par cet élan
du cœur régénéré, rempli d'amour et de
reconnaissance, ne sont point réellement de
bonnes œuvres.

Un grand malheur pour les chrétiens, c'est qu'ils n'osent s'ouvrir de leurs suaves sentiments avec leurs frères, étant retenus par une crainte, une délicatesse. Ils redoutent de voir le papillon perdre la poussière de ses ailes, au frottement continuel des détails vulgaires de la vie. Ils se font un petit sanctuaire délicieux; cela est bon; mais il faut aussi qu'en une certaine mesure, les parfums du sanctuaire se répandent au-dehors en actes, et aussi en paroles; et pour cela, chérissons la simplicité, mais fuyons la trivialité.

Au chapitre 2ᵐᵉ de l'Épître aux Éphésiens, verset 3ᵐᵉ, il y a cette parole qui est d'une immense portée :

« Un des traits des enfants de colère est d'accomplir les désirs de leurs pensées. » Au premier abord, cela étonne. Qu'y a-t-il de coupable là ? dit le cœur naturel, et perverti par conséquent. Il y a que Dieu doit être le Dieu de ses créatures, qui ne subsistent que par Lui, et qu'elles doivent ne vouloir que ce qu'Il veut. Sa volonté doit devenir très réellement la leur; elles ne doivent voir que par Lui, enfin ce doit être Lui qui vive en elles.

Tout ce qui est en dehors de cette vie procédant de Lui, doit être considéré comme coupable. Oh ! comme tout nous paraît alors entaché de péché ! « Misérable que je suis ! Qui me délivrera du corps de cette mort ? Mais grâces à Dieu qui nous a donné la victoire par notre Seigneur Jésus-Christ. »

Vous démolissez ; que bâtirez-vous ?

. . . .

Voilà la grande question du jour.

De tous côtés, on entend retomber les coups de hache qui sapent à sa base le vieil édifice de « l'iniquité en mystère », de l'idolâtrie sous le manteau de la religion du seul vrai Dieu. L'édifice craque de toutes parts ; quelques pans de mur sont déjà tombés, et tombés pour ne plus se relever ; les attaques se multiplient de plus en plus ; elles deviennent plus formidables que jamais. C'est une affaire de temps, mais l'édifice tombera. Il est bâti sur un terrain qui offre cette particularité, qu'il ne peut rester inoccupé ; aussi je me demande : Que va-t-on bâtir sur cet emplacement ? Je vous le demande à vous

tous, brillants démolisseurs. Eléverez-vous
sur les décombres de cette Bastille spirituelle
une colonne commémorative qui portera vos
noms, mais laissera sans abri les mille
milliers qui naguère s'étaient agglomérés
sous les voûtes antiques que vous avez fait
écrouler? — Non. — A ces masses, il faut
un abri; il faut une espérance; il faut un
point vital. Ah! lequel, lequel pensez-vous
leur donner? Sera-ce les brillantes élucu-
brations de votre esprit? Sera-ce les rêveries
philosophiques? Mais elles ont fait leurs
preuves; elles ont démoralisé le peuple, et
leurs auteurs sont morts dans les tourments
d'un enfer anticipé, tantôt blasphêmant,
tantôt suppliant le Roi de Paix, l'adorable
Jésus, le Rédempteur.

Voulez-vous diriger l'adoration du cœur
de tous ces êtres qui regardent à vous, vers
un homme mortel ou bien vers eux-mêmes?
— Comble de folie. Oui, oui, voilà où l'humanité marche à grands pas, à s'adorer elle-
même. Mais d'où vient donc qu'à un moment
qu'elle ignore, elle-même ne soit plus devant
ses adorateurs qu'un cadavre qu'il faut
enfouir dans la terre et dont l'esprit a disparu?

Ah! allez plutôt, allez adorer Dieu, le seul
vrai Dieu, vie éternelle.

PLEURER SUR SES PÉCHÉS.

Pleurer sur ses péchés! C'est assurément
une grande, légitime et belle chose ; mais
qu'il y a de manières différentes de pleurer
sur ses péchés! Oui, l'on peut verser des
larmes amères, bien amères, sur ses fautes
sans cesse renouvelées et être encore loin de
Christ et plongé dans l'amour de soi-même.
Que dis-je, ces pleurs, ces sanglots si douloureux, très souvent n'ont leur source que
dans un profond amour de soi, dans un
culte effrayant de soi-même. Comment cela ?
Quelle contradiction, en apparence! Hélas!
non.

Quand un être est épris de l'amour du
beau, qu'il aspire à la perfection, aussi bien
dans le domaine de la nature que dans celui
de la science et des arts, que dans le domaine
moral, quand un être souffre, souffre très
réellement en entendant des sons discor-
dants, en voyant une branche coupée (je dis
coupée, car il y a de la poésie dans le rameau
brisé par le vent) détruisant l'harmonie d'un
arbre beau, gracieux ; quand un être souffre
en voyant abattre de beaux arbres, disparaître des ruines ou réparer dans un style
moderne, vulgaire, un monument antique et
d'un ordre élevé, en voyant la fumée noire

de l'usine tourbillonner hideuse sur un ciel
pur ; ou bien en entendant des voix glapis-
santes troubler le doux silence que le chant
du rossignol et le murmure de l'eau seuls
ne détruisent pas ; ou bien quand la petite
lumière aiguë et rougeâtre de la lampe vient
soudain troubler sa rêverie lorsque la lune
brille, mais qu'il marche dans l'ombre, — il
souffre de se voir laid, toujours laid.

Ne voyez-vous pas que Satan a peur qu'en
restant à admirer cette splendide nuit, ce
ciel si pur, ces innombrables étoiles scintillantes, vous ne rêviez de l'infini et que
vous ne pensiez au Créateur ; que ses paroles
d'amour ne reviennent à votre mémoire, ne
descendent dans votre cœur, et que là, le
St-Esprit ne fasse retentir l'écho auquel l'âme
répond : « Entre, Seigneur Jésus », à « celui
qui se tient à la porte et frappe. » — « Oui,
Seigneur, je te donne mon cœur », au Père
des miséricordes qui dit : « Mon enfant,
donne ton cœur à moi. »

Oh ! oui, Satan a peur que dans le calme
de cette belle nuit, vous n'entendiez trop

distinctement la voix de Dieu Père, Sauveur,
ami, doux langage parlé par ses œuvres
racontant sa gloire en concert et que l'âme
savoure ; que vous ne songiez à cette parole
écrite, vous disant les merveilles de sa grâce
en ce Jésus, le miracle d'amour, et que vous
n'écoutiez, et que vous ne répondiez, et que
vous ne viviez. C'est pourquoi l'orchestre
s'anime, l'air retentit des valses les plus
entraînantes, les lustres étincèlent, les éven-
tails s'agitent, les cavaliers se pressent
autour de vous pour vous solliciter de vous
joindre au joyeux tourbillon. Va, pauvre
créature, oublier que tu as une âme. Peut-
être au milieu de tout ce bruit, de cette
atmosphère suffocante, de ces parfums enivrants des salons, donnerez-vous un soupir
de regrets à ce banc de verdure où nous
avons rêvé ensemble, les yeux levés vers le
ciel, vers les étoiles d'or, aspirant les doux
parfums du cythis et du chèvre-feuille, du
réséda et de l'oranger, que la brise marine
apportait jusqu'à nous.

..... Il a fallu pour triompher de l'Ennemi, non pas un Ange ou un Archange, mais Dieu Lui-même. Dieu manifesté en chair, supportant tout le poids des péchés, mourant afin que ses rachetés ne périssent pas éternellement.

Tandis que la terre déicide poursuit sa course dans l'espace jusqu'au jour marqué pour sa destruction, et que la grande masse des humains reste sous l'esclavage de l'esprit du mal, que le triomphe de Jésus, Dieu d'amour, est beau à contempler dans son peuple, toujours et partout « le PETIT troupeau », marchant par la foi et non par la vue, et ressentant de mille manières comme son divin Chef les effets de la haine du diable, « qui est descendu avec une grande fureur, sachant qu'il ne lui reste que peu de temps », comme il est dit dans l'Apocalypse de St-Jean. Le petit troupeau de Dieu passe comme un mystère en ce monde ; méconnu, méprisé, souvent maltraité, mais ayant Christ, son amour, son espoir, pour sa vie cachée, vie qui se montre par ses fruits de sainteté dans tous les vrais membres de ce corps spirituel de Jésus, qui est l'Eglise, son Epouse, et qui ont été appelés, purifiés, justifiés par « son sang, de toute tribu, de toute langue, de tout peuple », ainsi qu'ils le chantent dans le cantique de l'Agneau, bénissant le doux

Sauveur par le St-Esprit. Le triomphe de Christ est déjà et sera manifesté complet dans l'Eternité, où l'on s'étonnera souvent en se souvenant de l'état actuel de notre terre, si belle, si délicieuse par la généreuse et profonde bonté de Dieu, qui, dans les fleurs, les forêts, les cascades, fait entrevoir un reflet des éternelles beautés, et sur laquelle cependant s'accomplissent tant de forfaits. Mélange effrayant; lutte du mal et du bien, commencée au moment où devant les ténèbres de l'abîme Dieu dit : « Que la lumière soit, et la lumière fut. » Prélude de la création; premier coup porté à la puissance des ténèbres; lutte qui a été se continuant, et qui se poursuit à présent dans le monde moral avec le triomphe glorieux de Jésus, assuré par sa résurrection, mais manifesté seulement au Ciel.

Ah ! que tout cela est loin d'être de sèches spéculations de l'intelligence; n'est-ce pas la solution de tous ces « pourquoi? » auxquels nous nous heurtons à chaque pas, même dans les choses les plus simples de la vie, et surtout, n'est-ce pas notre seul espoir?

Le bonheur du Ciel ne sera-t-il pas de voir, de bénir, d'aimer Celui qui nous a aimés jusqu'à mourir et d'être pour toujours avec Lui ?

Et le plus misérable pécheur, qui ne se confie que dans l'œuvre expiatoire, parfaite de Christ, croit qu'au moment où ses yeux se ferment à la lumière, Jésus son puissant Sauveur le reçoit dans son sein, comme le brigand crucifié auquel Christ dit : « Je te dis en vérité que tu seras *aujourd'hui* avec moi dans le paradis. » Il avait d'abord insulté le Seigneur ; puis il avait cru ; croyant, il l'avait invoqué ; il avait exhorté son compagnon de péché et de souffrance, seule œuvre qu'il lui fût possible alors d'accomplir, et dès le jour même, purifié par ce sang expiatoire qui coulait en Golgotha, il chantait au ciel les louanges du Dieu Sauveur.

LE PORTRAIT DE MA MÈRE (1).

Il est là, devant moi, le portrait de ma Mère, de ma Mère à l'âge de quinze ans.

Pour moi, c'est tout un poème.

Oui, la voilà dans toute la grâce enfantine, pleine de candeur, de ses jeunes années ; mais déjà combien son regard est profond ; il semble vouloir plonger dans l'avenir ; je

(1) Peint par une amie, Mlle A. de T..., depuis Mme B...

crois voir, me fais-je illusion? flotter dans ces beaux yeux une vague angoisse, une mélancolie inconsciente... Ah! que d'épées doivent lui transpercer l'âme!

Mais pourquoi anticiper?

Je veux la voir telle qu'elle était, la douce enfant que les mères proposaient toujours pour modèle à leurs filles et dont était fière la ville qui l'avait vue naître. Sur son passage, les gens du peuple disaient : Mais, voyez donc, elle a l'air d'une Reine! Et tous, petits et grands, jeunes et vieux, l'admiraient, et, chose rare, les femmes même ne pouvaient s'empêcher de l'aimer. Elle avait la sympathie de tous. Elle était jeune, riche, belle et sans fierté. On l'aimait.

La voilà au milieu de ces bois où s'est écoulée son enfance, où elle a promené ses tendres rêveries, et plus tard, hélas! son cœur en larmes. Sa taille svelte se détache sur la verdure; n'est-ce pas le fond de tableau qui convenait à « la fleur du Bocage »?

Elle porte le costume de nos temps glorieux, ce disgracieux et raide costume de l'Empire, que nous aimons cependant, parce qu'il est entremêlé au souvenir de jours héroïques.

Ah ! quel autre costume eût-elle porté, celle dont le cœur avait suivi, palpitant, toutes ces péripéties sanglantes, et comme Française et comme fiancée, et qui fut brisée, blanche colombe, par le même coup dont l'aigle tombait frappée au champ de la trahison.

Sa blanche robe de mousseline, garnie de dentelle, laisse à découvert son joli cou, qui n'est orné d'aucun collier. On aperçoit à travers le léger tissu ses bras roses, qui retombent avec un abandon simple et naïf, plein de grâce enfantine ; et je ne sais quel doux parfum de tendresse semble s'exhaler...

Ses cheveux blonds retombent en boucles et encadrent le haut de son visage, tandis que de belles nattes sont ramenées sur le sommet de la tête et retenues par un riche peigne d'or ciselé et de perles.

Son beau front, son nez délicat, ses jolis yeux, sa bouche aux contours parfaits, tout son visage enfin si noble, si gracieux, a une empreinte remarquable de modestie et de sérieux.

Je frissonne quand je songe aux maux sans nombre qui planaient sur cette tête jeune et charmante, aux douleurs poignantes qui devaient transpercer ce cœur, aux larmes

qui devaient ternir ces yeux si doux, à toutes
les amères souffrances qui devaient accabler
cette chère créature.

Ah ! quand je vois ce sein qui devait être
mon plus doux asile, qui abrita nos têtes si
chéries, qui nous allaita et qui est pour moi
un trésor de tendresse, ce cher visage que
je couvre de baisers avec tant de bonheur,
oh ! je ne puis dire de quels sentiments je
me sens transportée.

Des années, bien des années se sont écoulées ; je n'ai point de portrait qui la représente dans son éblouissante beauté de jeune
Mère. Mais je la vois à présent, belle, belle,
toujours belle, pleine de majesté et de grâce,
le visage rayonnant de bonté et de tendresse,
m'inondant de bonheur par sa seule présence.

Oh ! quand elle se penche vers moi pour
m'embrasser, et que moi je cache ma tête
dans son sein, couvrant de baisers son joli
cou, lorsque je la vois sourire avec tendresse,
mon cœur se pâme en moi, et je dis au
Seigneur : Oh ! quel trésor m'as-tu donné
sur terre, quel réservoir d'amour découlant
de ton amour même. Préserve-moi d'en
faire jamais une idole, mais plutôt un sujet
de louanges. N'est-ce pas par elle que tu

m'as fait souvent comprendre l'amour, l'a-
mour abnégatif, tendre, qui jouit du sacrifice ?
Oh ! que je la chérisse comme venant de Toi ;
que je l'apprécie et cherche à lui donner
tendresse, respect, bonheur !

———

Quand on voit sa vie brisée, son bonheur
détruit, il est permis de gémir, de souffrir et
de pleurer. Notre Dieu d'amour ne s'offense
pas de nos larmes. Il nous dit de nous
« consoler les uns les autres » par les précieuses promesses de Résurrection et de
Réunion en Celui qui a vaincu la mort.

Même sur Etienne, le glorieux martyr, il
fut fait, par des hommes pieux, un *grand
deuil*. Ah ! la mort est un événement infini-
ment plus grave, plus mystérieux, plus
solennel que notre esprit fini ne peut le
comprendre en ce monde.

Dans l'Eternité seulement, au pays de la
vie, nous comprendrons ce que c'était que la
mort, le dernier ennemi, que le Fls de Dieu
seul a pu vaincre.

Ce n'est nullement preuve de piété exquise que de n'être pas ébranlé jusqu'au fond de son être par cet événement si fréquent et si incompréhensible.

Le temps, et il compose l'existence, échappe tellement de nos mains, qu'en vérité toute parole inutile est nuisible.

Ce que Dieu veut, avant tout, c'est d'être aimé ; et l'Eternité ne se passera-t-elle pas dans l'amour, alors que la foi aura été changée en vue et l'espérance en possession du bonheur? Aussi, plus on se nourrit de ces douces pensées, plus on se convainc qu'elles sont de Dieu.

EZÉCHIEL, III, 16-21.

Ces paroles n'ont pas été adressées seulement à Ezéchiel. Réfléchissons-y bien, et que la timidité, la fausse honte s'effacent, s'anéantissent, devant cette terrible déclaration : « Je redemanderai son sang de ta main ». Oh ! que tous ceux qui sentent le règne du Sauveur s'avancer dans leur âme, désirent que tous ceux qu'ils aiment, qui les entourent, possèdent aussi la paix du Seigneur, car, sans cela, il y aurait contre-sens et ce serait un signe qu'ils ne la possèdent pas.

Mon Dieu, que je songe toujours à ce qui attend au-delà de la tombe tous ceux qui ne sont pas *à Toi*, ô tendre Père d'amour éternel, très-haut, qui as voulu souffrir, mourir, Toi, Prince de la vie, pour que nous fussions heureux à jamais.

Les malheureux ! de quels reproches ne nous accableraient-ils pas ? — Quoi ! vous jouissiez de la paix et de l'amour du Dieu vengeur, qui, conciliant sa justice et sa miséricorde par l'aspersion du sang de son Fils, du Fils de sa dilection, vous donnait ainsi, et à tous ceux qui croiraient, l'assurance du bonheur éternel, et vous ne nous avez pas annoncé cette Bonne nouvelle, sur la chose nécessaire pour laquelle l'homme est sur la terre ; et nous voyant descendre dans l'abîme d'où on ne revient plus, vous avez craint un sourire railleur ; que sais-je ?

moins que cela, moins que rien ? Ah ! vous m'avez laissé périr ! Seigneur ! non, ces reproches ne seront pas adressés à tes enfants, car, qui ne fait point part de ton amour et ne se laisse pas absorber par Toi, ne connaît pas ton amour.

———

Un inconvénient grave de la prière la plus excellente faite de mémoire, c'est que le jeu *intellectuel* devient presque tout, et que le *cri intérieur* de l'âme vers Dieu, la *seule* vraie prière, est presque nul. Ce matin, j'ai été frappée de cet inconvénient. Il faut donc, je crois, comme j'en ai l'habitude, paraphraser librement chacune des paroles parfaites de l'Oraison Dominicale, paroles d'une portée infinie, et qui labourent, scrutent notre cœur, l'éclairent avec la lampe du sanctuaire.

Je trouve excellent, à cause de cela, de prononcer ces paroles comme critère, pierre de touche d'une foule de sentiments. Mais, même avec cette prière, prenons garde à la routine ; des milliers, chaque matin, la récitent, et pendant toute la journée montrent qu'ils ne désiraient point ce qu'ils ont demandé. Car nous serions parfaits le jour où nous serions en harmonie complète avec la prière enseignée par Jésus-Christ, et avec ce seul cri : Notre Père !

Oh ! savoir que l'on est ses enfants par la création et ses enfants par la réconciliation, revivre et l'aimer comme ses enfants : toute la sanctificaion est là.

JONATHAN.

Oh ! qu'il est doux, qu'il est beau, ce moment où l'on se sent embrasé d'un saint amour pour un être jusque-là étranger, inconnu.

Mercredi soir, 10 juin.

Ne devrait-on pas écrire sur la porte des cimetières :

Ici est englouti le bonheur de ceux qui vivent encore.

Oh ! que de bonheurs engloutis ! Que de nefs, détachées le matin du rivage, ont sombré là avant le soir !

Ah ! du côté de la terre, que tout est sombre et navrant. Mais Dieu éclaire, même la vallée de l'ombre de la mort.

———

Jeudi, 11 juin.

Que de morts dans une mort ![Tout] être est multiple, et quand il meurt, mille facultés meurent avec lui.

Et tous ceux qu'on ne voit pas mourir !

Et tous ceux que l'on ne voit pas ensevelir, et qui descendent invisiblement avec les cercueils, sur lesquels la terre s'amoncèle, sur lesquels retombe la lourde pierre du tombeau !

———

Fragment de lettre.

Dieu a des trésors infinis de consolation et d'espoir. Ceux qui ne connaissent pas son amour tombent dans le désespoir ou vont demander au monde, au bruit, à l'oubli, de cicatriser les blessures de leur cœur; mais ils ne tardent pas à sentir l'impuissance du monde à consoler, le vide affreux qu'il laisse dans l'âme, et ceux qui ont vécu par le cœur et les saintes affections, comme vous avez tous vécu, préfèrent pleurer et souffrir qu'oublier, et Dieu seul peut être leur *consolation* et leur force.

C'est en le priant de vous soutenir par sa grâce..................................

———

Heureux ceux qui, sur la mer agitée de ce monde, sont conduits et soutenus par l'amour du Céleste Nautonnier vers le même port.

———

Oh ! qu'il nous est bon de penser à ce Ciel, où tant d'amour nous attend, nous désire, et nous détournant des bruits de péchés de la terre, folles chansons et cris de haine, de prêter l'oreille aux doux concerts des Cieux, aux saintes voix des rachetés de Christ et des Anges, qui, sur des harpes d'or, célébrent, pleins de joie, les louanges du Dieu d'amour !

Qu'est la vie en ce monde, sans Dieu ? Tant d'inquiétudes et d'agitations ; quelques jouissances souvent troublées ; des douleurs poignantes, des péchés, et au bout, l'inévitable mort, qui jette le corps dans la terre et précipite l'âme dans l'Eternité ; oh ! quel sort affreux que le sien, si elle a repoussé l'amour de Dieu, et qu'Il ne soit plus pour elle qu'un juge qui doive punir, la punir, elle, coupable, qui a refusé Jésus pour son répondant, pour effacer entièrement par son sang les péchés.

Le soleil, complétement voilé, n'envoyait aucun rayon à notre terre, aucun rayon sur le lit de souffrances, sur le lit de mort, où l'âme, rachetée et enrichie des dons de Dieu, se séparait de sa douce et belle enveloppe terrestre, sur laquelle aussi le sceau de Dieu était empreint d'une manière si saisissante que sa vue même sanctifiait. — Quelle prière, que disais-tu, âme bénie, quels accents l'Esprit saint ne t'inspirait-il pas à cette heure suprême, au milieu des obscurités de

notre terre? Il te faisait voir les Cieux pour
lesquels Jésus t'a sauvée et que tu reflétais si
parfaitement.

Hier soir, tu n'auras pas vu le soleil décliner
à l'horizon et la nuit succéder au jour. —
Non. Introduite dans le jour sans ombre, tu
vis, âme bienheureuse, dans la gloire de ton
Sauveur. Tu as laissé sur notre terre, comme
un vêtement de voyage, usé au service de
ton divin Maître, ce corps si jeune, si noble,
qui reçut le germe mortel, lorsque, rempli
de zèle, sans l'épargner, tu proclamais
l'amour du Dieu Sauveur, mort pour les
pécheurs. Rien ne te coûtait, et, doux apôtre,
tu annonçais Jésus aux multitudes. Tu es
partie maintenant, âme chérie, partie pour le
Ciel. Et aujourd'hui la matinée est radieuse,
le soleil brille sur notre terre, où hier matin
tu souffrais, aux tristes premières lueurs de
l'aube du jour que tu ne devais pas voir finir.
Oui, ton corps souffrait, et ton âme priait,
montait vers Dieu. A présent tu n'as plus le
soleil pour la lumière du jour, et la lumière
de la lune ne t'éclairera plus, mais l'Eternel
te sera pour lumière éternelle et ton Dieu
pour ta gloire.

Quels hommes, quelles femmes espérez-vous former par une littérature malsaine, rabougrie, ricanante, grimaçante ?

Assainira-t-on une ville en remplissant ses rues d'immondices, en les étalant au soleil ?

Quand un jeune homme, peintre ou sculpteur, entre dans la carrière, lui fait-on passer de longues heures à regarder de mauvaises toiles, des statues difformes, lui en signalant les défauts ? Non. Vous savez ce que l'on fait. On le place devant les chefs-d'œuvre de l'art antique et de la couleur. Du beau jaillit le beau.

Allez et faites de même, vous qui avez assumé, devant Dieu et devant les hommes, la lourde responsabilité de semer des idées, des désirs, des aspirations dans l'humanité, et d'occuper tant d'heures de la courte vie terrestre.

Ecartez ce flot impur des grandes villes qui jettent leur limon, tandis que le ciel bleu s'étend plein de douceur et de bonté, que l'étoile du soir paraît comme un regard ami au cœur recueilli loin de la foule en délire.

En ce monde, le mal fait du bruit, beaucoup de bruit, et le bien ne fait pas de bruit.

Qu'un scandale se produise, il est répété de bouche en bouche, et la presse, hélas! s'en fait trop souvent l'écho. Et qui parle de ces belles vies consacrées à Dieu, au milieu des foules civilisées qui ne le connaissent pas, ou parmi les tribus sauvages adonnées à l'idolâtrie?

———

Ma pensée, d'un seul trait, va de la Genèse à l'Apocalypse; elle comprend, elle admire, elle adore.

Entre le récit de Moïse et la révélation du prisonnier de Patmos, le second Adam, Jésus a paru. Et tout alors est non-seulement réparé, relevé des ruines, mais un édifice merveilleux, mais un degré de gloire inespéré, sublime, est offert à l'homme. — « Quand il apparaîtra, nous lui serons rendus semblables, car nous le verrons tel qu'il est », dit St-Jean..... (1) C'est presque en frémissant

(1) 1, Jean, III, 2.

qu'on répète après lui de telles paroles, si
belles, si hautes, que l'esprit humain a peine
à les comprendre, et que l'âme se prosterne
et adore.

————

EPITRE AUX ROMAINS, CH. III, V. **24.**

« Le temps de la patience de Dieu. »

Pendant que Dieu laissait subsister le
monde, quoiqu'il n'y eut pas encore eu d'expiation.

C'est en lisant l'histoire des siècles écoulés
avant la venue du Christ, qu'on a un vaste
aperçu de *la longue* patience de Dieu.

Et *ensuite,* que n'ont pas fait les *déicides*
habitants de la terre, arrosée du sang de son
Créateur ? Et les hommes s'étonnent d'être
malheureux ! Ils proclament par le mépris
de l'amour de Jésus, qu'ils se rangent sous
la bannière de ceux qui ont fait mourir le
Saint et le Juste, car Jésus l'a dit : « Celui
qui n'est pas avec nous est contre nous. »

Qu'ils viennent ensuite parler du *beau*, du *bien*, de la *vertu*, du *progrès*. Tous ces grands mots ne sont, pour celui qui veut les saisir, sans saisir par la foi Jésus, que le mirage montrant au voyageur la chimérique oasis du désert. Illusion, ce n'est que le sable brûlant. Illusion, ce n'est pour toi, ô homme vain, qu'orgueil et néant. Jésus seul est le bien, le beau, la vertu (force), le progrès. Il est « la source des eaux vives ». Oh ! ne vas pas creuser des « citernes crevassées qui ne contiennent pas d'eau ».

———————

Que n'éprouvons-nous pas lorsque, dans une belle symphonie, nous entendons retentir ces sons pleins de mélancolie qui font prévoir la fin ?

———————

Chez le pauvre, on entre à l'improviste, on le surprend dans sa mauvaise humeur, son désordre, son abattement, sa fainéantise. A peine un petit coup est-il frappé à la porte, que le loquet est levé et que l'œil étranger est introduit au milieu de la famille, dont il trouve les membres tels quels, sans qu'ils aient ou la possibilité de faire quelque prépa- tion que ce soit.

Chez le riche, au contraire, on sonne. Alors, dans l'intérieur, on disserte pour savoir si le visiteur sera reçu ou non. Si l'on est dans une situation d'esprit par trop pénible, on congédie ce visiteur et tout est dit. Si l'on donne l'ordre de recevoir, pendant que le laquais va parlementer, on dispose sa figure, sa toilette ou l'appartement. La visite arrive lentement, traversant les salons jus- qu'au charmant réduit où l'on trouve un délicieux groupe, une jeune femme *absorbée* dans quelque joli travail, un homme *plongé* dans quelque profonde lecture.

Et si vous étiez entrés à l'improviste, qu'eussiez-vous trouvé? Peut-être tout cela. Mais aussi peut-être tout autre chose.

En sortant de chez le pauvre, il se peut que vous vous soyez dit avec dégoût : « Ah! quelles gens! Tout était en désordre. Les enfants criaient, la mère les reprenait gros- sièrement et le père avait dans la voix une rudesse qui faisait mal. »

En sortant de chez le riche vous avez dit :

« Quelle famille charmante ! Quels doux visages ! Quelle gracieuse et noble activité ! »

Je ne veux pas dire par là qu'on soit meilleur chez le pauvre que chez le riche, mais je constate que celui-ci est bien protégé, qu'il a mille voiles pour dérober aux étrangers la laideur de son intérieur.

———

Prenons garde à ne pas avoir une idole dans le Ciel même ; oui, à ne pas laisser notre âme s'absorber par la pensée et la contemplation du bonheur qu'un bien-aimé, qu'un être trop chéri, qui s'est endormi en Jésus, goûte auprès de Lui, en sorte que le désir de retrouver cet être aimé soit plus vif, plus fort, plus instant, que celui de la réunion avec Jésus, Celui qui nous aime le plus, qui nous a sauvés, qui est notre Dieu. Craignons certainement plutôt de ne pas assez aimer que de trop aimer, mais demandons au Seigneur que notre amour pour Lui soit tel qu'il laisse en arrière, sans comparaison, l'amour que nous portons aux créatures, et que cet amour ressente la rédemption ; que nous n'aimions qu'*à cause* de Lui.

———

Ah ! nous tous, nous pouvons dire ce que Michelet dit de l'oiseau : — « Il mourrait s'il n'était aimé. » — Si Jésus ne nous aimait pas ?......

———

Que n'a-t-on pas à craindre dans un monde tel que le nôtre, où tout ce que l'on touche est fragile, où l'on voit ses amis emportés comme des feuilles par le vent d'automne ? Nous ne faisons que passer ; nous ne sommes entourés que d'êtres qui passent ; que deviendrions-nous si nous n'étions aimés par Celui qui est toujours le même, hier, aujourd'hui, et le sera éternellement, et si nous n'avions l'espoir que par Lui nous retrouverons ceux qui l'aimaient ! Quel supplice plus affreux que de beaucoup s'aimer sans avoir l'espérance de se retrouver ?

———

Lorsque Dieu créa Adam et Eve, Il unit l'humanité à Lui par une chaîne d'argent ; mais lorsqu'Il voulut, dans sa grâce, la racheter de la main de l'oppresseur et la sauver à jamais, il l'unit à Lui par une chaîne d'or enrichie de pierres précieuses.

O vous qui souffrez sans savoir pourquoi et uniquement parce que la chaîne d'argent a été rompue, saisissez cette splendide chaîne d'or et de pierreries que vous tend un Dieu de pardon et d'amour.

Pau, octobre.

Par ces jours magnifiques, où le Ciel est resplendissant et la terre flétrie, je comprends la sublime allégorie que m'offre ce contraste si frappant de la sérénité d'où le soleil verse des torrents de lumière, avec nos plantes et nos eaux consumées.

Je le disais à ma sœur, ce soir, en contemplant les étoiles scintillantes et cet aspect d'été en automne.

« C'est trop beau pour nous. »

Ah ! lui ai-je dit encore, il faut à notre humanité la pluie pour tempérer les ardeurs de l'astre glorieux, et notre âme, tant qu'elle est au séjour terrestre, ne serait-elle pas consumée sans les larmes rafraîchissantes ?

L'Apocalypse sonne le tocsin sur le monde, qui prend feu.

———

Plus on devient croyant, plus on est affligé de son incrédulité. Plus on aime Dieu, plus on se sent idolâtre ; car Il déverse tant d'amour sur son enfant que celui-ci sent bien ne l'aimer jamais assez en retour.

———

Il n'y a que le St-Esprit qui puisse produire le bien dans l'homme ; on pourra lire les meilleurs préceptes, mais l'Esprit *seul* peut les faire réaliser.

———

Quel rêve j'ai fait la nuit dernière ! Il était bien doux. J'ai rêvé que je voyais mon père, tendre, affectueux, noble, digne, tel enfin que le retracent à ma mémoire le peu d'années où je l'ai connu, car, lorsqu'il mourut, je n'avais que sept ans.

Chose singulière ! Je ne voulus jamais consentir à le croire mort. J'avais vu tout l'appareil de l'enterrement, tout, tout ; d'ailleurs, ne l'avais-je pas vu défaillir ?... Impossible de croire qu'il fût mort (1). J'avais déjà tant lu et entendu raconter d'histoires où des enfants retrouvent, après bien des années, leurs parents qu'ils avaient crus morts, que moi aussi, je ne pouvais admettre que mon cher papa fût mort ; l'esprit humain aime toujours à se persuader ce qu'il désire, et dès l'enfance, cette disposition se montre dans toute sa ténacité.

Je ne le croyais donc pas mort, cet excellent père, et ma jeune imagination me fit souvent voir le riant mirage de mon père, arrivant par la grande avenue. Longtemps je me berçai de cette douce espérance. Mais peu à peu, en grandissant, voyant les jours s'écouler sans que mon père revînt, je fus bien obligée de consentir à croire à sa mort. Cette idée, qui renversait toutes mes précédentes espérances, s'étant fait jour progressivement, insensiblement en moi, la transition ne fut nullement douloureuse ; et puis, il y avait *bien longtemps* de cela ; les émotions étaient émoussées.

(1) Cette mort fut subite, dans le salon.

Depuis lors jusqu'à aujourd'hui, le souvenir de mon père m'est resté comme celui du plus loyal, du plus désintéressé des hommes, d'un homme dont j'étais heureuse et fière de porter le nom, d'un homme remarquable en tout, par son noble physique, ses connaissances étendues, son dévouement pour la patrie, sa bravoure, son exquise délicatesse, son cœur tendre, son esprit élevé. En un mot, j'aimais, j'estimais mon père, comme on aime et on estime un homme de bien ; mais il n'y avait rien de filial dans mes sentiments ; tandis que, depuis cette nuit où j'ai passé plusieurs heures avec ce tendre père, dans le plus doux des rêves, combien je sens d'amour pour lui ! Il me comblait de caresses ; je sentais en lui un puissant protecteur, un père enfin. J'ai respiré longtemps sous cette douce influence paternelle, et lorsque je me suis réveillée, ce matin, il n'y a point eu de désenchantement ; mon cœur était rempli de douceur. J'ai vécu aujourd'hui comme j'aurais toujours dû et comme j'espère à présent vivre, comme une fille aimant son père en souvenir. J'ai retrouvé un sentiment qui me manquait. — Merci, mon Dieu, pour ce nouveau don de ton amour.

Ah ! Eternel, envoie-nous des rêves doux et pieux qui disposent nos cœurs pour le jour.

Tout bien compté, les afflictions, les maux de cette vie seraient regardés comme une preuve de bonté, si on les contemplait d'un œil de foi. En effet, si Dieu réservait les souffrances seulement pour le temps qui suit la mort, les hommes oublieraient bien davantage que le salaire du péché c'est la mort, et que Dieu ne bénit pas l'infidèle. Les maux rappellent et font pressentir dès cette vie tout ce qui attend l'inconverti dans l'autre vie ; ils rendent plus perceptible la puissance de Dieu. Ne serait-il pas perfide de combler de biens un homme, et puis de le précipiter tout-à-coup dans l'éternelle angoisse ?

Le condamné à mort n'est-il pas plusieurs heures, plusieurs jours, plusieurs mois, selon les temps, en prison, avant de porter sa vie au bourreau ?

Et si le mauvais riche passe de sa table, chargée de vins exquis, à l'ardente flamme où il soupire, où il crie après une goutte d'eau, soyons sûrs que Dieu est trop juste pour l'avoir laissé en paix jusqu'au terme fatal. Sa conscience aura murmuré, parlé, crié, mais il aura étouffé cette voix.

Les Chrétiens doivent être les meilleurs musiciens.

La musique fait tant de bien ! Elle est l'avant-goût des délices célestes ; parfois, en elle, on saisit quelques faces de la perfection.

———

Nous appartenons à la race d'où sortent les bienheureux et les damnés ; tous sont semblables de formes, songeons-y.

———

Bien souvent, pleins de zèle, mais pleins d'illusions dans nos discours, nous nous écrions avec enthousiasme : « Nous agirons, nous triompherons. » — Par la pensée, nous nous élançons vers les sphères de la perfection ; nous y pénétrons en vainqueurs, semble-t-il. — Mais nos discours ressemblent à ces fanfares guerrières pleines de défi, de triomphe, qu'une armée jette à l'armée ennemie, et dont le son, porté par le vent rapide, parvient en quelques secondes sur la rive opposée, franchissant vallées, collines, rivières, lacs, précipices, bruyères désertes et bois touffus. Mais avant que le pied du guerrier se soit posé sur la terre hostile, avant que le drapeau qu'il défend au prix de son sang ne flotte sur le sommet de la colline, que de longues et dures souffrances, que de luttes, que d'amertumes, de renoncements, que de soifs ardentes, que de lourds orages, de découragements; hélas! que de défaillances!

Ainsi en est-il dans la vie de Christ. Oui, nos cœurs avec nos esprits s'élancent vers Dieu; mais que d'obstacles de tout genre ne rencontrons-nous pas? Ah! là aussi, il y a des rivières, des bois ombreux, mais aussi des fondrières, des solitudes, des précipices. Et si nos discours vont rapidement jusque sur la rive opposée, qu'il est long à voir paraître le jour de la délivrance, le jour où il n'y aura plus ni deuil, ni cri, ni travail!

———

Une femme très médisante reçut pour pénitence de son pasteur d'aller au marché acheter une poule, et en revenant, de lui arracher, tous les dix pas, une pincée de plumes qu'elle jetterait; puis de venir trouver le pasteur le lendemain. Elle suit exactement ses prescriptions. Il lui dit alors de retourner sur ses pas pour ramasser et rapporter toutes les plumes qu'elle avait jetées la veille. Elle essaya, mais revint bientôt découragée, en disant : Ce n'est pas possible ; le vent les a toutes emportées. — Eh bien ! reprit le pasteur, il est aussi difficile de réparer le mal que vos médisances ont fait, que de rapporter les plumes de votre poule.

Jeune fille, demande à Jésus qu'Il te fasse voir dans son cœur l'image de celui que tu dois aimer. Malheur à toi si tu donnes ton affection à un être que tu ne verrais point reflété dans le cœur du Seigneur Jésus, dont le nom ne serait point « écrit sur les paumes de ses mains ». Pauvre enfant, comment glorifierais-tu ton Sauveur si tu ne t'unis pas à l'un de ses rachetés..., et tu aurais donné ta vie à néant.

Oh ! douce chose que l'image d'un être aimé et reflété dans Jésus, en sorte que lorsqu'on regarde le Sauveur, on l'y voit. Meurt-il, c'est-à-dire son corps tombe-t-il en poussière ? ah ! on le voit encore dans Lui !...

Il vit en Lui.

Ce passage : « Car ce n'est pas volontiers qu'Il afflige et contriste les fils des hommes », mis en regard de l'histoire de Job, est d'une grande instruction.

Dieu se glorifie devant Satan et devant toutes les créatures, dans l'homme fidèle, et l'homme fidèle, dans cet exercice, se purifie, avance dans la sanctification.

« Avec amour battu, il souffre avec amour. »

Ainsi, ce n'est pas le plus coupable auquel Dieu envoie des épreuves, des douleurs extrêmes ; mais le plus dévoué, celui qui, à l'exemple de Christ, a dit à Dieu : Me voici, glorifie-toi en moi ; fais de moi ce que tu voudras : brise-moi, anéantis-moi ; mais toi, amour et adoration de mon âme, sois glorifié. (Oh ! qu'il faut d'amour pour cela.) Les amis de Job, et de notre temps, beaucoup d'autres avec eux, ne comprennent point cela.

C'est, en effet, un grand mystère spirituel, un mystère d'amour et de consécration, que de voir les meilleurs des hommes frappés, un mystère qui réclame le plus grand silence, le plus grand respect, le plus grand recueillement, de la part de ceux qui le contemplent.

Et il y a cette œuvre double, c'est que, tandis que ceux qui assistent à ces grandes actions de Dieu dans l'âme, n'ont qu'à s'humilier le front dans la poussière, sachant combien ils sont au-dessous des chers souffrants, et doivent les entourer du plus tendre respect, de la plus grande délicatesse, alors même, ces âmes fidèles, frappées du Dieu fort, font mille découvertes de péché en elles (le cœur humain n'est-il pas un abîme insondable, où de nouveaux abîmes se découvrent par l'œil exercé?) et s'humilient devant le « Trois fois saint ».

Vendredi, je vais voir notre bonne amie, la douairière E. La baronne de Staël lui faisait visite en ce moment-là. Nous venons à parler des persécutions endurées par nos familles protestantes de la Vendée. Je dis à Mme de Staël que ma grand'mère a été au désert, à ces assemblées tenues dans les bois, auxquelles nulle température n'empêchait de se rendre. — Oh! dit alors Mme de Staël, comme on *croit* les choses pour lesquelles on a souffert!

Ces mots m'ont frappée; ils sont profonds. En effet, il faut déjà croire pour commencer à souffrir pour Jésus-Christ ; mais en souffrant, on vient à croire davantage.

Voilà un sujet de méditation.

Au premier abord, quel contraste entre le printemps et la douleur, entre cette fête de la nature et l'âme en deuil, qui s'en va, solitaire et navrée, dans les chemins parcourus naguère aux heures de la félicité.

Mais contemplons le printemps avec l'œil de la foi. Voyons-y la plus magnifique et la plus touchante des paraboles. Le souffle créateur a passé sur la terre ; les frimas, la tristesse et le deuil se sont enfuis sous le regard de Dieu ; la vie s'éveille, s'émeut ; partout elle ruisselle. C'est une résurrection.

Ne croyez pas que l'homme soit *libre ;* il est esclave du péché à l'état de nature. L'humanité suit un courant qui l'entraîne vers l'enfer ; tous y descendent, les uns sous l'apparence de la folie, les autres sous l'apparence de la sagesse, les uns sous de vils dehors, les autres sous des apparences vertueuses. Une seule planche de salut est offerte. Une arche flotte encore sur les eaux : Jésus-Christ seul. Qui ne s'en empare peut croire se sauver, mais se perd.

Malgré toutes les splendeurs des Cieux, la pureté, la suavité de leurs visions, mon âme s'épouvante de ces régions inconnues, incommensurables de l'éternité. Mais le nom de Jésus est prononcé. Lui est mon Ciel, car Il m'aime et m'inspire son amour, son amour bienfaisant, qui purifie, son amour, vie et joie de l'âme. Oh ! alors mon âme avec Lui s'élance dans les sphéres éternelles.

Oh ! que je t'aime, Dieu de bonté auquel je dois tout, oui, tout. Tu m'as appelée à la vie ; quel don ! Tu ne m'as pas laissée dans le néant, mais tu m'as appelée à la vie, et voilà mon âme, mon esprit s'éveillant et découvrant mille beautés, sondant mille profondeurs. Tu m'as donné tout ce qu'il a fallu jusqu'à ce jour pour maintenir ma vie, la conserver, puis de tendres parents, des cœurs aimants et mille douceurs. L'ingratitude répond à ton amour, mais tu ne te lasses pas de nous faire du bien. Tu continues tes bienfaits par lesquels tu appelles mon âme ; elle reste froide, endormie ; alors, ô Dieu ! comme un éclair qui fend la nue, tu m'apparais, tu me terrasses. Ce Dieu puissant, qui n'était qu'un idéal, se montre réel, proche de moi, connaissant mon cœur, et dès lors commence une nouvelle vie. Car, après que mes péchés se sont dressés un à un pour ainsi dire, devant moi, tu te fais connaître comme Sauveur, comme Délivrance. Et progressivement tu as continué, ô Dieu ! tu continues ton œuvre d'amour, malgré les obstacles que je t'oppose. Tu vas, tu vas toujours. Je résiste, je crie ou je doute, ou mon cœur se dissipe en futilités, ou il se désespère en réflexions décourageantes, ou il idolâtre ce qui est de la terre, ou il est satisfait de lui, tu vas, tu vas toujours. Oh ! que je t'aime, Sauveur de mon âme, Sauveur de tant d'âmes chéries, toi qui voudrais être Sauveur de toute l'humanité !

Pauvres âmes, ne vous privez pas de Lui.

Le front dans les nuages, la foudre sous ses pieds, le .frêle enfant de Lévi ballotté sur le Nil, dans son berceau de jonc, nous apparaît comme le géant des anciens jours, debout sur les confins du désert.....

Quelle est merveilleuse l'histoire de ce type de Christ !

Un homme, une femme de la tribu de Lévi (leur nom, la Parole ne le dit pas), voient naître un fils, et cet événement, source habituelle de joie, est pour eux le commencement d'angoisses inouïes. Pourquoi donc? Sont-ils pauvres? — Pas plus que d'autres. Le récit sacré ne parle pas de cela. L'enfant est-il frêle, de chétive apparence? Son père, sa mère, tremblent-ils de le voir s'éteindre et mourir? — Non; c'est « un bel enfant ». — Quelle est donc la cause de leurs poignantes inquiétudes? — Hélas! cette tête naissante est destinée à la mort par un édit cruel du tyran d'Egypte; car l'enfant appartient à ce peuple accueilli jadis avec tant d'allégresse par l'empereur et les Egyptiens reconnaissants envers Joseph, et maintenant haï, persécuté, traqué, écrasé sous le poids de la plus effrayante servitude et condamné à l'anéantissement. L'édit est connu. Tout fils qui naîtra aux Hébreux devra périr. Et comme chaque tyran trouve, hélas! toujours ou presque toujours des êtres vils pour exécuter sa volonté, même la plus extravagante, même la plus cruelle, des hommes vont, sans doute, parcourant le pays, questionnant, épiant, écoutant, afir. de s'emparer des innocentes créatures et de les immoler.

Aussi, la pauvre mère, depuis la naissance de ce fils si chéri, si beau, ne goûte plus aucune paix. Toujours haletante, elle frémit que le moindre indice ne révèle son secret aux meurtriers; elle frémit quand l'enfant pousse des vagissements plus forts; elle le cache, même à ses proches, car un mot prononcé, même sans malveillance, peut tout perdre. L'enfant grandit, sa voix devient plus forte; hier, elle a cru qu'elle allait être découverte. Un jour, bientôt, demain peut-être, on viendra l'arracher de ses bras..... Elle prend une résolution étrange, effrayante. Elle couche l'enfant endormi dans un berceau de jonc enduit, et... ô Mères, y croyez-vous ? — Que ne fallait-il pas craindre ? — elle dépose le frêle esquif sur le grand fleuve qui féconde l'Egypte et baigne les pieds de marbre du palais impérial. Puis elle s'enfuit, ne veut pas regarder l'eau profonde et court cacher sa douleur et ses larmes au fond de sa triste demeure.

Mais l'enfant a une sœur, une sœur de cet âge où la jeune fille s'ouvre à la tendresse et donne à ses frères les prémices des effluves maternelles d'un cœur virginal. Elle, elle souffre, mais différemment que la mère. Elle ne peut quitter le berceau ; elle épie frémissante le flot plus soulevé qui pourrait l'engloutir. Cachée dans les roseaux, élève-t-elle vers le Dieu d'Abraham ses mains tremblantes ? On est porté à le croire, d'après tout l'ensemble de l'histoire où la foi se devine sans être nommée.

Et c'est alors, tandis que l'enfant est ballotté (1) sur les grosses eaux, que...

Mais comment décrire cette scène si fraîche et si douce, quand à notre souvenir se présentent ces vers délicieux :

Mes sœurs, l'onde est plus fraîche aux premiers feux du jour,
Venez, le laboureur repose en son séjour.
      La rive est solitaire encore,
Memphis élève à peine un murmure confus.

. . . .

Et maintenant une réflexion s'offre à mon esprit. Combien souvent une action qui semble insignifiante a une portée infinie ! — Une jeune princesse d'Egypte va prendre le

(1) Hébreux, XI.

plaisir du bain. Quoi de plus simple en apparence ? — Le monde est changé.

Un soir, le roi Assuérus ne peut s'endormir. En vain retourne-t-il, comme pour en faire jaillir le sommeil, ses coussins de soie et d'or, son esprit est toujours de plus en plus lucide, agité. Il renonce à cette poursuite inutile, et afin d'oublier les heures d'insomnie, il demande un secrétaire pour lui faire la lecture des chroniques des rois de Perse ; là, il voit que la belle action de Mardochée n'a pas été récompensée....., et le peuple juif est sauvé !

Deux valets de la cour de Navarre s'amusent à se jeter l'un à l'autre, dans le vieux château de Pau, un enfant qui leur est confié, un enfant royal. Il échappe de la main de l'un d'eux, l'autre ne le saisit pas ; il tombe, meurt..., et la destinée de la France est changée par l'avénement d'Henri IV.

On pourrait multiplier les exemples. A chacun d'y réfléchir et d'en tirer pour soi-même une conséquence pratique.

Oui, j'en suis effrayée souvent ; il n'y a pour ainsi dire pas une action de notre part qui soit insignifiante. Que Dieu nous guide et laissons-nous guider par Lui.

Un mot encore. — Le délicieux petit poème dit que la jeune princesse s'élance elle-même vers le berceau et l'amène au rivage. C'est charmant. Mais la Parole de Dieu nous dit le contraire. Iphis est comme les princesses de tous les temps. C'est assurément une bonne princesse, au cœur compatissant, qui frémit, qui gémit devant les cruautés de son père, et qui se montre telle qu'on peut la souhaiter, et même au-dessus de ce qu'on eût jamais osé espérer d'une païenne, fille d'un tyran impitoyable. Mais la belle princesse d'Orient ne va point elle-même chercher le frêle esquif. Oh! si elle eût été seule, elle l'eût fait sans doute; mais autour d'elle se pressent toutes ces jeunes égyptiennes qui épient ses moindres désirs, ses moindres regards. Elle dit à l'une d'elles d'aller plus avant dans le fleuve et d'apporter le berceau jusqu'au rivage. On sent bien d'ailleurs que cela dut se passer ainsi, quoiqu'à la vérité on eût préféré que la fille des Pharaons, oubliant tout dans l'ardeur d'un cœur juvénile, se fût élancée vers le faible enfant.

Elle l'adopte pour son fils, fait un prince du petit inconnu.

La pauvre mère a la joie inexprimable de nourrir son enfant, qui, perdu, semblait-il, lui est rendu vivant et fils de roi. Elle va le

porter tremblante dans ce palais redouté.
N'est-ce pas « une fuite en Egypte » mystique?
De Goscen, il va au cœur même de l'Egypte,
au palais de Pharaon. Mais sa mère lui a
parlé. Elle a glissé à son oreille le redoutable
secret ; cette révélation germera, et au jour
marqué, Moïse se lèvera et tuera l'Egyptien ;
de même que Christ au désert, qui entre en
lice après avoir tué symboliquement le monde
et ses tentations, quand il repousse Satan.

Pour Moïse, c'est un meurtre. Il s'enfuit et
que ne souffre-t-il pas? Mais Dieu lui parle ;
il devient Conducteur d'Israel ; il devient cet
homme dont il fut dit qu' « il était plus doux
qu'aucun homme qu'il y eût sur la terre ».

Lettre.

Vous me dites, mon cher XXX, que sauf
quelques passages douteux, l'Ecriture sainte
ne présente point Jésus-Christ comme Dieu,
le vrai Dieu. O mon cher XXX, qu'Il se
fasse Lui-même reconnaître comme tel à
votre âme, et que lisant la Parole dans un
esprit de prière, vous y voyiez partout pro-
clamer la divinité du Fils de l'homme.

O mon cher XXX., le meilleur souhait que je puisse former pour vous, c'est que vous veniez adorer Jésus, l'Homme de douleurs, comme votre Dieu, votre Sauveur, votre Roi, car : « Qui a le Fils a la vie, mais celui qui n'a point le Fils n'a point la vie. » (1, Jean, V, 12). Croyez en Jésus ; son amour est la vie. Que pouvez-vous rêver de plus beau que cette sublime réalité : Dieu se faisant homme pour sauver les hommes? Le fait du Dieu Créateur, « l'Admirable », descendu parmi ses créatures, prenant leur forme, leurs douleurs, se chargeant de leurs péchés pour les expier, souffrant à leur place les maux qu'ils avaient mérités, ce fait se serait passé dans une planète autre que la nôtre et n'influerait nullement sur notre sort, qu'il serait digne d'absorber nos pensées, de captiver notre cœur et de le porter à adorer un Dieu qui accomplit de telles choses, un Dieu qui aime à ce point.

Et c'est pour nous ! Et les Anges bienheureux, qui n'ont pas besoin de salut, nous sont représentés en admiration devant l'œuvre rédemptrice qui se poursuit sur la terre et « désirant d'y voir jusqu'au fond. » Oh ! n'ôtez pas à Dieu sa plus grande gloire. N'est-il pas écrit que « ses compassions sont au-dessus de toutes ses œuvres? » Hors

de Jésus il n'y a que ténèbres ; en Lui, tout
est lumière. Ne voyez-vous pas sa divinité
partout proclamée ? Il l'a voilée sous une
forme humaine ; le règne ne lui appartient
pas encore, mais Il l'aura. En ce moment, Il
est souverain sacrificateur, assis à la droite
du trône, dans les Cieux, et Avocat auprès
du Père. Mais Il est le Dieu des Cieux. Voyez,
je vous en prie : « Tite, II, 10, 13, III, 4.
1, Timothée, I, 1. Colussiens, 1, 16 et 17.
— Mais je vous entends me disant encore :
« Ces passages ne laissent point d'équivoque,
mais ils sont tirés des écrits de Paul ; c'est
toujours la doctrine paulinienne. » — Les
affirmations des écrits de St-Paul suffisent,
certainement, mais venez voir avec moi que
la doctrine de la divinité de Jésus-Christ,
base du christianisme, et sans laquelle il ne
serait qu'une idolâtrie, loin d'être une doctrine
paulinienne, si vous entendez par là la doctrine d'un homme qui aurait eu des vues
particulières sur Jésus-Christ, est la doctrine
de tous les écrivains inspirés de Dieu. Elle
est de Dieu. C'est la doctrine exprimée par
Jean. Lisez le chapitre 1er de son Evangile.
Dans sa première Epître, ch. V, v. 20, il dit :
« Jésus-Christ est le vrai Dieu et la vie éternelle. » — Une doctrine exprimée par St-Luc,
actes XX, 28 : « L'Eglise de Dieu, qu'Il s'est
acquise par son propre sang. » — Que voulez-vous de plus positif ? Le sang de Dieu !

Et dans St-Mathieu, I, 23 : .... « On appellera son nom Emmanuel, ce qui signifie Dieu avec nous. » Ecoutons Esaïe, six cents ans avant la manifestation de « Dieu en chair », s'écrier au 9me ch. de ses prophéties : ..... L'enfant nous est né, le Fils nous a été donné, et l'empire a été posé sur son épaule, et on appellera son nom l'Admirable, le Conseiller, le Dieu Fort et Puissant, le Père d'éternité, le Prince de la Paix. » — Et dans les Psaumes, pleins de Jésus-Christ, on est en peine de choisir.

Comparez les versets 3 à 8 du chapitre 27 de St-Mathieu avec Zacharie, XI, v. 12, 13. — Lisez et méditez le 14me chapitre de St-Jean, particulièrement le verset 23. Et au ch. V du même Evangile, les v. 21 à 23. « Comme le Père ressuscite les morts et les vivifie, de même aussi le Fils vivifie ceux qu'Il veut. Le Père ne juge personne, mais Il a donné au Fils tout pouvoir de juger, afin que tous honorent le Fils comme ils honorent le Père. » En regard de ces passages, mettez celui de l'Ancien-Testament où l'Eternel dit : « Certes, je ne donnerai point ma gloire *à un autre.* »

Ah ! mon cher XXX, parce que votre esprit ne peut l'expliquer, rejetterez-vous ce « grand mystère de piété, Dieu manifesté en chair....., vu des Anges....., cru dans le monde et élevé dans la gloire ? » 1, Tim., 16.

Lisez et méditez le Psaume deuxième, nous vous adressons la prière, qui est un ordre dans le verset dernier. Oui, « rendez hommage au Fils de peur qu'Il ne se courrouce ». — Croyez cette voix divine qui s'adresse à vous bien des centaines d'années avant que la naissance de l'Emmanuel ait été acclamée par les chœurs célestes. Croyez en Jésus-Christ, tandis qu'Il est encore « l'Agneau immolé », avant qu'Il paraisse, comme « le Lion de Juda », « le Roi des rois et le Seigneur des seigneurs ». (Apocalypse, XVII, 14, XIX, 11-16.)

...... Les trois croix de Golgotha résument toute l'histoire de l'humanité :

1° Dieu venant la sauver ;

2° Une portion croyant au salut et recevant cette promesse solennelle : « Je te dis en vérité qu'aujourd'hui même tu seras avec moi dans le Paradis ; »

3° L'autre refusant le salut, insultant son Dieu et périssant en face du Sauveur du monde.

Oh ! qui dira la paix et le bonheur que Jésus donne, et dans la vie et à l'heure de la mort !...

Mon cher XXX, le Seigneur Jésus aime votre âme. Il est mort pour vous, pour vous délivrer de tous vos péchés, de ce poids douloureux qui oppresse tout cœur humain. Prosternez-vous devant votre Dieu ; déchargez-vous sur Lui de tout ce qui peut vous inquiéter. Jetez-vous dans l'Océan de son amour et de sa grâce. Au lieu de voir en Lui un grand docteur, un prophète, un archange, que sais-je ? que le Seigneur Lui-même ouvre vos yeux, afin que vous reconnaissiez votre Dieu dans l'Homme de douleurs. Oh ! que personne ne vous séduise par la philosophie. « Car toute la plénitude de la divinité habite en Lui corporellement, » et « nous avons tout en Lui. » (Col., II, 9, 10.)

Sur la mort de M. le Pasteur A. B.

Sa longue carrière s'est terminée la veille de Noël, la veille de cette belle fête qu'il aimait tant, pour laquelle il ornait si joyeusement sa maison de guirlandes de verdure.

Etre aimable, toujours jeune, gai, esprit charmant, rempli de finesse et de franchise, de délicatesse et d'énergie, homme érudit, savant profond, qui savait répondre victorieusement aux attaques de l'incrédulité, de la fausse philosophie et du fanatisme comme peu de théologiens, et triomphait de ses adversaires sans cesser de s'en faire aimer. Grande âme qui croyait avec la simplicité d'un enfant, âme fervente qui aspirait ardemment à la perfection ; esprit si frais que lorsqu'il avait passé près de vous, il semblait qu'un oiseau vous eût effleuré de ses ailes, ou qu'une brise légère eût interrompu la morne lourdeur d'un jour d'été.

Et si bienfaisant, si grand dans sa modeste position, se privant pour donner, ne flattant jamais les puissants et les riches, disant gravement la vérité au roi de X..., amenant M. X... à composition, et de telle sorte que le roi et le diplomate l'ont encore plus vénéré qu'auparavant.

Il était versé dans le grec, le latin, l'hébreu, comme peu d'hommes, et pouvait prêcher en français, en anglais, en allemand, avec l'accent si parfait de chacune de ces langues, qu'on pouvait croire de chacune qu'elle était sa langue maternelle.

Ce cher vieil ami n'a jamais recherché les biens de ce monde et vient de mourir chez son fils, dans le château de X...

———

Heureux celui qui est riche de souvenirs d'amour et de félicité; alors même que l'adversité aura fondu sur lui, enlevant à son cœur, comme un vent furieux, les êtres les plus chers, les fleurs les plus parfumées, les plus doux oiseaux chanteurs, les rameaux les plus verdoyants, oui, alors même qu'il sera dépouillé de tout, il sera vivifié par une sève intérieure toute de suave tendresse, il possèdera en lui une force inconnue qui le soutiendra et même lui donnera de fugitifs instants d'idéal bonheur.

Et la comparaison de son malheur présent avec le bonheur évanoui n'accroîtra-t-elle pas sa souffrance? s'écriera-t-on.

Oui, hélas! et bien des fois. Mais dans l'ensemble de sa vie, comme on possède ce que l'on aime, il POSSÈDERA, il jouira, il savourera de pures délices dans la communion d'âmes chrétiennes.

Celui qui a perdu des biens matériels est dans une toute autre situation; celui qui a dû fuir un palais toujours retentissant de fêtes enivrantes et ne trouve de refuge que dans une hideuse masure, se heurte à tout instant à mille gênes, mille dégoûts, que le souvenir de sa somptueuse demeure ne fait que rendre plus insupportables, car elle n'a pu laisser de vie en lui, et il s'écriera avec le Dante : « Non é maggior dolore che ricordarse del tempo felice nella miseria. »

Mais pour les trésors du cœur, il y a encore, grâce à Dieu, une possession, un espoir, des joies qui anticipent par la foi sur le revoir avec les êtres chéris qui ont aimé avec nous le Dieu invisible et béni, et qui ont marché, éclairés par sa lumière d'amour.

Pauvre, absolument pauvre et dénué, celui dont le cœur est vide, celui qui n'a pas d'heureux souvenirs. Il n'a rien pour se repaître dans la disette; il ne possède pas comme le chameau dans le désert, l'eau qui dort en lui et peut le désaltérer.

Je lisais dernièrement ceci : « Nous sommes en nous-mêmes un grand vide. » —

Non, rien ne reste vide en ce monde. Si le bien n'est pas dans un lieu ou dans un cœur, le mal s'y installe, y règne, le mal l'envahit.

Ne dites jamais qu'une personne a une existence vide, inutile ; soyez persuadé que si elle *vous semble* telle à première vue, elle est nuisible à certains égards et qu'un examen approfondi vous y ferait découvrir des abîmes de péché et quelque influence délétère exercée sur les entours, dans un rayon plus ou moins étendu.

Il y a un proverbe si connu qu'il en est devenu vulgaire, malgré la grande vérité qu'il exprime : « L'oisiveté est la mère de tous les vices. » — Oui, tel est le malheur où l'âme humaine est tombée, que, livrée à elle-même, le mal en jaillit naturellement, comme d'une source intarissable.

Faut-il donc nous laisser aller au découragement ? que dis-je, au désespoir ? Dieu nous en garde !

Ecoutons cette grande et douce parole au sens profond, cette question étrange au premier abord, de Jésus aux lépreux : « Veux-tu être guéri ? »

Comment ne l'eût-il pas voulu. Qui pourrait ne pas vouloir être guéri ? est-on porté à s'écrier.

Et cependant, cela est une triste et bizarre vérité. Certaines gens aiment le mal qui ronge leur âme comme une lépre hideuse. Le céleste Médecin s'avance vers eux ; la plus tendre compassion brille sur son visage ; la souveraine puissance est dans ses mains divines ; un mot, un seul acquiescement du cœur d'un misérable lépreux, et le mal sera anéanti ; mais, chose incompréhensible, ce mot n'est pas prononcé, cet acquiescement n'est pas donné ; le malade ne veut pas être guéri, car il aime le péché, il s'y complait ; il ne peut pas rompre avec tel ou tel penchant, avec telle ou telle habitude ; il ne veut pas briser telle ou telle idole ; il ne sent plus les morsures du péché ; la gangrène a tout envahi, et cette torpeur qui précède la mort s'étend sur l'âme perdue. Elle refuse l'offre bienfaisante de Jésus ; alors, Jésus s'en va. Il ne s'impose à personne. Il se tient à la porte et frappe, et Il n'entre *que* si quelqu'un l'entend et lui ouvre la porte.

Oh ! quelle joie, quelle fête, alors ! quelle lumière, quel amour !

Mais que c'est effrayant, lorsque, refusé, Jésus s'en va. Que deviendra l'âme après avoir repoussé le céleste et tout puissant Ami, qui a voilé sa divinité dans notre humanité, pour nous sauver et nous bénir ! Que deviendra-t-elle lorsque, dans quelque temps, elle quittera tout ce qu'elle aime, parents, amis, maison, champs et prairies, usines animées ou bois ombreux, villes populeuses ou belles solitudes, et qu'elle sera lancée comme une flèche dans les profondeurs incommensurables du monde invisible, seule, seule dans l'éternelle obscurité !

Elle a préféré suivre la voix trompeuse de Satan, l'ennemi qui flatte pour perdre et rendre malheureux comme il est malheureux lui-même, tandis que Jésus, Lui, veut nous rendre heureux comme Il est heureux, et Jésus, refusé, s'est éloigné. Ah ! si elle l'avait rappelé, que vite Il serait retourné vers elle ; mais elle l'a méconnu et l'a laissé aller loin, bien loin.

Et maintenant, elle se réveille en tombant dans le gouffre d'où l'on ne remonte plus. Elle entend, du milieu de l'obscurité et de la tourmente, les cris de joie amère des démons et de leur puissant chef, s'applaudissant de ce qu'une âme encore vient de tomber en leur pouvoir absolu, oui, absolu, hélas ! car rien ne viendra plus le contrebalancer.

Et si elle l'avait *voulu*, elle eût pu être au « jardin de l'Eternel ».

Le pauvre cœur, réceptacle de toute sorte de mal, infect cloaque, n'est plus, lorsqu'il reçoit Jésus, que fleurs belles et odorantes.

Au lieu de gémir avec un *découragement hypocrite* sur nos misères, laissons agir le céleste Médecin qui veut et qui peut nous guérir ; laissons le céleste Jardinier enlever de notre âme les détritus des passions, des péchés, ses éléments destructeurs, et blanchir, laver cette pauvre âme dans son sang et y semer les germes de toutes les fleurs utiles et belles.

N'espérons point faire cela nous-mêmes. Nul médecin ne dit à un malade : « Soigne-toi, améliore ton état, guéris-toi, puis viens à moi. » Non. Il lui dit : « Viens au plus vite, car chaque jour le mal empire ; viens recevoir les soins efficaces qui vont te transformer. »

Et quel est l'agriculteur, le jardinier assez insensé pour s'attendre à récolter avant d'avoir semé ?

Dieu a semé dans l'âme le regret de la pureté de la vie et du bonheur primitifs, perdus par la chute ; ces précieux germes, mélangés avec les souvenirs du bien moral, doivent faire aspirer l'âme vers un état autre que l'état actuel, vers une grande vie d'amour, de sainteté, de perfections infinies.

Oh ! état béni de l'être qui sent enfin ses misères, son impuissance totale, mais qui, du fond de l'abîme de laideur morale où il gît, s'agite, crie, tend les bras vers le soleil, l'air pur, la liberté, l'amour, la vie. La délivrance n'est pas loin. Dieu est venu allumer là des aspirations intenses qui ne s'éteindront point.

Que faire ? que faire ? s'écrie l'âme humiliée qui bientôt sera relevée. Tandis que d'autres, au lieu de *demander à Dieu ce qu'il faut faire*, s'épuisent en vains efforts pour obtenir des fruits avant que l'arbre soit planté. Oui, que faire ? s'écrie l'âme non abusée par l'orgueil et la présomption. — « Venez à moi, dit Jésus, vous tous qui êtes travaillés et chargés, et je vous soulagerai. » Crois, oui, crois et vis !

Oui, malgré tes vertus humaines, reconnues de tous *sur la terre*, mais qui ne pourraient subsister devant Dieu, feu dévorant qui « raffine les fils de Lévi », malgré toutes tes bonnes œuvres, qui te font bénir *sur la terre*, mais qui, mélangées de bien des sentiments humains, sont d'ailleurs en elles-mêmes une échelle trop courte pour monter non pas au ciel créé par ton imagination, mais trop courte pour monter au Ciel de Dieu, oui, malgré tout cela plonge-toi dans la source « ouverte en Israël pour le péché et la souillure ».

Que le monde disparaisse à tes yeux. « Ensevelis-toi dans ce baptême d'eau, dans cette mort de Jésus-Christ » et ressuscite avec Lui à une nouvelle vie. Implore le don de l'Esprit qui, seul, peut te rendre capable d'accomplir les préceptes divins et marche dans la voie de la perfection. « Ajoute à la foi la science, l'amour fraternel, la charité. » Maintenant que l'arbre est planté, qu'il soit abondant en fruits. Qu'il soit évident pour tous que tu as une foi vivante et féconde. Fais briller quelques-unes des perfections de Dieu.

Car, chose étrange, admirable, l'humanité, malgré son état de chute, de misère, fait apparaître des perfections de la Divinité. Comment aurait-on pu les connaître avant la venue de Jésus-Christ, s'il ne se fût trouvé des êtres humains pour les révéler ? Les précoptes n'eussent pas suffi ; il fallait les *voir* aux prises avec les tendances contraires.

COLOMBES ET CHOUETTES.

> Aux cieux remportez sur vos ailes
> La poésie et les amours.
>
> . . . .
>
> Oh ! qui me donnerait les ailes
> de la colombe !
>
> . . . .

Il l'a pensé ! Et ce qu'il a pensé, il l'a écrit ! Et ce qu'il a écrit, il a osé le publier ! cet homme, dont je souhaite ignorer le nom, et avec lequel je souhaite encore davantage n'avoir jamais affaire ; cet homme, qui, ne trouvant pas la pauvre humanité assez *dépoétisée*, assez désenchantée, assez triste, assez dégradée, ose venir, *à la face du ciel bleu*, déclarer qu'il faut :

> Détruire les colombes !
> Protéger et multiplier les chouettes !

Voilons-nous la face d'avoir ouï de telles énormités. Le courage manque pour y répondre. Il le faut cependant.

Le motif de cet arrêt sérieux, de la première importance, quel est-il donc?

Les colombes, en égrenant les épis, gaspillent beaucoup de blé. Les chouettes, détruisant les souris, mulots et autres rongeurs de ce genre, protégent par là nos récoltes.

Donc, il n'y a plus à hésiter. Tuons toutes les colombes. Donnons une prime par tête de colombe. Ordonnons à nos gens d'avoir toujours le fusil à la main pour tuer les colombes, et protégeons, élevons, si possible, les précieuses chouettes. Ainsi soit-il.

Ainsi le veulent la raison, la prudence, l'utilité générale, le salut public. Oui, oui, il n'y a plus à hésiter.

Mais......

Qui peut ainsi faire ouïr ce *mais* insolite, déraisonnable, imprudent?

Mais......, répète la même voix douce et pénétrante, mais qui parlera de poésie, de grâce, de douceur, à nos yeux, à nos esprits.

— La poésie! A quoi bon. Elle ne remplit pas l'estomac; il lui faut du blé. Donc......

Mais......

A quoi sert cette perte? dit Judas quand l'humble croyante répandit avec l'adoration de son cœur, son nard pur de grand prix sur les pieds du Sauveur.

« L'homme ne vivra pas de pain seule-
» ment, mais de toute parole qui sort de la
» bouche de Dieu. » Et Dieu parle dans la Bible. Dieu parle dans la nature ; tout a un langage pour celui qui veut et qui sait écouter, depuis les cieux qui « racontent sa gloire » jusqu'à l'innocent oiseau qui nous révèle d'ineffables trésors de délicatesse, de dou-ceur, de suavité. Réduire au silence cette voix divine qui nous parle par ces êtres aériens, quelle action imprudente et coupa-ble ! Savons-nous bien même ce qui en résulterait ? Tout a un but en ce monde. Tant de mystères nous entourent ! Connais-sons-nous toute l'étendue de la mission de ces êtres privilégiés vers lesquels l'humanité, malgré son état de chute et de perversion, s'est toujours sentie invinciblement attirée par une de ces affinités, un de ces secrets intimes, qui restent comme pour attester son ancienne pureté, son ancienne splen-deur ; de même que les plus petits fragments d'une glace de Venise donnent encore à comprendre sa beauté et reflètent le ciel.

Dans l'antiquité, la colombe fut le symbole des sentiments les plus doux, les plus exquis du cœur. Attributs de l'amour et de la beauté, coursiers poétiques de Vénus, les colombes nous apparaissent au sommet de l'échelle des êtres, pénétrant jusque dans l'Empyrée, à la suite de la déesse.

Mais laissant de côté l'antiquité avec ses fables gracieuses et profondes, remontons bien au-delà des âges de la Grèce, jusqu'au berceau même de l'humanité.

Oiseau béni de l'Eternel, c'est toi qui vins de sa part annoncer au patriarche que le châtiment était accompli, que la terre, purifiée par le grand baptême, allait de nouveau être agréable à son Créateur, et rapportas dans ton bec le symbole de paix, cette branche d'olivier qui montrait la réapparition de la vie végétale, de la verdure, sur la terre naguère submergée.

Douce colombe, sous l'ancienne alliance, tu fus grandement honorée. De même que l'agneau, tu fus choisie pour les sacrifices, annonçant et précédant celui du Dieu-Homme.

Le roi prophète, dans son angoisse, enviait tes ailes rapides et s'écriait : « Oh ! qui me donnerait les ailes de la colombe. »

Enfin, dans ce poéme d'amour mystérieux, dans cette suave et mystique prophétie annonçant la parenthése imprévue de l'Eglise, épouse de Christ, dans ce prélude de l'Evangile qui fait pressentir que les relations de Dieu avec l'humanité ne seront plus seulement celles d'un Roi juste et puissant avec son peuple, ni même d'un Créateur père avec ses enfants, mais d'un frère avec ses frères, que dis-je ? d'un époux avec son épouse, dans le Cantique des Cantiques, l'Epoux, ne prodiguant à l'Epouse les noms les plus doux et les plus glorieux, s'écrie : « Ma colombe, ma parfaite ! »

Et que dit l'Ecriture sainte à l'égard de l'oiseau *sympathique* et *gracieux*, aux pieds, non, aux *griffes* duquel on nous conseille en cette année 1874 d'immoler les colombes, de la chouette? Lisez au Lévitique : Vous voyez la chouette mise au nombre des animaux impurs.

Ah! nous touchons ici à un bien grand mystére. Voici une porte entrebaillée sur des profondeurs inconnues. Des oiseaux, des animaux impurs, soigneusement, minutieusement séparés des animaux purs! Que se cache-t-il sous ces mots incompréhensibles? Quelle part le mal a-t-il eu ou a-t-il encore en ces êtres?

Certes, il est bien grand, au contraire, l'honneur fait à la colombe dans l'Ancienne Alliance : — Type de l'Eglise, épouse de Christ, qui est un avec Lui. Mais là ne se borne pas sa destinée mystique. La colombe nous apparait sous la Nouvelle Alliance dans une gloire infinie.

Au pied des montagnes d'Ephraïm, le Jourdain coule en ondes claires et rapides, près de ce lieu où Gédéon avait jadis sommé les descendants de Joseph de se rendre maîtres des eaux afin de triompher des Madianites. Bethabara, paisiblement assise au bord du fleuve, témoin de tant de faits mémorables, allait bientôt en contempler un plus merveilleux et plus doux.

Un homme à l'aspect rude et austère, dont le corps énergique et brûlé par le soleil est drapé d'un vêtement de poil de chameau serré autour de sa taille par une ceinture de cuir, voit s'avancer vers lui un jeune homme d'environ trente ans, au visage ineffablement doux et pur, vêtu comme les artisans de Nazareth.

Jean, le Baptiseur, ne le connait point ; tant d'années se sont écoulées depuis que leurs mères, proches parentes et unies comme deux sœurs, les berçaient ensemble dans leurs bras; tant de circonstances les ont séparés depuis leur premier âge ! Jean a probablement perdu depuis longtemps sa mère, cette Elisabeth, femme de grande foi, qui était déjà très âgée quand il naquit, et il a maintenant plus de trente ans.

L'étranger n'a rien en lui qui attire les regards et qui le distingue de la foule entourant le Baptiseur. Il s'approche de Jean et lui demande le baptême. Ensemble, ils descendent dans le fleuve.

C'est Jésus ! Oui, Jésus, qui, voulant accomplir sa mission de juif fidèle, s'identifiant avec le peuple juif, comme son représentant et son expiateur, vient, avant d'entrer dans sa mission sacerdotale, demander à Jean de le baptiser.

Moment sublime !

Alors que Jésus vient de recevoir avec humilité l'eau du baptême sur son front, le Ciel s'entr'ouvre, et selon ce qui avait été annoncé à Jean-Baptiste pour lui désigner Celui dont il était le précurseur, le Saint-Esprit, sous la forme d'une colombe, descend sur la tête de Jésus, tandis qu'une voix fait entendre ces paroles :

« C'est ici mon fils bien-aimé en qui j'ai mis toute mon affection. »

Que pourrais-je ajouter à ta couronne de gloire, ô douce colombe ! après cet instant ineffable ou Dieu le Saint-Esprit choisit ta forme suave pour apparaître aux mortels ! Nul être dans la création ne reçut un honneur semblable.

Tu es montée de degré en degré, depuis le jour où tu revins vers l'Arche, oiseau béni de l'Eternel, messagère de paix, rassurer le patriarche, jusqu'à celui où ton nom fut donné à l'Epouse bien-aimée, type de l'Eglise de Christ, jusqu'à cet autre jour, enfin, où la troisième personne de la Trinité descendit, revêtue de ta forme, sur le front du Dieu Sauveur.

. . . .

Et maintenant, vite, courez vers les bois, alertes chasseurs ! Allez tuer les colombes ; allez vers ce glorieux combat !

« A vaincre sans péril on triomphe sans gloire. »

Et surtout, épargnez bien les précieuses chouettes. Ainsi l'exigent la raison, la prudence et le salut public.

Déchirez, pour allumer vos pipes, ces livres inutiles, ces poésies de Lamartine, de Hugo, de Tennison, de Delavigne. A quoi bon tout cela ? Déchirez, brûlez toutes ces publications qui emploient un temps précieux, et ne laissez subsister que ces bons livres sur les finances, sur les armes à longue portée, sur l'art culinaire. Voilà des lectures utiles.

Brisez le pinceau de ce maître rêveur, qui s'en va jetant sur la toile ces paysages aux teintes harmonieuses, ces têtes au regard profond, que vous n'oubliez jamais ; ces batailles sanglantes et ces petites scènes exquises qui font couler bien des larmes.

A quoi bon tout cela ?

Que cet homme aille piocher un champ et laisse cet art inutile.

Faites cesser les accords qui retentissent dans l'atelier, et cette musique éclatante et suave qui précède le régiment.

A quoi bon ?

Que ces ouvriers parlent économie politique et sociale, élections, municipalité, voirie, fabrication. Que ces ouvrières parlent ravaudage, tricots et couture. Qu'une aigre trompette signale aux troupes la marche qu'elles doivent tenir.

A quoi bon musique et chants?

Otez ces tissus blancs et roses, bleus ou lilas, à vos enfants, à vos jeunes filles. Ce sont là couleurs trop délicates. Faites-leur de ces solides habits bruns qui sont parfaitement suffisants.

A quoi bon ces aspects poétiques, frais et gracieux?

Abattez ces tours crénelées qui ne servent à rien et bâtissez-nous à la place de bonnes usines.

Coupez ces grands bois, et dans ce terrain inutilement occupé, semez le froment et l'avoine.

Et puis, quand vous aurez fait tout cela, dites-moi si la vie est plus facile et meilleure.

Les *conséquences* d'un *grand* malheur sont plus amères, plus cruelles à supporter que la catastrophe dans tout son éclat. Et c'est même à ceci que l'on peut distinguer un véritable chagrin qui brise l'âme et en bannit à jamais toute joie, d'un chagrin sincère, mais fugitif, qui éclate en beaucoup de sanglots, se noie dans des torrents de larmes, et puis cesse bientôt, comme la grande pluie qui est moins tenace que la pluie fine et silencieuse, et ne tarde pas à être effacée par un soleil brillant.

Extraits d'une lettre.

... Que de personnes cherchent à détourner la conversation, quand le pauvre cœur veut revenir aux beaux jours d'un autrefois si récent ! Alors, ne se sentant pas compris, il se referme et cache à tous les yeux ses trésors de regrets, trésors plus grands qu'il ne le semble ; car, ainsi que l'a dit un penseur : « On ne perd que ce qu'on oublie ». Rien n'est plus vrai. C'est donc encore posséder que se souvenir et se replonger dans ce cher passé, si riche de fleurs, dont les parfums viennent encore embaumer notre sentier, sur bien des points si dénudé.

Combien n'aimons-nous pas ceux qui nous tendent la main pour pénétrer dans ce sanctuaire si doux, mais aussi parfois si déchirant à parcourir, et qui nous disent : « Je vous aime, je vous plains, car j'entrevois ce que vous avez perdu pour ce monde et que vous vous efforcez de ressaisir », et qui, parlant ainsi, vous aident dans ce saint et mystique labeur, en vous entretenant de ce qu'ils savent des êtres chéris disparus et viennent ajouter leur coup de pinceau au tableau que vous faites nuit et jour.

Oui, c'est là le bien que nous a fait votre lettre, chère Madame et amie.

. . . .

———— ————

Ceux qui tranchent leur vie d'un seul coup ont peur de cet engrenage de souffrance qui, incessamment, de ses dents, déchire le cœur.

A notre époque surtout, on ne sait plus, on ne veut plus souffrir, mais l'on meurt très volontiers. C'est en quelque sorte plus facile.

Mais mourir sans Dieu ! savons-nous bien ce que c'est ? Le savent-ils, ces pauvres insensés ? Savent-ils même si, loin de l'éternelle lumière, ils reverront l'être dont la mort les désespéra et les fit se précipiter à sa suite dans la mort ? Hélas ! et, s'ils se revoient, ne sera-ce point à la lueur des flammes spirituelles, dévorant l'âme des désespérés, qui ont adoré et servi la créature au lieu du Créateur, béni éternellement ?

Mais ils suivent la route indiquée par tant de poëmes, tant de drames, tant de tragédies, tant de *délicieux* opéras surtout.

Le suicide est représenté, là, sous une apparence presque céleste et comme une conséquence logique. — L'être chéri meurt. — Celui qui a l'inexprimable malheur de voir de ses yeux cette chose sans nom, tranche cette vie qui serait une mort pour lui, et s'élance après l'âme envolée en s'écriant :

> Je te suis, ma bien-aimée,
> Viens aux Cieux me recevoir.

Aux Cieux ? Dans la sphère idéale où se retrouvent les belles âmes ? Alors il est tout naturel qu'on y vole à tire d'ailes. Mais à la place de ce lieu idéal, enfanté par les cœurs sensibles et les imaginations tendres et rêveuses, que trouveront-ils ? Dieu seul le sait. — Oui, il est beau de mourir, de s'éteindre de douleur dans la foi, mais n'oublions pas que c'est pour Lui que Dieu nous a créés et *non pour* les créatures.

Acceptons le devoir de vivre. Oui, c'est un honneur que l'on rend à Dieu, que de vivre après les êtres qu'Il nous avait donnés à chérir, de vivre pour Lui qui les « a ôtés après les avoir donnés, et dont le saint nom doit être béni ».

Et il y a souvent le résultat d'une grande résignation, d'une grande obéissance, d'un grand amour pour notre Dieu Sauveur, dans la vie misérable, dépouillée, que nous acceptons.

Il y a souvent beaucoup de foi et d'adoration dans un sourire.

La vie est si incertaine qu'il serait ineffablement précieux, en se séparant de ceux que l'on a appris à aimer, d'avoir toujours pour lien dans l'absence et point de réunion dans les espérances éternelles, le Dieu d'amour qui veut être Ami, Frère et Sauveur de nos âmes.

———

L'homme a été créé pour la simple et belle nature. La ville, comme type de l'humanité se cramponnant à la terre malgré le péché, la révolte, la douleur et la mort, a quelque chose qui effraie... On songe à ce qu'était son premier fondateur....

Aussi, quand je promène mon regard sur les quartiers populeux, sur cette agglomération d'êtres humains, du milieu desquels, comme le dit un auteur contemporain, « les péchés et les souffrances montent en cohortes serrées », mon cœur est oppressé par une vague terreur.

———

Ne nous abusons pas. Songeons que nous sommes sur une planète maudite, en un monde qui gît dans le mal. Réfléchissons aux millions de créatures qui ont vécu et sont mortes loin de Dieu, non-seulement dans notre vieille Europe, que les guerres, les invasions ont tant ravagée, mais dans l'immense empire de la Chine, dont la population, malgré de continuels infanticides, s'élève à plus de trois cent millions d'âmes ; dans les Indes, dans toute l'Asie, dans ces îles si longtemps ignorées de l'Océanie, et chez tous les peuples de l'Amérique, les nomades du Désert, et ces tribus d'Afrique, se décimant de siècle en siècle les unes les autres, par des guerres incessantes. Quand j'envisage notre monde sous cet aspect, je recule épouvantée ; je ne vois plus qu'un gouffre où s'agitent des millions et des millions de créatures immortelles, sans Dieu, sans espérance, et allant vers l'Eternité. C'est un abîme de grosses eaux, dont l'œil cherche avec effroi à mesurer l'étendue ; mais, au milieu de ce déluge moral, j'aperçois une arche qui ne paraît au premier abord que semblable à une coquille de noix sur l'Océan. Et dans cette arche, je vois des êtres nés de nouveau, l'âme ouverte à une vie nouvelle ; ils ont été sauvés par un grand salut et ne vivent plus que pour leur Libérateur. Ceux

qui voguent ainsi ont été sauvés par grâce,
par la foi, par un don de Dieu. Ils sollicitent
leurs frères en Adam de venir se placer avec
eux sous cette croix où le Saint et le Juste
a été châtié à leur place et dont le sang,
découlant sur eux, les purifie de tout péché.
Ah ! soyons, soyons tous du peuple de Dieu
qui est juste, plein d'amour, et dont les
compassions sont infinies.

Le péché, en entrant dans le monde, y a
introduit la mort et toutes les douleurs qui
désolent l'humanité, en sorte que pas un cri
ne se jette, pas une larme n'est versée, sans
qu'on puisse dire : « C'est parce que le
péché est entré dans le monde. » Oh ! quelle
haine ne devrions-nous pas ressentir pour
le péché, en voyant ses fruits si amers ! Et
quel amour, au contraire, notre âme doit
avoir pour ce Sauveur plein de tendresse,
qui nous délivre du péché par la foi en son
sang et assure à ses rachetés un séjour de
paix et de bonheur, où Dieu essuiera toutes
les larmes des yeux de ses bien-aimés.

La véritable vertu est un résultat brillant de l'apparition de la vérité dans la conscience, une certitude, une nouvelle créature, qui naît par la croyance que le vieil homme a été crucifié en Jésus-Christ, et que le Sauveur, en reprenant la vie, peut la communiquer aux siens. Mais que l'expiation par le sang de Christ soit à la base de la foi ; sans cela, l'orgueil triomphera. La mort de Christ abaisse l'homme et lui montre toute l'horreur de ses péchés.

———

On n'est jamais dans le vrai quand on n'est pas dans l'amour.

L'amour est la source et le but de notre existence ; on ne vit que lorsque l'on aime.

Aimer Dieu en retour de son amour et aimer en Lui ceux qu'Il aime et toutes ses créatures qu'Il embrasse dans son amour ; aimer ainsi, c'est vivre ; aimer ainsi, c'est être dans la voie qu'il a tracée, c'est être dans le vrai, c'est répondre au plan de Dieu ; et qui n'aime pas, quand il ferait les actions les plus héroïques, n'est point du Dieu de vérité. (1, Jean, IV, 8).

———

Jésus va bientôt redescendre pour prendre son peuple avec Lui et lui faire partager sa gloire.

Ah ! quelle entrée triomphale !

Les saintes phalanges de l'Eternel, brisées par les combats, portant de glorieuses blessures, le front ceint de la couronne de justice, défileront et passeront sous le portique céleste, au son des harmonies éternelles.

Elles iront jusqu'au Roi des rois, recevoir la gloire et prendre possession de leurs trônes ! Les harpes d'or vibreront sous les doigts des Séraphins, et les bienheureux s'entre-répondront dans les profondeurs des Cieux.

FIN.

Tarbes, Imp. Lescamela, rue Larrey, 35.

TARBES, IMP. LESCAMELA.

www.ingramcontent.com/pod-product-compliance
Lightning Source LLC
Chambersburg PA
CBHW070754030726

47504CB00003B/552